Newton Compton Editores

© 2025, Silvia Madi
© 2025, de esta edición por Antonio Vallardi Editore S.u.r.l., Milán

Todos los derechos reservados

Primera edición: noviembre de 2025

Newton Compton Editores es un sello de Antonio Vallardi Editore S.u.r.l.
Pl. Urquinaona, 11, 3.º 1.ª izq. Barcelona, 08010 (España)
www.newtoncomptoneditores.com

Gruppo editoriale Mauri Spagnol S.p.A.
www.maurispagnol.it

ISBN: 978-84-10359-30-7
Código IBIC: FR
DL: B 11.125-2025

Composición:
Brioworkx

Diseño de interiores:
David Pablo

Impreso en noviembre de 2025 en Puntoweb s.r.l., Ariccia (Roma), en Italia.

Silvia Madi

Un desastre navideño llamado amor

Newton Compton Editores

Barcelona, 2025

Para las personas a las que les hicieron creer que nunca encajarían,
ya fuera por su físico, su procedencia o su forma de sentir.
Rompamos el molde.

Y a mi madre y mi marido,
porque, sin vuestro apoyo, escribir sería inmensamente más difícil.
Y muchas cosas más también

Prólogo
Ivette

Noviembre
Mallorca, España

Los años te enseñan que la Navidad tiene poco que ver con tomar café especiado en el Starbucks de una gran e iluminada ciudad, comprar regalos inflados de precio y escuchar villancicos desde el 1 de noviembre. En esta línea, aprendes también cómo las personas con aparente personalidad de Grinch pueden transmitir más el espíritu estas fechas que quienes aseguran que vivirían en Laponia.

Mi abuela Adelaide era del primer grupo. Pertenecía al verano, al sol, a la brisa marina, a la sal en la piel, a la limonada fresca. Le costaba horrores cambiarlo por la nieve, la oscuridad de las seis de la tarde, el calor de la chimenea y el chocolate caliente.

Aun así, lograba que todo el mundo a su alrededor disfrutara de la época más mágica del año sin despeinarse, como si fuera fácil.

Cuando mi hermana Dúnia y yo estábamos con ella, algo habitual –era quien se ocupaba de nosotras cuando mis padres no estaban–, y más en esas fechas, horneábamos nuestras galletas de mantequilla con canela, veíamos una película navideña tras otra y nos llevaba a todos los mercadillos festivos artesanales en su destartalado Ford Ka.

Quizá por eso yo soy un elfo de la Navidad. Tal vez por ella sería capaz de evangelizar al mundo sobre vivir a base de langostinos cocidos, exagerar las ingestas de turrones, llorar desconsoladamente viendo anuncios de lotería y cantar villancicos a decibelios que rozan el límite de la contaminación acústica. Creo que, si hiciéramos una regla de tres, daría como resultado que yo soy a estas fiestas como Taylor Swift a hacer canciones sobre desengaños amorosos: una reina. En mi caso, con corona de acebo, lucecitas de colores y muchos millones menos en el banco.

Sin embargo, de un tiempo a esta parte me resultan incómodas. La situación en casa ahora es delicada; para que te hagas una idea, es como un diente de león enfrentándose a un tornado. Yo soy el diente de león. Y podría contarte por qué, pero casi prefiero explicarte por quiénes: don Alfons Rocabertí, doña Otilia Schneider y doña Dúnia Rocabertí Schneider. Mis padres y mi hermana.

Llegados a este punto, cualquiera se preguntaría si lo mejor de la Navidad no es pasarla en familia. Y, de hecho, antes de que mi abuela se marchara de vuelta a su pueblo natal en Alemania, hace unos años, puedo prometer y prometo que fui una de las niñas más felices sobre la faz de la Tierra. Estoy segura de que Dúnia también lo era. Al menos, lo parecía mientras buscaba conmigo qué nueva trastada había hecho el elfo travieso ese día, o cuando nos poníamos la alarma a las seis en punto para madrugar la mañana del 25 de diciembre y no perdernos ni un segundo de felicidad por estar durmiendo. Estábamos unidas y la Navidad era mágica, ¿cómo no íbamos a ser felices? Y eso que mis padres casi no pasaban por casa porque siempre tenían algo más importante que hacer.

Con el tiempo comprendí que tal vez esa ausencia tenía algo que ver en nuestra felicidad...

¡Ay, Dios! Estoy adelantando muchísima información y aún ni siquiera me he presentado. Qué poca vergüenza. Voy:

Me llamo Ivette. Ivette Rocabertí Schneider. Por cierto, se pronuncia «Ivet», no «Y vete». Acostumbro a contar esto porque, de ser posible, preferiría evitar la broma de la rima de Albacete. Tras veintisiete años de vida la tengo ya un poquitín quemada, y estoy segura de que los albaceteños también. Dicho esto, continuemos. Nací y vivo en Mallorca, en una masía a la que le sobran metros cuadrados y silencio. Excepto cuando se trata de opinar sobre «mi salud».

Me llamo Ivette.

Y estoy gorda.

Algo inadmisible a ojos de mi madre, que asocia el éxito a una talla treinta y ocho y un mínimo de diez centímetros de tacón; y de mi padre, su mayor consentidor y un hombre al que solo le gustan las mujeres con el pelo oxigenado –sí, he dicho «mujeres», en plural. No, no me he equivocado. Sé libre de sacar tus propias conclusiones–. Tampoco ayuda tener una hermana gemela que ha decidido dedicarse al mundo del modelaje, y no es que ella tenga ninguna culpa de que su complexión y la mía se parezcan como un huevo a una castaña, pero a ojos de mis padres soy su versión barata. Menos alta, menos delgada y con menos talento para arreglarme, lo que ante ellos me convierte automáticamente en una perdedora, como comentaba. Tampoco olvidemos que, mientras ella estudiaba Administración y Dirección de Empresas en una universidad privada y debutaba en el mundo de la lencería, yo estudiaba Periodismo *online* y reseñaba novelas románticas en *bookstagram*.

Para entonces ya quedaba poco de las galletas de mantequilla y las mañanas buscando al elfo juntas.

Pero mi hermana, aunque se haya convertido en una superficial a la que solo le importa su número de seguidores en redes sociales –donde, por cierto, no me sigue–, tampoco tiene la culpa de ser la representación de un canon de belleza que huele a Paleozoico, la culpa la tienen los casposos que siguen pensando que esos cánones nos definen y colocan en un lugar concreto de la sociedad, pero ni ella ni ninguna mujer debería sentirse mal por sus medidas. Yo, por ejemplo, no debería sentirme mal por estar enmarcada en las medidas que le gustaban a Botero. Botero me parece un gran artista.

Mi abuela, que tampoco entraba en una talla treinta y ocho, nos dedicó discursos de empoderamiento y amor propio durante años a las dos para que nos amáramos, fuera cual fuera la imagen que nos devolviera el espejo y la opinión ajena. La de mis padres, por ejemplo. Y mientras continuó viniendo a Mallorca por Navidad, ellos se mantuvieron callados; sobre todo, porque Adelaide Schneider no permitía el más mínimo comentario sobre el físico de sus nietas, por motivos evidentes que podrían resumirse en las palabras «salud» y «mental». Pero cada vez estaba más mayor, y lo que un día fueron vuelos y bienvenidas en aeropuertos, se fueron convirtiendo en videollamadas y postales navideñas a través de empresas de mensajería. Y después llamadas con Dúnia y conmigo. Y después solo conmigo mientras los demás se dedicaban a sus respectivas empresas o subían historias a redes poniendo morritos.

A mí me daba igual quedarme sola hablando con mi abuela, porque ese ratito hacía que me olvidara de todos los comentarios que me habían ido haciendo durante la noche.

El problema es que nadie va a descolgar el teléfono esta Navidad.

Adelaide Schneider ha muerto.

Y lo único que me queda de ella son tres cosas:

La primera: la convicción de que cualquier persona puede llegar a amar la Navidad, si se dan las condiciones adecuadas.

La segunda: la carta que tengo entre los dedos mientras me sorbo lágrimas.

La tercera: la voluntad de heredar su sentido del humor.

Querida Ivette:

Si tienes este papel entre las manos, es porque una parte de mí, la tangible, ya lleva el pijama de ceniza y está dentro de un bonito y obscenamente caro jarrón; la otra está jugando a las cartas con el bueno de tu abuelo –y debes saber que Luc era malísimo, así que probablemente le esté dando una soberana paliza. ¡Punto para las chicas Schneider!–. Pero todo esto implica que me ponga seria por una vez en mi vida.

Bueno, «en mi vida» no. Yo ya estoy muerta. ¡Ja!

Lo siento, ya sabes que no hay quien me pare con las bromas.

Aunque tampoco es que pueda moverme mucho en este estado… ¡Ja, otra vez!

Ahora en serio, conociéndote, estoy segura de que estarás poniéndote perdida de mocos y lágrimas. Odias las despedidas tanto como las odiaba yo, solo que yo las digería con una copita y bailando, incluso cuando mis pies ya no le seguían el ritmo a mi alma. Tú lo haces empapándote las mejillas. Pero no debes estar triste. He tenido un viaje vital maravilloso, y tú tienes gran parte de culpa, por lo que me voy feliz, satisfecha y con los deberes hechos.

«¿Qué deberes, Oma?», te preguntarás.

Podría ponerme poética y hablarte de haber forjado las llaves de tu nueva realidad o haber construido la puerta hacia tu libertad, pero prefiero serte clara: dejo el Blumenkaffee en tus manos, Ivette. Sé que no hay nadie mejor que tú en este mundo para reabrir aquella vieja cafetería que hace tantos años cerré para cuidaros.

También soy consciente de que lo tienes todo en España. Pero, si me dejas darte el último de todos los consejos que te daré: la vida está donde te sientes viva. Y tal vez sea hora de que te preguntes si allí, rodeada de prejuicios, sombras y esclavos de pantallas, lo eres de verdad.

Si la respuesta es sí, habla con el asesor, cuyo número te dejo en las instrucciones, para que traspase el negocio a alguien que no seas tú. Pero si es no, vuela hacia Blumenfluss sin dar explicaciones ni mirar atrás.

Me despido ya, pero no quiero poner el punto final sin antes recordarte, Ivette, que mereces ser feliz.

Ich liebe dich,

Oma Adelaide

Y justo aquí, en este instante y con ese punto final, da comienzo mi historia.

–¿Me estáis escuchando?

Asienten con la cabeza, pero es evidente que no. Mi padre lee *El Economista*. Está embelesado con la noticia de no sé qué ERE de no sé qué empresa. Sonríe malévolo, como si fuese un notición que cientos de personas perdieran el trabajo. Mi madre, por su parte, desliza sus uñas recién estrenadas por su también nuevo iPad. Está jugando al *Candy Crush*, lo que evidentemente es más importante que atender a su hija. Mi hermana no está, tenía una sesión de fotos a primera hora de la mañana.

–Creo que antes de irme haré pis en el felpudo. ¿Os parece bien?

–Si eso te hace feliz –dice mi padre.

Continúa sonriendo, ahora más aún, al ERE se le debe haber sumado la noticia de que a los trabajadores no se les pagarán las horas extra. Mi madre saca la lengua concentrada.

–¡Por favor! ¿Podéis prestarme atención solo durante un segundo? Estoy segura de que la desgracia de esos trabajadores y los malditos caramelitos pueden esperar.

Mi grito los saca de su mundo de ricos desdeñosos.

–¡Que me voy a Alemania!

Mis padres se miran. «Primera noticia», indican sus ojos. Aunque, honestamente, tampoco parecen sorprendidos.

–¿Y tu trabajo? –pregunta mi padre.

Al fin una pregunta coherente.

–Lo he dejado –respondo con firmeza–. Les he dicho que tenía un proyecto personal.

–Entonces, ¿necesitas dinero?

Papá siempre en su línea.

–Dios mío… No, no os lo digo por eso. Con lo que me ha dejado la abuela tengo más que suficiente. Además, con todas las vacaciones y horas extra que tenía acumuladas me llevo un buen finiquito.

Me ahorro explicar de nuevo que voy a regentar un negocio y que me espera un edificio en propiedad por el que me pagarán los inquilinos, y aun así siento que les estoy dando explicaciones de más –justo lo que mi abuela me dijo que no hiciera– porque, para sorpresa de nadie, ya están pasando de mí otra vez. Sin embargo, mientras mi madre vuelve a deslizar el dedo por la pantalla, dice:

–Bien. Ese trabajo era terrible. Escribir no da de comer. –Me mira–. Aunque tampoco es que tú necesites…

Enarco una ceja y la freno antes de que diga algo censurable:

–Era jefa de redacción, mamá. De todos modos, te sorprendería saber que más escritoras de las que crees se ganan el pan con sus libros en este país. No es imposible.

Hace un ademán.

–Como tú digas, querida.

–Vale, bueno. Me voy mañana.

Una última mirada que reza que no saben qué es tan importante. Luego, mi padre mira su reloj y dice:

–Yo ahora. Mi vuelo a los Emiratos sale en dos horas.

–Si vas en coche al aeródromo, llévate el BMW. Quiero llevarme el Mercedes a Ibiza este fin de semana.

Ah, claro. Había olvidado que para ellos viajar es como poner un lavavajillas.

Excepto porque ellos no ponen jamás un lavavajillas.

–Genial, bueno... Adiós –entono encogiéndome de hombros.

Pero mi padre ya ha salido por la puerta, y mi madre está en pleno *sugar rush*.

Capítulo 1
Ivette

Aeropuerto de Palma, España

—¡Vamos, Croqueta! —susurro mientras deslizo a mi perra y su jersey rosa navideño por el aeropuerto.

Pero es en vano. Mi *terrier* tibetano ha decidido que quiere hacer caca. Aquí. Ahora. Lo sé porque ha hecho su señal inequívoca: ponerse sobre sus patas traseras y arañar lo que tiene más a mano. En este caso, la maleta de un piloto guapísimo y repeinado. Un hombre de revista.

—Lo siento muchísimo, está en la edad del pavo —añado.

«¿En la edad del pavo, Ivette? ¿En serio?».

—Es preciosa —dice únicamente e ignora mi comentario. Acto seguido va a acariciarla.

Pero justo un instante antes de que el piloto lo consiga, la perra decide que ha encontrado el mejor sitio del aeropuerto de Palma para convertirlo en su baño personal. Así que se gira, le da la espalda al único hombre que ha interactuado conmigo en eones y se tira un pedo.

—¡Dios mío, Croqueta!

Mi cara se tiñe de rojo bochorno absoluto. Mi Pantone particular.

Cuando voy a alzar la cabeza para disculparme de nuevo con él, sin embargo, ya no está. Lógico. Aun así, las bolitas de mi perra ya decoran el suelo, de modo que me agacho y empiezo a recogerlas con una bolsa de colorines.

Y ella me mira, me lame la cara y menea el rabito agradecida.

—Te quiero, pero has espantado a Míster Mundo y eso no te lo pienso perdonar.

15

Croqueta ladra, como si quisiera decir «No era para ti».
Niego con la cabeza, sonrío y llevo a mi perra adolescente
hasta la puerta de embarque en brazos.

La historia de mi vida.

Blumenfluss, Alemania

It was the end of a decade… but the start of an age.
Cuando acomodo a Croqueta dentro del taxi que me llevará a mi nuevo hogar, está sonando *Long Live*, y siento
que Taylor me está cantando directamente a mí.

Prometo que no siempre soy tan egocéntrica, pero acabo de entrar en mi *Main Character Era*, y quiero darme
el gusto de sentirme así por una vez. Se acabó ser la se-
cundaria de vidas ajenas, aunque solo sea durante este
viaje en taxi.

Miro por la ventanilla y canturreo en mi cabeza mientras observo el pueblo que me da la bienvenida con ilusión. Si Blumenfluss fuese más conocido, estoy segura
de que saldría en todos esos *reels* que están ahora tan de
moda: «pueblos de Alemania que no puedes perderte».
Así sería, si se basara en lo que veo yo según el taxi se
adentra…

Primera transición: una calle adoquinada. Casitas de colores con flores de Pascua en las ventanas. Árboles llenos
de lucecitas de Navidad. Bajo un poquito la ventanilla y
oigo cómo suena Mariah Carey por los altavoces.

It's time…
Segunda transición: tenderos montando escaparates
estacionales. ¿Es eso una librería? Dios mío, ¡tengo que
visitarla! Están poniendo comedias románticas navideñas
sobre la falsa nieve.

Tercera transición: un joven que pasea más perros de los

que puede gestionar sonríe tímido a una chica sentada en un banco con un café cuyo vaso tiene motivos navideños. Probablemente un *pumpkin spice latte* –qué sed–. Cuando va a entablar conversación, los *husky* que lideran su manada tiran para ir a saludar a un gato con jersey navideño. El chico se disculpa mientras se aleja arrastrado por ellos entre risas. Probablemente se besen bajo el muérdago esta Navidad... Ojalá lo hagan.

Cuarta transición: nieva. Paneo hacia el cielo.

Tras la cámara, sonrío. Croqueta mueve la cola compulsivamente mientras mira por la ventanilla sobre sus patas traseras.

–Sí, creo que pertenezco a este lugar. Soy la elegida, Croqueta.

–¿Cómo dice, señorita?

Miro al taxista. Había olvidado por completo que estaba aquí.

Cuando éramos pequeñas, mi abuela siempre nos contaba que tenía en Alemania un pequeño edificio, nada ostentoso, que un día, cuando fuéramos mayores, sería para nosotras.

No mintió. O, al menos, no del todo. Es donde vivo yo ahora.

Delante hay una pequeña plaza. Está rodeada por varios comercios y dos o tres bloques como el mío, que no es más grande que dos casas adosadas de las que hay en España, pero es coqueto: con ladrillos blancos, ventanales victorianos y un tejado a dos aguas de color teja. En su interior hay dos apartamentos. Ambos están situados en una primera planta, supongo que para evitar estar a pie de calle, y constan de dos habitaciones, un baño completo, una pequeña cocina y un acogedor salón-comedor con chimenea.

Uno de ellos es mío, pero el otro, el que está más allá del patio interior, lo tengo alquilado, así que no puedo comprobar cómo es. Es un alivio que Dúnia renunciara a esta parte de la herencia porque, de lo contrario, tendría que compartir casa con ella de nuevo, y mientras éramos pequeñas no me importaba, pero ahora que está conectada las veinticuatro horas al teléfono no me hace demasiada ilusión. Con mi talento, sería inevitable acabar en el rincón de alguna foto de su Instagram con ojos de mapache sin maquillar, un moño despeinado y una camiseta vieja donde mis pechos dieran rienda suelta a algún baile «tetístico».

Así que sí: me alegro de que Dúnia prefiriera la cantidad obscena de dinero que había como alternativa antes que su parte de la cafetería y el edificio, porque para ella es más cómodo continuar viviendo entre su casoplón rural de Mallorca y su ático de vértigo en Barcelona, aunque ahora tenga que gestionar yo todo esto y tenga que tocar a la puerta de un completo extraño para presentarme, lidiar con sus averías y ponerle buena cara cuando me cruce con él por las mañanas. Algo que podría hacer hoy, porque veo luz en su ventana cuando llego, pero que me permitiré hacer mañana. Demasiadas primeras veces por un día.

Entro en el edificio, enciendo las luces del recibidor, subo la escalera arrastrando mi maleta y atravieso la puerta. A través de la que tengo al lado me llega el rumor lejano de una sartén friendo y el murmullo de un televisor.

Cuando entro en mi nuevo hogar, Croqueta corre al sofá blanco de dos plazas en medio de la estancia y se zambulle debajo de las mantas *granny square.* Yo sonrío, me descalzo, me quito el sujetador y entro en la cocina para prepararme un un sándwich con cuatro ingredientes rápidos de una tienda que había abierta.

Un cuarto de hora más tarde, ya con el sándwich entre las manos, me siento en el sofá para acurrucarme con Croqueta y pongo la televisión. Es pequeñita, pero más que suficiente para ver *Los Bridgerton* y recordarme que las mujeres gordas también tenemos derecho a existir sin pedir permiso.

Cuando termina el episodio, me pongo los auriculares, cojo el Kindle que he traído y doy buena cuenta del capítulo que estaba leyendo. En él, el destino quiere que una chica risueña y soñadora conozca a un chico esquivo y solitario en un viaje inesperado. Y desde el primer capítulo todo apunta a que va a ser una historia de amor de las que dejan huella, emocionan y se quedan grabadas en lo más profundo del corazón.

Mientras leo, no puedo evitar pensar que la actitud de la protagonista torpona y alegre me resulta familiar. Eso, y que llevo soñando con enamorarme y vivir una historia así desde que soy adolescente.

Algo que probablemente no pase jamás.

Capítulo 2
Ivette

Me ilusionan las pequeñas cosas. Un café con un dibujo sobre la espuma, un cojín bien mullido, el olor a libro nuevo. O a libro antiguo. En realidad, el olor a libro, en general. No me importa la edad que tengan sus páginas; si por mí fuera, las buenas historias no morirían jamás.

Quizá por eso no puedo dejar de sonreír cuando llego a la calle del Blumenkaffee, la pequeña cafetería que mi abuela me ha dejado en herencia, la mañana siguiente.

Está situada en un pequeño y pintoresco callejón que parece sacado de *La bella y la bestia*. Adoquinado, con casas independientes de ladrillos de colores y flores en las repisas de todas las ventanas. Como en las calles que vi al llegar, las flores de Pascua se llevan todo el protagonismo. Hay una pequeña mercería frente a la cafetería que tiene las repisas repletas. Y no solo eso: cuando paso por delante, veo cómo la señora mayor que la regenta está colocando entre maceta y maceta una cantidad de luces led que podría competir con Times Square en Navidad. Hay quien lo llamaría contaminación lumínica, yo lo llamo arte.

Papá Noel estaría orgulloso.

No tanto de mi cafetería, me temo.

El Blumenkaffee ha vivido tiempos mejores: las cristaleras están llenas de suciedad no identificada, y cuando me asomo solo avisto viejas mesas y sillas de latón apiladas y con óxido. Tras ellas, hay una pequeña barra de madera que pide a gritos un barnizado. Pero tiene potencial. Es un lugar acogedor, bonito.

—Quiero abrirlo pasado mañana —digo en voz alta, como si alguien me hubiera preguntado, y miro a Croqueta.

Ella me observa de medio lado, como si supiera que es una idea nefasta. Hoy es sábado y el sol está a punto de esconderse, llevo todo el día intentando adaptarme al apartamento y no he recordado que aquí anochece antes hasta que me ha dado por salir a ver la cafetería.

Pero no quiero perder ni un segundo, así que entro tosiendo en el polvoriento local. Necesito saber cuántas toneladas de lejía y pintura van a hacerme falta antes de que cierre la tienda de bricolaje que vi ayer al entrar en el pueblo.

Son las cinco de la tarde del día siguiente cuando coloco la última planta que irá en la terraza. Se nota a kilómetros que es de plástico, pero le da un toque de color y es lo único que conseguí encontrar ayer. Estos días, cuando la floristería que tengo al lado abra, haré un encargo que mi bolsillo de autónoma recién estrenada no podrá sostener. Y quedarán preciosas.

Mi perra está tumbada en la puerta, así que tengo que pasar por encima de ella cuando entro de nuevo a ver si la pintura ya está seca.

–¡Dios!

Croqueta estornuda y se marcha. El olor me da un batacazo en las narices y decido abrir todas las ventanas. Aun así, la sonrisa no se me borra ni con la intoxicación química que probablemente esté desarrollando en este momento.

Mi abuela estaría orgullosa.

No de la intoxicación, claro. Del Blumenkaffee. He tirado bolsas y bolsas de polvo, he limpiado a fondo todos los electrodomésticos y le he dado una capa preciosa de pintura a la barra, las mesas y las sillas. También he colocado algunos libros antiguos que mi abuela dejó en el almacén en una vieja estantería, y he dispuesto algunas mantas sobre los butacones que hay en las esquinas. Ahora, lo que ayer era un cúmulo de polvo y óxido, es un acogedor punto de encuentro en tonos blancos, beis y marrones. Un coqueto lugar *animal friendly*, por cierto. Pienso que estoy deseando que Croqueta haga algún amigo peludo cuando, unas horas más tarde, cierro las ventanas y me dispongo a marcharme.

—Creo que es hora de volver a casa, pequeña. Tenemos que descansar para mañana.

Croqueta bosteza, se levanta y se sacude para desperezarse antes de poner rumbo hacia nuestro nuevo hogar.

Capítulo 3
Ivette

Después de desayunar a toda prisa y de pie en la cocina, corro al baño y me lavo los dientes a una velocidad supersónica. No oigo ruido en el piso de al lado, así que asumo que quien sea que viva allí ya habrá salido a trabajar y no le molestará el ruido.

Y si lo hace... me disculparé luego, cuando me presente, porque de hoy no pasa. Sé que debería haber ido antes y que probablemente en algún momento me haya oído, lo que, con total seguridad, me deja como una vecina nefasta, pero los únicos momentos en los que me habría podido acercar llevaba manchas de pintura hasta en las pestañas y el pelo más sucio que una escoba en la playa.

Pero de momento llego tarde. Y es mi primer día. El primer día del resto de mi vida.

Vale, eso ha sido un poco cursi. Pero lo digo convencida, no como frase cliché. Por primera vez siento que tengo las riendas de mi futuro, que mi familia no va a poner en duda si soy capaz, que hay un espacio que depende única y exclusivamente de mí y que puedo hacer lo que quiera con él.

Véase: servir cafés.

Abro la puerta y oigo el tintineo de la vieja campanilla que no quise quitar. Por suerte, ya no huele tanto como ayer a pintura, pero eso no me disuade de abrir de nuevo un ratito. Estamos a finales de otoño y en Alemania hace un frío que pela, pero el sol se cuela por las ventanas y estoy segura de que habrá quien valore romantizar su desayuno con esta luz.

No es así ni por asomo.

Estoy apoyada en la barra, deslizando con desgana un trapo y ya he perdido la cuenta de las veces que he suspirado. Aún no ha entrado nadie. Y eso que hace horas que la calefacción está puesta y se está mejor aquí que debajo del edredón.

A mí, al menos, me encanta estar debajo del edredón, y no confío en la gente que se despierta a la primera, se despereza, lanza las mantas por los aires como si no conociera las legañas y fuera a comerse el mundo cuando aún no ha salido ni el sol.

Mi abuela me contó una vez que los alemanes, ella incluida, son cuadriculados. Que se toman el café siempre a la misma hora, en el mismo sitio y leyendo el mismo periódico –a lo que yo le respondía que estaba segura de que algunos alemanes, ahora, leían las noticias en sus *smartphones*–. Ella hacía un ademán y lo negaba, y luego yo la llamaba prejuiciosa.

Ahora veo que quizá tenía un poco de razón. El choque cultural, supongo.

Tampoco puedo ir a comprar las flores, porque mi vecino de negocio lleva desde el sábado sin abrir. Supongo que estará de vacaciones. O será francés, que puestos a tirar de prejuicios, mi abuela decía que no trabajaban nunca porque vivían por y para el deseo y el disfrute de la vida. Decía que lo sabía de primera mano porque salió con un francés.

Sin embargo, cuando estoy a punto de perder toda esperanza y, tras encoger los hombros para transmitirle a Croqueta que es lo que hay, me giro para hacerme un té caliente y la campanilla de la puerta tintinea. Doy un brinco.

–¡Bienvenida al Blumenkaffee! –grito emocionada con

mi mejor alemán. Tal vez lo hago un poquito más alto de lo que debería–. De momento solo servimos cafés, pero a partir de mañana tendré cada día una gran variedad de bollos riquísimos, y…

«Cállate, Ivette, estás hablando demasiado», me digo antes de quedarme callada.

La mujer que entra tampoco responde. Es una señora de unos setenta años, de aspecto metalero y con el pelo lila. Aprieta los labios, escruta el local y frunce el ceño mientras su perra, una *westie* blanca con un vestido perruno que pretende simular una chupa de cuero y el pelaje como si hubiera metido los dedos en el enchufe, lo olfatea todo, casi como su dueña. Está juzgándolo, lo sé. Es posible que también me juzgue a mí a continuación.

Trago saliva y me preparo para lo que pueda venir, pero tras unos segundos, la septuagenaria me mira, se quita unas gafas de sol muy muy grandes, achina la mirada y, tras abrir muchísimo la boca para sonreír, exclama:

–¡Buen trabajo, Ivette! ¡Pensaba que nadie volvería a dar vida a este viejo local ahora que esa vieja arpía nos ha dejado!

Respiraría tranquila, pero me quedo de piedra. En primer lugar, esta señora conoce mi nombre. Y en segundo…

–Perdone, ¿acaba de llamar «vieja arpía» a mi abuela?

Se ríe a carcajadas, se sienta en un taburete y luego, mucho más seria, me dice:

–Era mi mejor amiga. La he llamado cosas mucho peores que esa. Y ella a mí también. ¿Sabes que solía llamarme Zorra Mística? Por mi pelo de colores. Lo que yo creo es que esa aburrida me tenía envidia, toda la vida con el mismo rubio oxigenado… ¿No se cansaba?

Antes de continuar hablando, se pone de nuevo las gafas de sol. Cuando veo cómo una lágrima le recorre la cara, entiendo que dice la verdad. Esta señora adoraba a mi abuela.

Ya con un café con leche descafeinado de máquina en mano, la Zorra Mística, que resulta llamarse Helga Müller, me cuenta toda clase de batallitas con Adelaide. Para algunas necesito frenarla, porque esta señora está dispuesta a darme mucha más información de la que necesito. De verdad, no quiero saber los escarceos sexuales de mi abuela; especialmente si implican látigos y mallas de cuero.

También me cuenta que vino a Blumenfluss porque era la última voluntad de su difunto esposo, un hombre muy bueno que se fue demasiado pronto; que está viviendo un despertar espiritual y se ha creado un perfil en Tinder hace unas semanas; que se pasa las mañanas paseando; que pertenece a un club llamado Calceteras Intensas y que su perrita, que lleva media hora oliéndose el pompis con Croqueta, se llama Maiden.

«Por Iron Maiden, no porque sea una dama», ha matizado.

Un rato después me propone que mañana traerá a todo su club de calceta y a su ligue actual –que aunque cree que va a ser un rollo es una señora la mar de maja– y se marcha.

Y yo la creo, sonrío y me doy cuenta de que se ha ido sin pagar.

–¿Croqueta? –Mi perra me mira–. Espero que esas chuches que me ha preguntado si podía darte valgan por lo menos el precio de dos cafés.

Capítulo 4
Ulises

Si hay algo que echo de menos de España, es la sanidad pública. Aquí utilizan el modelo Bismarck, que es algo así como un híbrido entre la pública y la privada. Y si crees que con un sueldo de florista puedo permitirme un buen seguro, déjame decirte que te equivocas.

No he podido abrir la floristería en tres días por una alergia al pelo de caballo.

Y no, joder, en mi floristería no entran caballos.

Pero, por lo visto, la tipa que entró el viernes a encargar las flores de su boda es amazona. Y tuvo la deferencia de dejar pelos por todo el mostrador.

«Bueno, Ulises, no te calientes», dice una voz en mi interior.

Pero sí me caliento. Vender flores no es fácil. Todo el mundo lo tiene romantizado porque los contextos en los que se regalan son románticos e idílicos y una cursilada tremenda. Pero ser florista es, probablemente, el trabajo más complicado que me haya podido echar a la cara.

En los últimos tres días, dos bodas han cancelado los centros de mesa que había empezado a preparar, la madre de una novia ha decidido que no le va a regalar el ramo de lirios porque no es una hija agradecida y un pretendiente adolescente bastante tarugo me ha preguntado si podía devolver el ramo con el que iba a declararse porque su novia le ha dicho que no. O su ex. O lo que demonios sea.

Lamentaría el lenguaje, pero estoy bastante hasta las pelotas. Cualquiera que leyera la conversación de WhatsApp lo comprendería.

> **Ulises**
> No, no se aceptan devoluciones.

> **Chaval romántico**
> Pero necesito la pasta para intentar llevarla a cenar.

> **Ulises**
> Cuánto lo siento...

> **Chaval romántico**
> ¿Sí? ¿Me devolverás el dinero?

> **Ulises**
> No.

> **Chaval romántico**
> ¿Y qué hago?

> **Ulises**
> Puedes probar a pedir monedas en la puerta de la iglesia.
> He oído que los domingos dan buenas propinas.

Y así cada semana.

Pero no todo es malo. Blumenfluss es altamente turístico, y diariamente me compran flores una barbaridad de personas porque, al parecer, el mejor momento para regalar un ramo desproporcionado es cuando no te lo vas a poder llevar de vuelta a tu país.

—Pero ¿sabe que se le...? —pregunto cada vez.

—Sí, sí. No hay problema. En unas horas las tiraremos. Solo queremos hacer un par de fotos para Instagram. Ya sabe, para entonar mejor con el pueblo y demás. *Aesthetic*, ja, ja, ja.

Más allá del tic en el ojo que me genera saber que mi trabajo va a acabar irremediablemente en la basura horas más tarde, no respondo. Tiro de aceptación, les cobro unos euros de más por imbéciles y dejo que se vayan con sus palos selfi y sus ilusiones efímeras a otra parte. Y entonces, cuando cierran la puerta, blasfemo mientras sigo trabajando en el pedido del siguiente imbécil.

El problema es que hoy casi no hay imbéciles. Compruebo la puerta de la entrada, veo que tengo el cartel de abierto puesto por el lado que toca y frunzo el ceño. No lo entiendo. A esta hora deberían haber venido, como mínimo, cinco parejas. De lo contrario, no podré pagar el alquiler.

Comprendo qué está pasando en cuanto pongo un pie en la calle.

—¿Qué narices? ¿Esas mesas estaban ahí esta mañana?

«Probablemente, cielo, pero como ibas enfurruñado mirando al suelo no te has dado cuenta», suena de nuevo la voz dentro de mí.

Aclararé que esa voz se parece mucho a la de mi hermana. Empecé a hablar con ella segundos después de que muriera. Aún estaba allí, tumbada en aquella cama de hospital justo delante de mí, con una sonrisa calmada y los párpados cerrados. Su marido le daba una mano, yo la otra. Y pese a lo fríos que estaban sus dedos, su tacto, de un modo inexplicable, continuaba siendo cálido.

«Vamos, marchaos a cenar. ¿Es que no tenéis casa?». Me imaginé que diría algo así. Seguramente, de haber podido, nos habría empujado hacia la puerta. Alguna vez lo hizo, de hecho. «Ya no», le respondí.

Fue la primera vez.

Aunque es posible que tenga razón, cierro los ojos, suspiro y me la saco de la cabeza para pasar a pensar que ese sitio llevaba siglos cerrado.

Hasta ahora. Aunque su terraza no sea precisamente

enorme, no cabe un alfiler gracias a las mantas y las estufas que la rodean, y el espacio que hasta ahora había en la calzada y mostraba mi floristería ya no está. No existe. Ha muerto. Mi negocio ha pasado a ser parte de la decoración de la nueva empresaria de turno, y eso disuade a la gente de comprar en mi local.

Algo que no pienso consentir.

—Esto no va a quedar así —digo.

Me da igual que nadie me oiga.

Dejo las tijeras de podar en el mostrador, cuelgo un cartel que anuncia que volveré en unos minutos y emprendo el paso para salir a un exterior obscenamente decorado donde lo primero que hago es tropezar con un reno que hay frente a la mercería.

—¡Señora, que aún estamos en noviembre!

Pero a la señora, que lleva un gorro navideño horrendo, le da igual.

Esquivo las mesas de la terraza, doy un empujón a la puerta e intento cerrar con un portazo, pero la cafetería también está a reventar, y el golpe no se oye por encima del murmullo de la gente.

En la barra distingo a Helga, una señora del pueblo —probablemente la culpable de que la mayoría de sus amigas estén aquí—, hablando con una chica que no debe llegar a la treintena. Es rubia, de ojos azules, medirá poco menos de un metro sesenta y tiene unas curvas de vértigo. Si no estuviera hasta las pelotas del día de hoy, hasta diría que es preciosa, pero más allá de haber demostrado ser una vecina comercial pésima, da la sensación de ser un desastre: corre de un lado a otro de la barra, entra en la cocina para sacar hornadas de nuevos *croissants* que no duran ni tres segundos en la bandeja y pone un café detrás de otro. La mitad se le derraman, y en dos minutos tres personas le han dicho que les falta leche, que les falta azúcar y que les faltan cucharitas.

Esto es un caos.

Y yo no pienso dejar que alguien que no sabe llevar un negocio me joda el mío.

Pero sé lo que estás pensando: que la chica no da abasto y que no tiene tiempo para ponerse a hablar. ¿Honestamente? Me da lo mismo.

Doy un par de zancadas, me coloco al lado de Helga y, después de hacer caso omiso de su perra del demonio, que me ladra, y de otra que no conozco, que me olfatea, decido que esperar a que me atienda es una mala idea. Puedo estar aquí hasta el día del juicio final. De modo que cojo aire y me dispongo a gritar. El portazo no lo habrá escuchado, pero a mí me va a oír:

–¡¡Eh!!

Helga se gira hacia mí con cara de pocos amigos, pero la ignoro tanto como la rubia me ignora a mí.

Vuelvo a gritar.

–¿Qué haces, neandertal? –me reprende la señora–. ¿No ves que la muchacha está ocupada?

–No se meta, señora Müller, no tengo el día.

Helga se gira hacia mí y me mira por encima de las gafas de sol.

–¿Cuántas veces te tengo que decir que no me trates de usted, niñato insolente?

–Se llama buena educación.

–¿Y lo dice el mismo que ha entrado dando voces en el local de la recién llegada?

Voy a responder, pero antes de que pueda abrir la boca de nuevo, Maiden está mordiéndome el cordón del zapato.

Resoplo y la levanto con una mano para apartarla de mí. La perra se pone a correr en el aire mientras Helga me echa la bronca.

Y entonces, perra en mano y con muy poca seriedad por mi parte, la rubia se planta delante de mí con su mejor sonrisa mientras se retira el pelo tras las orejas.

«Joder».

—Bienvenido al Blumenkaffee. ¿Puedo ofrecerle un *croissant* y un café con leche? —pregunta agitada mientras los mechones se le escapan.

Ahora es a mí a quien le jode que me traten de usted. Helga suelta una risita cuando ve que me quedo pillado.

Supongo que demasiado tiempo sin tratar con una mujer así me ha dejado fuera de combate, y…

Pero ¿qué digo? Claro que no. Es su acento. No es alemán, es demasiado abierto. Sin embargo, sí parece alemana. Da lo mismo. Sacudo la cabeza, endoso la perra a su dueña y, ya centrado, la miro terminante mientras espeto:

—No.

No me sorprende lo cortada que se queda. He conseguido sonar como quería. Sin embargo, cuando veo cómo me mira, me pregunto si no habré sido demasiado duro.

Pero ya no hay vuelta atrás.

—Así que tú eres la gran empresaria que amenaza con cerrar la floristería.

No me caigo bien ni a mí mismo en este momento. Y no pienso parar.

—¿P… Perdón?

—¡Con qué humos vienen algunos! —dice una Helga indignada—. No le hagas ni caso, Ivette. Este necesita un polvo con urgencia.

—¿Quiere meterse en sus asuntos, vieja bruja?

Ni siquiera le presto atención. Estoy centrado en la respuesta de la rubia.

—Yo… Yo no pretendo cerrar nada. Yo solo… —va a responder en tono lastimero.

—Tu clientela me come el terreno —salto antes de que pueda terminar—. Mi floristería está al lado de tu local, y estás ocultándola por completo. No he vendido nada en toda la maldita mañana.

–¿La floristería es… suya? –vuelve a boquear.

–¿Algún problema?

Cuando frunzo el ceño, ella niega veloz con la cabeza.

–¡En absoluto! Solo que, cuando ha entrado, no pensaba que usted fuera el dueño.

Ahora es Helga quien la interrumpe:

–A este no le trates de usted, no merece ninguna clase de respeto.

–Tócate los huevos –se me escapa en castellano.

La chica abre la boca y deja de lado el alemán y la conversación que nos ocupa para decir:

–¿Hablas mi idioma?

Decido contraatacar:

–Vaya, no sabía que el español fuese de tu propiedad.

–Quiero decir… Uf. –Baja la mirada y toma aire. Cuando la vuelve a levantar, ha dibujado de nuevo esa sonrisa aparentemente inocente, pero conmigo no va a funcionar–. Lo siento, no me malinterpretes. No esperaba que habláramos el mismo idioma.

Frunzo el ceño.

–Y tampoco esperabas que la floristería fuese mía. –Alzo una ceja–. ¿Puedo preguntar exactamente por qué?

–No –interviene Helga–. ¿Puedes dejar a la chica trabajar?

–No, Helga –se vuelve a meter ella–. Prefiero explicarme. –Luego me mira a mí y, volviendo a nuestro idioma, añade–: No esperaba encontrar a alguien como tú en el negocio de al lado.

–«Alguien como tú». –Me rio sarcástico–. ¿Tanto te cuesta decir «un hombre»?

Veo cómo se queda bloqueada, pero me da lo mismo. No es la primera vez que me enfrento a alguien porque cree que ser florista es un trabajo de mujeres. Antes de que diga nada más, añado:

–Pero, puestos a sincerarnos, yo sí esperaba que alguien como tú llevara este sitio. Estás hecha a medida para él –digo.

Se ve a kilómetros que es la típica ilusa que no sabe hacer la o con un canuto, pero ha romantizado las cafeterías porque está acostumbrada a que le sirvan el *brunch* los domingos a mediodía, cuando se despierta después de las doce. No me extrañaría que, dentro de unos días, esto fuera también una librería y sirvieran cafés con siropes.

Estoy esperando ansioso su respuesta, pero antes de que doña Buena Chica decida una combinación de palabras adecuada para responder, y mientras Helga me echa la bronca, el hombre más oportuno de Alemania aparece tras mi espalda, me da una palmada y, con una sonrisa infinita, dice también en español:

–Bueeeno, querido amigo, creo que va siendo hora de que vuelvas a tu local y riegues un par de *muletas*.

Es Franz. Mi mejor amigo, cuñado y familia en Blumenfluss. Y, ahora mismo, sospecho que también mi próximo dolor de muelas.

–Macetas –le corrijo de morros–. ¿De dónde coño sales, Schröder?

Señala un rincón donde hay un *croissant* a medio comer y un café con leche de tamaño industrial. Con sus marcadas erres y el español que jamás aprendió a hablar bien y que tanto le gustaba a mi hermana, entona:

–Llevo en esa mesa de ahí media hora que, si sabes matemáticas básicas, entenderás que comprende los diez minutos que hace que has entrado. De hecho, te he saludado al cruzar la puerta, pero estabas tan ocupado echando espuma por la boca que ni me has oído. Y como veo que sigues igual, procedo a apartarte de estas dos mujeres tan agradables y meterte en una nevera para que enfríes las ideas y la lengua antes de seguir hablando.

Capítulo 5
Ivette

Antes de llevarse a las Calceteras Intensas y demás curiosos del pueblo que se han acercado hoy a ver la cafetería, Helga ha intentado convencerme de que Ulises Tacoronte, que al parecer es como se llama mi vecino de negocio, es un huraño con pésimos gustos musicales. Además de un hombre alto, fuerte, de tez bronceada, espeso pelo oscuro y unos ojos verdes que me han aturdido nada más entrar en el local.

Pero yo hacía rato que solo podía pensar en una cosa. En lo que me ha aturdido cuando ha empezado a hablar.

«Pensaba que había dejado la gordofobia en casa».

Porque a eso es a lo que se refería cuando ha dicho que este sitio está hecho a medida para mí, ¿no? «A medida». Qué desagradable.

Y quizá, como dice Helga, también un poco arisco. Todo lo contrario a Franz, que nada más dejar a Ulises en la floristería, ha vuelto bautizándose a sí mismo como Superhéroe Croissant, consiguiendo hacerme reír y que Helga le diera un sonoro beso en la mejilla. Lo que no alcanzaba a comprender en ese momento es cómo dos personas como ellos pueden llevarse tan bien, pero mi cotilla justiciera se ha encargado de explicármelo.

Hace años, Franz estaba casado. La afortunada era una chica llamada Dara, inmigrante española. Vivían felices en Blumenfluss mientras él trabajaba como videógrafo para pequeñas empresas y ella daba el primer paso hacia su pasión con los ahorros de toda una vida: abrir una floristería. Con los años, Dara se quedó embarazada y tuvo un bebé: Eda, a quien Franz ha prometido traer algún día al Blumenkaffee. Pero si dedicarse a sus vocaciones y su planificación familiar apuntaban maneras para tener la vida que siempre habían soñado, el destino tenía otros planes... Llevarse a Dara demasiado pronto.

Y por eso, aunque Ulises me haya insultado, no puedo evitar tener el corazón roto. Porque Dara también se apellidaba Tacoronte. Y él está persiguiendo el sueño que su hermana no pudo continuar.

Por eso, y porque he quedado como una rematada sexista.

Así que aquí me tienes, a punto de quitarme el delantal para tocar a la puerta del florista que me odia y explicarle que me dan igual su género, edad, color de piel o cualquier otra cosa por la que pudiera tacharme de intransigente.

–Ahora vuelvo, Croqueta. Recuerda que no es necesario que te comas todas las migas de *croissant* del suelo –me despido antes de cruzar la puerta.

Entro de puntillas. La floristería está en silencio, como si las flores tuvieran miedo de alzar la voz, y solo una luz tenue ilumina el espacio del mostrador, lleno de tallos y cintas sueltos.

Ulises no está.

O eso pensaba hasta que, tras suspirar, una voz aparece a mis espaldas y dice:

–¿Has terminado de servir *croissants* ultracongelados?

–¡Ay! Qué susto. –Me giro y proceso lo que me acaba de decir–. ¡No! O sea, sí, he terminado. Y sí, también sirvo *croissants* ultracongelados, pero los horneo antes.

Me siento estúpida dándole explicaciones, así que cierro la boca antes de continuar.

–Qué detalle.

Veo cómo se cruza de brazos con los ojos entornados y se apoya en una pared antes de mirarme de arriba abajo. Me siento vulnerable, observada, mal, como cuando hacía Educación Física en el colegio, pero la mirada dura poco. Salta a la vista que no me esperaba aquí y no le hace especial ilusión quedarse conmigo. Pero si quiero que mi vida a partir de ahora no sea un infierno, tengo que procurar llevarme bien con este hombre. Cordialmente, al menos.

—Pero es temporal.

Ladea la cabeza. De repente parece interesado.

—¿De verdad?

Asiento y sonrío ligeramente.

—A partir de mañana voy a empezar a servir las galletas de mantequilla y los bizcochos de mi abuela, y con el tiempo quiero aprender más recetas. Quizá *brownies, pretzels* o…

Cuando veo cómo suspira, se incorpora y se dirige a mostrador, comprendo que había entendido que lo que era temporal era mi estancia aquí.

Supongo que ha llegado la hora de enfrentarme a la conversación.

—No he venido a quitarte trabajo.

Solo vuelve a mirarme cuando está tras el mostrador. También debo decir que está exponencialmente más calmado que en la cafetería. Tal vez en un cara a cara no es tan duro. O quizá está cansado. O a lo mejor es un psicópata y ha cerrado la puerta tras de mí y está a punto de sacar unas tijeras de podar para rebanarme el pescuezo y…

Me giro. Veo que ha dejado la puerta entreabierta. Suspiro.

—Ya, eso has dicho antes. —Saca una libreta y la deja caer sobre el mostrador—. Pero mis cuentas no coinciden. Y dudo que hayas venido a igualar las pérdidas que me has generado hoy comprándome medio local. ¿O tienes pensado corregirme comprando diez ramos?

Niego con la cabeza.

—Ya me parecía…

Ahora sí, la dureza de sus palabras hace que esté a punto de dar media vuelta y marcharme. Y lo haría, lo juro. Pero solo un instante antes de hacerlo, algo me mantiene anclada al suelo.

Un recuerdo. Mis rodillas raspadas. Unas niñas mirándome en el parque y riéndose de mí tras empujarme tobogán abajo. Mi abuela hablándome con la calma de las personas que han cocinado la sabiduría a fuego lento mientras me limpiaba las heridas.

Ese día me dijo:

—A menudo, las personas tienden a hacer el daño que ellas mismas llevan dentro, Ivette. Creen que así paliarán su dolor. Lo que no saben es que solo conseguirán que lo que les duele lo haga todavía más.

—Yo no creo que les duela más, Oma. Se están riendo.

—Tal vez ahora, pequeña. Pero tú mañana estarás riéndote y estas heridas ya no te dolerán. A ellas, en cambio, el empujón les dolerá mucho más tiempo. Les dolerá aquí.

Y me señaló el corazón.

Entonces no lo entendí. Hoy sí, y por eso me quedo, miro a Ulises y, con todo mi valor, digo:

—No me refería a que seas un hombre. Me da igual quién regente esto. Me refería a que eres desagradable. Y sé que para ti será prejuicioso y estúpido pensar que alguien que lleva un negocio tan bonito como este tiene que ser una dulzura, pero dentro de mi cabeza, independientemente del género con el que te identifiques, tenía sentido, y estaba deseando conoceros a ti y a tu local. Así que, en efecto: no esperaba que alguien que irrumpe en los negocios de los demás dando voces llevara la floristería. Esperaba a alguien más atento. Tratable, al menos.

Es posible que me haya poseído durante unos segundos el espíritu de mi abuela, porque no te haces una idea de cómo me ha costado encararme a él de esta manera. Soy una *people pleaser* de manual: evitar los conflictos y las conversaciones incómodas es mi mayor talento. Y también uno de mis mayores dolores de cabeza.

Pero lo he hecho. Y una parte de mí está orgullosa y quiere sonreír ante su cara de asombro. Sin embargo, un impulso, o quizá el espíritu de mi abuela otra vez, me empuja a soltar algo más. Algo que me revolvía las entrañas, pero jamás pensé que tendría el arrojo de decir:

—Tú, sin embargo, sí me has llamado gorda.

Ulises pasa de estar asombrado a negar con la cabeza, como si lo que acabara de decir no tuviera ningún sentido.

—Perdona, ¿qué?

Encojo un hombro como toda respuesta. Mis reservas de amor propio se están agotando. Las suyas no. Suelta su libreta en el mostrador y me apremia con ambos brazos, como si me invitara a hablar.

Fijo la mirada en un punto inconcreto de la floristería y empiezo a hacerlo muy, pero que muy deprisa:

—Has dicho que tú sí imaginabas a «alguien como yo» llevando una cafetería y que el sitio estaba hecho «a medida» para mí, y evidentemente eso significa que…

—Que eres un maldito cliché.

Cuando me interrumpe, miro a sus ojos verdes con los míos muy abiertos.

—¿Cómo dices?

Se relaja por primera vez, dibuja una sonrisa socarrona y, tras abrir su libreta y empezar a garabatear para pasar de mí en mi cara, dice:

—Un maldito cliché. ¿Una cafetería blanca y beis decorada con libros, tazas de cerámica que parecen sacadas de Temu, mantitas en las butacas, enredaderas y macetas y una anfitriona con un delantal vichy verde pastel? Por favor. Estoy seguro de que si busco «*cottage*» y «café» en Pinterest me salís tú y tus terroríficas plantas de plástico.

Me obligo a defenderme. A una parte de mí, por lo menos:

–Las tazas son mías. Me gustan las manualidades. Soy buena usando las manos.

El silencio tras mi frase es atronador. Cierro los ojos y trago saliva mientras anoto mentalmente que necesito aprender a pensar antes de hablar.

Carraspea. Qué vergüenza.

–Eso no ha sido muy Pinterest –musito.

Me cuesta no atragantarme con mis propias palabras.

–No.

–Y creo que será mejor que me vaya.

–Tal vez.

–Pero no estaba llamándote… Mira, da igual. Procuraré dejar un poco más de espacio para tu floristería, ¿vale? Adiós.

Ni siquiera dejo que responda. Doy media vuelta y salgo corriendo de allí.

Cuando llevo dos de las cuatro calles que separan la cafetería de mi bloque, freno en seco y me llevo las manos a la boca.

–¡Croqueta!

Me he dejado a mi perra en la cafetería.

Capítulo 6
Ivette

Aunque habría podido salir tan pronto como le he puesto la correa a Croqueta, al volver a por ella he visto que Ulises estaba cerrando la floristería para marcharse, y mi ansiedad social se ha apoderado de mí, desencadenando una reacción que ha pasado por:

1. Ponerme roja como un clavel.
2. Correr a esconderme a la cocina.
3. Buscar un trapo por si me había visto para tener una excusa. «Estaba limpiando. Soy una persona limpia. Limpio mi cafetería, y no es para quitarte más clientes a ti. ¿Te he dicho ya que soy limpia?».
4. Al salir, ponerme a sacarle brillo a la cafetera.

Y por ese motivo ahora mismo estoy frota que te frota. Porque me daba pánico enfrentarme a otra bochornosa conversación con él en la que parezca que le insinúo que soy buena en la cama.

Sobre todo, porque su cara de pasmo ha constatado que alguien como yo, hablando de eso, daba lugar a una escena ridícula. Aunque me haya explicado antes que no se refería a mi cuerpo. Tampoco necesito que él me lo diga para saber que la sociedad no entiende que las mujeres con cuerpos no normativos también podemos disfrutar de nuestra anatomía. Eso lo entendíamos mi abuela, yo y algunas rebeldes *body positive* más desperdigadas por el mundo.

Croqueta me mira como si estuviera leyéndome la mente.

—No me mires así, no es como si tuviera pensado

preguntarle si puedo tocarle el tallo. –Me río de mi propio chiste malo. Mi perra ladea la cabeza–. En serio, más allá de mis nulas capacidades de ligoteo, es evidente que ese chico y yo somos el día y la noche. Y ya no solo porque probablemente levante pesas de tu tamaño en el gimnasio: está encerrado en sí mismo. Y yo no soy del tipo de personas que van tocando a la puerta de los demás; yo soy del tipo de personas que, cuando tocan a la suya, primero miran por la mirilla y luego abren una rendija minúscula. Y eso si no me he escondido antes en el baño a hacer como que no estoy en casa.

Dejo de hablar cuando me doy cuenta de que Croqueta está dando vueltas sobre sí misma, en busca de la posición para dormir. Luego sonrío, dejo el trapo sobre la encimera y, con la cafetera más limpia del universo lista para mañana, cierro la cafetería.

Necesito un baño de burbujas y un chocolate caliente.

Capítulo 7
Ulises

Al parecer, tener que aguantar a mi nueva vecina de negocio y sus desagradables consecuencias sobre mi economía no es suficiente para el karma, que parece estar castigándome a latigazos por mi humor de perros habitual y constantes respuestas a mis adorables clientes.

Ahora también tengo que aguantar a un maldito incordio de vecino.

Hace días que noto movimiento en el apartamento de al lado, pero nada comparado con lo de hoy. Son las cinco de la mañana, lo que significa que faltan tres horas para que suene mi alarma, pero estoy en mi cama mirando al techo mientras alguien, más allá de mis paredes de papel de fumar, tira una sartén, suspira, se choca contra un mueble, rechista, lo arrastra y vuelve a empezar.

Los diez primeros minutos me contengo, pero la ineptitud de la persona que ha decidido despertar a todo el vecindario no conoce límites, y parece querer continuar con su serie de catastróficos topetazos hasta el infinito y más allá, así que acabo levantándome, poniéndome unas zapatillas y saliendo con mi mayor cabreo matutino a cantarle las cuarenta.

Sin embargo, estoy a punto de aporrearle la puerta cuando esta se abre de sopetón y sucede.

Aparece la mujer. El mito. La leyenda.

Ivette.

—¡Ay! ¡P-perdón! ¡No quería chocarme con...!

Se calla en cuanto se da cuenta de que se acaba de chocar de bruces conmigo. Yo solo parpadeo y entreabro los labios. No doy crédito. Ni de que ella sea mi nueva vecina, ni de cómo mi cerebro ha decidido olvidar por completo lo que había venido a hacer.

«Joder, no es una sucesión de pasos tan complicada: llegas, le echas la bronca y te piras. ¿Tan difícil te resulta?», me digo a mí mismo.

«Sí», respondo casi a la vez.

Mierda.

—¿Es una broma?

Eso es lo único que me sale cuando mis cuerdas vocales vuelven a funcionar.

—¿Q-qué?

Ivette está descolocada y mira a todas partes: hacia su piso, hacia mí, hacia su ropa.

Me planteo repetir la pregunta, pero estoy casi seguro de que nos guiará inevitablemente hacia una conversación de besugos, de modo que niego con la cabeza y me aparto de su camino.

—Nada. Asumo que llegas tarde a algún sitio, ve.

—¿Eh? ¿Qué? ¿Ta-tarde? —balbucea, y mira de nuevo hacia todas partes—. ¡Ah! ¡¡La cafetería!! ¡S-sí! ¡Sí! —grita con la urgencia de quien se ha dejado una vela encendida al lado de una cortina—. ¡Croqueta!

Vale, eso no me lo esperaba.

—¿Croqueta? —Enarco una ceja mientras niego con la cabeza—. ¿Así blasfemas?

Antes de que pregunte «¿Qué?» otra vez, una perra de pelo dorado con un jersey navideño sale corriendo del piso y corre hacia nosotros. Cuando está delante de mí, derrapa, se para y me mira. Y entonces lo entiendo.

—Ah. Croqueta.

La perra desconocida de la cafetería se abalanza sobre mí para que le dé cariño. Algo a lo que no puedo decir que no, por más cabreado que viniera.

—¿Tú también te me vas a tirar encima esta mañana? —pregunto con media sonrisa.

Al poco recuerdo que Ivette, por algún motivo, llega tarde a su propio negocio, de modo que me separo de la perra y me aparto unos pasos. Pero nada queda de la mujer atacada de hace unos segundos. Ahora me mira a mí boquiabierta y parpadeando.

–¿Ocurre algo? –pregunto.

Sacude la cabeza y se agacha para ponerle a su perra la correa.

–En absoluto –mascula.

No sé por qué ni pienso buscarle una explicación, pero su respuesta me hace sonreír del todo. Desdibujo el estúpido gesto, carraspeo y digo:

–Bien. Asumo que tienes prisa. –«Genial, Sherlock, solo te lo ha confirmado quince veces», me digo–. Así que aplazaré los treinta reproches que te traía de desayuno. Pero si eres tan amable, mañana intenta que no parezca que tu casa es una cacharrería y que dentro hay un elefante..

Noto que va a decir algo, pero finalmente asiente, traga saliva y tira de su perra.

Y entonces cierra la puerta y me doy cuenta de la gilipollez que acabo de soltar.

«Acabo de llamar elefante a una persona que ayer creyó que la había llamado gorda. Soy imbécil».

Capítulo 8
Ivette

Intento distraerme de la idea de que el hombre que me odia me va a odiar aún más cuando sepa que, además de su vecina de negocio y piso, soy su casera y quien le va a cobrar el alquiler a partir de ahora, pero ni siquiera trabajando el doble de rápido lo consigo. Mucho menos cuando la campanilla de la puerta tintinea y aparecen él, su porte de modelo de Calvin Klein y ese ceño fruncido fulminante.

Miro a todas partes para ver si hay alguien llamándome, algún vaso rompiéndose, algún perro haciendo pis o cualquier otra excusa para librarme del enfrentamiento solo unos segundos más, pero es inútil. La afluencia de la cafetería no tiene nada que ver con la de ayer: la mitad del club de Calceteras Intensas no está, los curiosos ya curiosearon hasta saciarse y Helga y Franz hoy deben tener cosas que hacer, porque no se les ha visto el pelo por aquí.

En otras palabras: no tengo con qué escaquearme.

—Hola —saluda Ulises.

«No grites, Ivette».

—¡¡Hola!! —«Mal, Ivette»—. O sea, hola, perdón. No quería gritarte.

Un momento. ¿Eso ha sido una sonrisa? Ha sido sutil y fugaz, pero juraría que la he visto. Que Ulises me ha sonreído, como esta mañana a Croqueta. Bueno, «me ha sonreído» no. Tampoco vamos a alucinar. Ha sonreído en general, al universo.

—Yo también he venido a disculparme.

Frunzo el ceño y voy a preguntar por qué, pero habla

de nuevo antes de que pueda terminar de formular la pregunta:

—A explicar algo, más bien.

Ya no sonríe.

«Vale, eso parece más típico de él».

Asiento y cojo un trapo con las manos para dejar de moverlas erráticamente. Después me pongo a sacarle brillo a la barra y respondo:

—Claro, adelante.

—Con lo del elefante en la cacharrería no me refería a ti. No creo que seas un… Bueno, ya sabes.

Entorno los ojos mientras repito mentalmente lo que ha dicho. Cuando entiendo que se refiere a su frase hecha de esta mañana, aprieto los labios y me arden las mejillas. Ha venido a explicarme eso para que no me sienta mal.

—Sé que es una frase hecha —digo con un hilo de voz—. Pero gracias, es un detalle por tu parte.

Y él asiente con la misma cara de pocos amigos de siempre y se dispone a irse.

Pero ahora yo ya sé que es buena persona. Y eso no lo va a poder deshacer tan fácilmente como el camino que separa mis cafés de sus flores.

A propósito…

—¡Ulises! —digo en un impulso. Cuando se gira y me mira interrogante, siento cómo me hago pequeñita y me empiezo a arrepentir—. ¿Quieres un café? Me ha llegado un sirope de chocolate que encargué antes de salir de España y está causando furor. —Y añado—: Invita la casa.

Él cruza la cafetería en dos zancadas —no porque quiera hacerlo rápido, sino porque es grande, y alto, y guapo, y… mejor paro— y me mira con seriedad.

—¿Es una especie de compensación por despertarme a las cinco de la mañana?

Y su voz suena mucho más sexi de lo que debería, lo que me pone aún más histérica.

–S-sí. Y por chocarme. Ya sabes, contra tus pectorales.
«¡¿Contra tus pectorales, Ivette?!».

Cierro los ojos y respiro hondo. No quiero saber qué cara está poniendo. Evidentemente, al abrirlos de nuevo voy a decir que lo siento, pero cuando abro la boca y le miro de nuevo, veo que se ha apoyado en uno de los taburetes de latón que hay en la barra y, mirando hacia un lado, dice:

–De acuerdo. Pero sin sirope, eso es terrorismo gastronómico. Solo y sin azúcar, por favor.

Le miro, asiento con rapidez y configuro la cafetera.

Un minuto más tarde, su café solo y sin azúcar está en un vasito de *espresso* que yo misma me ocupé de pintar con pequeños tulipanes blancos que, cuando contrastan con el color negro del café, quedan preciosos. Un vasito que tiembla porque lo llevan mis manos inquietas. Un vasito que él va a sostener antes de que yo lo suelte.

E irremediablemente, con ese movimiento suyo, nuestros dedos se tocan y siento que me voy a desparramar por el parqué de la cafetería.

Quizá por eso no pienso y suelto lo que suelto:

–Por cierto, además de tu vecina de negocio y tu vecina de piso y una bocazas, también soy tu casera. Espero que el café esté rico. Y ahora tengo que irme.

Un instante después, desaparezco metiéndome en la cocina.

Cuando creía que mi día no podía ir a peor, después de comer, mientras estoy repasando la receta de las galletas de mantequilla de mi abuela, entra de nuevo mi vecino por la puerta.

En realidad, «Franz arrastra a Ulises hacia dentro» sería más acertado.

–Da la casualidad de que no me apetece enfriarme –me defiendo.

Pero él, sin perder un solo milímetro de esa gigantesca sonrisa, ríe y agrega:

–Da la casualidad de que no me importa lo que te apetezca. ¡Buenos días, señoritas!

Helga se despide mostrándome los dientes, Maiden sigue ladrando, la perra que no conozco me observa con cautela y la princesa Disney parpadea con la misma mirada perpleja que cuando le he dicho que este sitio estaba hecho a medida para ella.

Solo espero que no se lo crea y se quede, porque no quiero tener que venir a pelearme cada condenada mañana. Pero, de ser necesario, lo haré.

Nadie va a cargarse el negocio de los sueños de mi hermana.

–¡Buenas tardes! –Me esfuerzo por sonreír.

Tras ellos, una niña de unos catorce años, alta, de piel pálida, pelo rubio, ojos azules y pecas salpicándole las mejillas, se adelanta y me devuelve el saludo en español:

–¡Hola! ¡Qué ilusión! ¿Tú eres Ivette? –Da una vuelta sobre sí misma, estudiando el espacio–. Dios mío, papá, tenías razón, ¡este sitio es precioso!

Franz sonríe orgulloso, asiente y se frota una medalla imaginaria. Yo sonrío con él.

–¿Eres Eda? –pregunto animada.

Por un momento, se me pasa el tembleque por ver a Ulises, que permanece callado junto a Franz, mirando a la niña.

–¡Sí! ¿Mi padre te ha hablado de mí?

–¡Todo el pueblo me ha hablado de ti, tesoro! –respondo animada al recordar cómo Helga me contó su historia.

Mientras se sienta y mira la carta, pienso que es la viva imagen de su padre: risueña, alegre y con el don de contagiar una energía preciosa. Una energía que ni con Ulises cerca se me va durante un rato.

–¡¿Tienes sirope?! –Me mira boquiabierta.

–¡Sí! –Asiento efusiva–. ¿Te gusta?

–¡Me encanta! Papá, ¿me puedo tomar un café con sirope?

Su padre asiente enseguida.

–Claro, otro para mí. Ivette, nos sentaremos en aquellas butacas, junto a la chimenea.

–Fabuloso. Enseguida os los llevo. –Sonrío.

–*Danke!* –agradece la niña.

Su tío, sin embargo, no va con ellos, y cuando estoy decorando las tazas con el sirope, se acerca a la parte de la barra donde estoy y, asegurándose de hacer mucho ruido con el taburete, carraspea y dice:

–Házselo descafeinado. Es una adolescente, no necesita más energía que la que trae de fábrica.

Me giro levemente y asiento. Por supuesto, no le digo que me enternece que cuide de su sobrina. Tampoco que agradezco que haya hecho ruido para que no me sobresaltara cuando he oído que estaba aquí.

–De acuerdo. ¿Tú quieres un café, o…?

–No, gracias.

Asiento de nuevo y me vuelvo a centrar en las tazas de Franz y Eda pensando que se irá. Cuando me giro con ellas, sin embargo, veo que no es así.

Esta vez disimulo bastante mal el sobresalto, pero logro no tirar los cafés y los dejo en la barra.

–¿Has cambiado de opinión?

–No.

Trago saliva.

–Ah. Vale.

Le miro. Me mira. El tiempo se detiene durante unos segundos. ¿Qué está pasando? No lo sé, y no tengo la más mínima pista de por qué está analizándome así hasta que dice:

–Entonces eres mi casera.

Aprieto los labios.

–Así es…

–Bien. Pues vas a tener que hacer algo con esa terraza si quieres que continúe pagándote el alquiler. Hoy tampoco ha venido nadie a la floristería. Mis clientes se paran en tu cafetería de princesa Disney y se olvidan de que venían a comprarme a mí.

Nunca he sido una persona que supiera cómo discutir, así que no me cuesta morderme la lengua y no preguntarle cómo sabe que son sus clientes, ni tampoco por qué está tan seguro de que es culpa de mi terraza y no de su actitud que no le compren. Pero decido que tampoco me conviene callarme y asentir cada vez que Ulises diga algo si no quiero que me tome por una cría indefensa e incapaz de llevar un negocio y un arrendamiento. Por eso, doy un pequeño paso y digo:

–Ya he reorganizado la terraza.

Vale, no es la respuesta más asertiva. En realidad, solo le estoy diciendo que he hecho lo que me pidió, pero creo que lo he dicho en un tono casi firme.

‘ –No es suficiente. Pierdo una venta por cada café que vendes tú.

Y… ahí va mi mejor esfuerzo. Suspiro, me enfrento a su mirada inquisidora y lo vuelvo a intentar:

–Lo lamento, pero no sé qué más puedo hacer. Y te prometo que lo último que quiero es quitarle el pan a nadie. Yo solo he venido aquí a ganarme la vida.

Cuando suspira, cierra los ojos y se rasca la nuca, sé que debería aprovechar para pensar una manera ingeniosa de decirle que sea él mismo quien piense cómo sacar a flote su negocio. No puedo, sin embargo, porque veo que le duele de verdad y que esa floristería es mucho más que una forma de ganarse la vida.

Por suerte, alguien más ha oído la conversación y entra en escena:

–¿Y si unís fuerzas?

Los dos nos giramos hacia Franz.

–¿Qué dices? –pregunta Ulises.

Su amigo sonríe como si hubiera tenido la mejor idea del mundo. Yo espero cauta.

–Ivette no quiere rivalizar, y aunque tú te pelearías hasta con un bloque de *hormigas*…

–Hormigón –corrige y le mira mal.

–… pelearte –su enorme sonrisa y él continúan como si nada– tampoco es tu objetivo. Así que, en lugar de seguir discutiendo, ¿por qué no hacéis algo que mejore las ventas de la floristería y a la vez las de la cafetería? De su dulzura y tu cabezonería puede salir algo interesante.

Me parece una idea fantástica, pero no sé descifrar la expresión de Ulises, de modo que decido esperar primero su reacción.

Pero justo cuando estoy segura de que va a decir que no, aparece Eda gritando:

—¡Me encanta! —Y la cara de Ulises cambia en un nanosegundo a una de impostada ilusión—. ¿Verdad que es buena idea, tío Uli?

Ulises se aclara la garganta, y veo en su cara que no sabe decirle que no. Por suerte para él, el teléfono de Eda empieza a vibrar y se excusa diciendo que es una compañera para quedar para un trabajo y que volverá en unos minutos.

Minutos suficientes para que Ulises diga:

—Es la peor idea que has tenido en tu vida.

Y a mí se me caiga el alma a los pies.

—Y luego los *dickköpfig* somos los alemanes.

Miro a Franz intentando que mi alemán oxidado recuerde qué significa, pero no quiero meterme en la conversación y llevarme un corte.

Me sorprende ver que no hace falta cuando Ulises me observa con cansancio, suspira y dice:

—Cabezota.

—¿Perdón?

—*Dickköpfig* es «cabezota». Me está llamando cabezota.

Franz sonríe ampliamente.

—¿Ves? Os entenderíais perfectamente. Ni siquiera has necesitado que Ivette te dijera que no entendía la palabra para que…

—Ya vale, Franz —le corta.

Con lo que no contaba Ulises era con que Eda entrara de nuevo en la cafetería, le abrazara por la espalda y gritara:

—¡Dejad de pensar! ¡He tenido una idea maravillosa! Mis amigas y yo vamos a hacer un calendario de Adviento para estudiar de cara a los exámenes de enero. Cada día nos tocará un tema y tenemos que estudiárnoslo.

—Continúa, me gusta por dónde vas —la alienta su padre.

La sonrisa de ella es contagiosa.

—Había pensado que podríais hacer también lo mismo, pero con talleres y eventos temáticos en común.

Cuando termina de hablar, mira a su tío y parpadea muchas veces, pero como él no dice nada, se vuelve hacia a mí.

Y yo tengo muy claro cuál es mi punto de vista.

—Me parece una idea maravillosa, Eda.

La niña chilla emocionada y se abraza a mí a través de la barra. En ese momento, puedo ver por el rabillo del ojo cómo Ulises fulmina a Franz con la mirada.

Un instante más tarde, Eda me pide que le ponga el café para llevar alegando que va a contárselo a todo el mundo. A continuación, sale corriendo de la cafetería, y, cuando eso pasa, su padre aprovecha para decir:

—¿No irás a romperle el corazón a tu sobrina?

Pero Ulises solo respira hondo, mira a Franz, me dedica a mí una mirada fugaz y, tal y como ha llegado, sin anunciarlo, se va.

Capítulo 9
Ulises

Cierro la puerta de la floristería y me encierro con los encargos pendientes antes de que Franz pueda venir a chantajearme moralmente. No quiero saber nada de la cafetería ni de trabajar con Ivette; bastante complicado va a ser oír cómo me despierta cada mañana la misma mujer que va a lograr que no pueda pagar mi propia casa.

Bueno, de acuerdo, técnicamente es su casa. Pero yo llegué antes.

Y ahora aparece como si hubiera estado aquí desde siempre y esta parte del mundo fuera suya. Va repartiendo a diestro y siniestro sonrisas inocentes y miradas de no haber roto un plato jamás, y no solo enamora a todo el maldito pueblo, también pone mi vida al completo del revés.

Lo peor es que Eda es su fan número uno. Se lo he visto en la cara; se le ha iluminado nada más entrar en ese rincón Pinterest que regenta Ivette. Para más inri, estoy seguro de que, si Dara estuviera aquí, también lo adoraría y se lanzaría de cabeza a la propuesta de la niña.

«Sí que lo haría», canturrea con sorna una vocecita en mi cabeza.

«Joder, Dara, déjame en paz».

«Y tú deberías hacerlo. Esa chica es monísima y lo sabes».

«Sí. O sea, no, ¡no! No me marees. No quiero saber nada de Ivette».

«Lo que tú digas», responde otra vez.

Tras varios pedidos, aparto de un gruñido la conversación mental con mi hermana y me centro en terminar el ramo de flores que va a venir a buscar Arno para su mujer. Hoy cumplen sesenta años de casados, y ese octogenario sigue siendo tan romántico como cuando lo conocí hace tres, al llegar aquí.

Yo estaba molestando a Dara mientras ella hacía este mismo ramo con el doble de maestría y mucha mejor cara que yo. Nos reíamos de una de nuestras batallitas de la infancia: la del día que quitamos el espantapájaros del huerto para montar en su lugar una casa para pájaros. Acabábamos de ver *Blancanieves*, y tener animales cerca nos pareció una idea mucho mejor que aquel muñeco horrible. *Spoiler*: no lo fue. Al día siguiente, una horda de pájaros hambrientos había devorado los tomates que nuestra madre llevaba meses cuidando. No le hizo demasiada gracia. Yo, sin embargo, acabo sonriendo levemente al recordarla.

Arno toca a mi puerta justo cuando termino con su ramo. Llega con expresión amable y esas patas de gallo que tiene de tanto reírse a carcajadas. Al abrir y dejar que pase para entregarle el ramo y, como es costumbre, ayudarle a escribir la dedicatoria para su mujer, me obligo a deshacer la sonrisa. Sé que ella querría que continuara haciéndolo, sobre todo en un momento tan especial, pero no me parece justo. Este no es mi sueño y no debería ser yo quien lo perpetuara, sino ella. El único motivo por el que estoy entregando este ramo después de tres años es porque Dara no puede hacerlo. Aunque en Navidad solo tenga ganas de encerrarme en mi casa y esperar a que llegue enero y se lleve estas fechas endemoniadas.

Con el corazón encogido y apretando los labios para no sonreír, dejo que Arno se vaya y compruebo que ya no tengo más pedidos. Quizá por eso me sobresalta tanto que alguien más entre mientras estoy recogiendo la trastienda y preparándome para cerrar. ¿Tal vez un turista?,

¿el cartero?, ¿una novia atacada porque se ha olvidado de encargar su ramo?

Ninguna de las opciones anteriores.

Es Ivette. Una Ivette de respiración agitada, manos temblorosas y ojos preocupados que empieza a hablar mucho antes de que le pregunte qué hace aquí.

—Mi abuela siempre decía que todo el mundo es capaz de amar la Navidad. Tal vez no las luces de los árboles, los cafés especiados, los villancicos y el roscón de Reyes, pero sí su espíritu, si se rodea de las personas adecuadas y le pone ilusión. Y sé que crees que yo no soy la persona adecuada y que no tienes ilusión, pero creo que podemos ser un buen equipo y conseguir que disfrutes un poco de estas fechas.

Procesar todo lo que me acaba de decir y relacionar su discurso con la propuesta del calendario de Adviento me cuesta horrores y consigue que me duelan las sienes, así que cierro los ojos, sacudo la cabeza y simplemente pregunto:

—Perdón, pero ¿por qué narices querría yo disfrutar de nada? ¿Y por qué quieres tú que yo disfrute?

—Uf. —Se abraza a sí misma, mira a la calle y después a mí de nuevo—. Bueno, no sé. Todo el mundo quiere disfrutar. Y también soy tu casera y tu vecina, y creo que es importante que todo el mundo lo pase bien, así que intento poner mi granito de arena para que la gente que tengo cerca lo haga; a ti te tengo cerca en casa y en el trabajo, así que… Además, como te decía, mi abuela creía eso, y yo quiero demostrar que… que tenía razón. Que tú también puedes disfrutar. Quizá no del invierno y del chocolate caliente, pero sí de la vida.

—De la vida —repito.

—Sí. Quiero decir… La vida es bonita.

—Creo que no te estoy pillando, Pinterest.

Entreabre los labios, pero no se para a pensar en lo que la he llamado y continúa hablando:

–Quiero que disfrutes conmigo.

Enarco una ceja.

–¿Qué?

Puedo ver cómo sus mejillas se tiñen de un rojo chillón. Justo cuando el color le llega a los pómulos, empieza a tartamudear y hablar deprisa otra vez:

–O-o sea. A ver. Quiero decir que disfrutemos de e-esto. De ser vecinos. Vecinos de negocio. Y-y de casa. Y que puedas p-pagar el alquiler y tener tu negocio y hacer feliz a tu sobrina y…

Ladeo la cabeza.

–¿Y…?

Aprieta mucho los párpados, como si el último «y» se le hubiese escapado.

–Nada.

–Suéltalo, Pinterest.

Bufa, pero acaba diciéndolo, aunque lo haga con la boca chica:

–Y… no venir a reprocharme más que no tienes clientes por mi culpa.

Consigue arrancarme una carcajada. Sarcástica, pero ahí está, al fin y al cabo.

–En serio, no puedo recoger más la terraza… –añade con un hilo de voz.

«Es adorable, ¿eh, hermanito?», dice otra vez esa voz.

«Cállate, Dara», respondo.

–No te vas a ir hasta que acceda, ¿verdad? –le pregunto.

Sonríe tímida y responde:

–¿Puede…?

–¿Y tienes aún más argumentos para convencerme?

–De hecho, tengo una lista.

Esta vez logro contener la carcajada a duras penas.

–Entonces pasa. Te vas a congelar como sigas ahí fuera, y por más que me tiente la idea de que cierres la cafetería durante unos días por un catarro y mi economía se recupere, no pienso asumir la culpa si la princesa Disney favorita de Blumenfluss muere de hipotermia.

Lo de la lista no era un decir. En cuanto le he dicho que era todo oídos, ha sacado una servilleta, la ha desdoblado y ha empezado a enumerar:

—Razón número uno por la que deberíamos llevar a cabo el calendario de Adviento juntos: haríamos comunidad en el barrio.

Como supondrás, mi queja ha sido inmediata. Le he dicho que no entendía por qué quería hacer eso si no conocía a esta gente y jamás habían hecho nada por ella, pero doña Mundo Fabuloso me ha rebatido diciendo que tampoco habían hecho nada malo. En todo caso, no me ha servido su argumento y le he pedido que pasara al número dos.

Tampoco me ha valido.

Francamente, no me han valido ni el dos, ni el tres, ni el cuatro ni ninguno. Alguno no era especialmente malo, pero algo dentro de mí sigue negándose a colaborar.

—¿Ninguna te gusta? —pregunta y se muerde el labio inferior, preocupada.

«En realidad, alguna no ha estado mal del todo», reconozco mentalmente.

—Ninguna.

—¿Tan malas son?

«No, pero odio celebrar la Navidad. Supondría empañar un recuerdo doloroso festejando la felicidad de los demás. Y alguien a quien yo he querido ver feliz siempre ya no podrá serlo nunca más».

—Nefastas.

Su sonrisa fingida no es suficiente para ocultar su cara de derrota. Y no voy a mentir, consigue que me sienta un completo capullo. Tal vez por eso añado:

—¿Cuántas quedan?

—Pocas.

—¿Cuántas son pocas, Ivette?

Enarco una ceja, me han bastado dos días para calarla.

—Un par… O veintisiete.

—Veinti… —repito, pero cuando proceso lo que ha dicho me quedo atontado—. ¡¿Veintisiete?! Pero si los calendarios de Adviento tienen veinticuatro días, por el amor de Dios… ¿Has hecho una lista más larga que el propio calendario?

—Pensé que rechazarías algunas de mis ideas. Necesitaba alternativas.

—Ya veo…

Cierro los ojos y noto el cansancio en los párpados, en mi bufido y al volver a tomar aire. Pero no quiero continuar sintiéndome el Grinch en su etapa más imbécil sabiendo la cantidad de tiempo que ha invertido haciendo la dichosa lista —y en una servilleta, con lo que cuesta escribir ahí—, de modo que me repongo, la miro y digo:

—De acuerdo, vamos a hacer una cosa: por el bien de mi salud mental, por el chantaje emocional relativo a mi sobrina al que va a someterme Franz si no te ofrezco una alternativa y porque como sigas con esa lista en lugar de sirviendo cafés vas a quebrar antes de salir de aquí, accederé a hacer una prueba piloto.

Se le ilumina tanto la mirada que podría dar luz a todo Blumenfluss durante un año sin esfuerzo. Ese entusiasmo me obliga a matizar:

—Pero no todo el calendario. Solo una: un día, me da igual mañana o tarde, un solo evento. Si con él consigues demostrar que es positivo para ambos negocios y no solo para tu cafetería, accederé a perpetuar tu lista de horrendas ideas navideñas contigo.

—¿Quieres decir que haremos el calendario de Adviento si sale bien?

Bufo.

–Exactamente.

Pese a la ilusión, una ráfaga de duda cruza su rostro.

–¿Y si no?

Tengo que esforzarme por esconder una sonrisa. No esperaba un «¿Y si no?», lo que me dice que tengo más fe en esta muchacha y su espíritu navideño que en mí mismo.

Qué jodido peligro.

–Y si no, me perdonarás un mes de alquiler –me lanzo–. No es que no quiera pagarte, pero si además de perder dinero gracias a tu Starbucks en ciernes, dejo de ganarlo por estar organizando fiestecitas contigo, no voy a ser capaz de asumirlo. Y me gustaría poder llevarme algo a la boca este mes, por aquello de no morir de hambre.

–Lo entiendo.

Sonríe de nuevo y me tiende la mano. Una mano blanca como la nieve, delicada, femenina. La miro y parpadeo.

–¿Te da igual perder un mes de alquiler?

Pero Ivette, la misma Ivette que casi se viene abajo cuando le digo que sus ideas eran nefastas, se repone y responde:

–Para nada… Ahora soy autónoma tributando en España, he cambiado de país, he abierto un negocio que estoy arreglando con los pocos ahorros que tenía y mi asesor *online* me cobra muy por encima de mis posibilidades. No puedo permitirme perder ni medio céntimo.

–Entonces, ¿a qué viene ese buen humor? ¿Tanta fe ciega tienes en ti misma?

Se encoge de hombros y, con esa voz fina y tímida que la caracteriza, musita:

–En mí no: en mi abuela. Ella me diría que, como todo lo que me propongo, la prueba piloto saldrá bien y el calendario de Adviento verá la luz. Y la creo. O, bueno, la creería si me lo dijera. Sea del modo que sea, estoy segura de que sería así.

Me contengo hasta que sale por la puerta y después, cuando sé que no hay peligro de que me vea, sonrío como un completo idiota y, sin que me oiga, digo:

—Buena suerte, Pinterest.

Capítulo 10
Ivette

Reprimo una sonrisa tímida cuando entro en casa y, en lugar de poner otro capítulo de *Los Bridgerton* o instalarme en el sofá a hacer ganchillo mientras Croqueta se acurruca a mis pies, abro Pinterest en el iPad. No puedo evitarlo. Ha sido un día larguísimo de trabajo, de ansiedad social y de clientes que primero me han pedido cafés con leche y después han cambiado de idea. «Te lo había pedido corto», me ha dicho uno. «No, no lo ha hecho, lo he apuntado en mi libreta favorita porque tengo una memoria horrible para estas cosas», he pensado yo, pero he puesto mi mejor cara como toda respuesta. Y aun así, pese a la necesidad de desconexión que mi cerebro pide a gritos, el absurdo deseo de encontrar inspiración para decorar la cafetería de cara a la prueba me abrasa las yemas de los dedos.

Y tiene que ser en Pinterest.

No vale Google.

No vale Instagram.

Pinterest.

«*Cottagecore*». «Cafetería». «Navidad».

Mi sonrisa se ensancha.

Voy a conseguir que ese hombre se dé cuenta de lo equivocado que está conmigo, a sumar un adepto a la causa navideña y… a demostrarme a mí misma que soy capaz de lograr que alguien disfrute de la Navidad mientras yo, por una vez, por un año, lo hago también, sin pensar en cómo justificar que sí, que voy a comerme el siguiente trozo de jamón serrano sin que nadie me juzgue por ello.

Chupaos esa, papá y mamá, vuestra gordofobia no entrará en el chat esta vez.

Tras media hora haciendo *scroll*, lo que más me gusta es la decoración que mezcla flores y adornos navideños reciclados y de madera. Fresca, acogedora, sencilla, sin recargar. Tal vez se deba a que no es la típica decoración para estas fechas, donde suelen predominar las invasiones de luces, los Papás Noel inflados subiendo por las ventanas o los adornos de plástico. O quizá a que me estoy dejando llevar por la idea de unir los dos mundos. El suyo y el mío. Las flores y las manualidades.

Cuando esa idea anida en mi cabeza, siento la necesidad imperiosa de buscar la floristería de Ulises en internet. El deseo de encontrarla se hace realidad en un par de clics: Dara Tulpen, «Los tulipanes de Dara» en español. Sabía que se llama así porque hay un cartel precioso grabado en madera sobre la puerta, pero hasta ahora no me he preguntado por qué se llamará así. ¿Serían las flores favoritas de la hermana de Ulises? ¿Tendría algún vínculo especial con ellos?

Tras estudiarla un poco, veo que tiene una detallada página de *stock* donde pone qué flores puede servir diariamente según la temporada. Después compruebo que ahora, en diciembre, tiene tulipanes para dar y tomar, y no me lo pienso.

Selecciono suficientes como para vestir todas las mesas de mi cafetería alternando los colores –los blancos y rojos se me antojan más navideños– y los añado al carrito. Luego trasteo unos minutos más, maravillada por todas las secciones de la web, por el portafolio de los centros de mesa, de los ramos para diferentes ocasiones, de los tocados. Me pregunto cuáles serían obra de una hermana y cuáles obra del otro. Y acabo tan encandilada que, antes de pagar, añado un bonito camino de flores preservadas. Gerberas y paniculatas blancas. Quedarán preciosas sobre la cafetera, en la pequeña estantería que expone las variedades de café.

Cuando finalizo el pedido y recibo el mensaje automático con la franja horaria para recogerlos, me inunda un enorme sentimiento de satisfacción.

Capítulo 11
Ulises

Tengo que mirar tres veces la pantalla para creerme lo que estoy viendo: alguien ha encargado una cantidad descomunal de flores. Sin previo aviso. Sin un porqué. A veces la gente indica en notas para qué evento es o se pasan por la floristería antes de encargarlas, pero en esta ocasión no hay ningún tipo de pista que me indique quién es ni para qué los quiere. Por no haber, no hay ni nombre de contacto. Solo los datos de una empresa para poder emitir la factura: Schneider S. L., algo que no me da mucha información, dado que hay cientos de miles de alemanes con ese apellido. Claro que tampoco es que yo necesite saber quiénes me compran ni para qué solicitan mis clientes las flores, pero en este caso la curiosidad me consume. ¿Qué clase de romántico anónimo desesperado pediría urgentemente ciento cincuenta tulipanes y un camino de flores preservadas? ¿Y qué clase de persona las pagaría por adelantado cuando está especificado que, si no es una pieza que requiera preparación previa *ad hoc*, se puede pagar en el momento? Pero sobre todo me pregunto si no será una broma de mal gusto de alguien que no tiene un interés real en pagarme.

No, no creo. Nadie invertiría tanto tiempo combinando flores que después no va a pagar, y si algo está claro es que no las ha elegido al azar; esa persona, sea quien sea, tiene sentido de la estética.

Decido que será alguna organizadora de eventos sin tiempo o ganas de comunicarse con sus proveedores, sacudo la cabeza y me pongo manos a la obra. No lo entiendo, pero tampoco es asunto mío. Y de todos modos, no queda mucho para que lo descubra. Quien sea que trabaje para Herr o Frau Schneider, debería pasar antes de las diez a por el pedido.

Estoy terminando de envolver con cuidado el camino de flores preservadas cuando la puerta de la entrada se abre.

–Buenos días. Si me necesita, pídame ayuda directamente, estaré por aquí –digo en modo automático y con la cabeza gacha mientras sigo con mi trabajo.

Nunca me han gustado los dependientes acosadores que van detrás de ti preguntándote si necesitas ayuda.

Normalmente la gente se pasea por la floristería, mira un par de ramos, sonríe y se va sin comprar ni decir nada o recoge su pedido. Pero hoy solo tengo el de la presunta organizadora de eventos de Schneider, y todavía no toca pasarse por aquí. Aún no son las…

–Buenos días, Ulises. Yo… venía a por un pedido. No sé si es muy temprano.

Una corriente eléctrica me recorre desde las puntas de los dedos hasta los hombros cuando oigo esa voz. Alzo la mirada.

–¿Tú vienes a por un pedido?

Ivette me mira y sonríe. Una sonrisa delicada, suave. Después asiente con cuidado.

–¿Puedo saber qué has pedido?

–Claro, sí, voy. –Saca el móvil a toda prisa–. Mira. Esta es la confirmación, por si necesitas el número. Pedí un camino de gerberas y paniculatas y…

–Ciento cincuenta tulipanes –termino con ella, a la vez. Su voz se va apagando cuando me oye. Continúo–: ¿Tú eres el señor Schneider?

–Señora –corrige sonriente–. Era el apellido de mi abuela.

Por eso la empresa se llama así. Por cierto, ¿podrías darme algunas tarjetas de visita?

–Ah... Eh, sí, claro. Que conste que me da igual si era señor o señora. La gente me cae mal independientemente de su género. Me ha parecido conveniente justificarme por... Ya sabes, lo del otro día.

Ella asiente, y yo me quedo tan perplejo y bloqueado que ni siquiera me sale preguntarle para qué quiere las flores y las tarjetas. Solo se las tiendo, añado un diminuto centro de mesa cortesía de la casa que suelo entregar para los pedidos de más de cincuenta euros y le pregunto si necesita que se los lleve a algún sitio. Ivette responde que no, carga con todo hasta que las flores le tapan hasta las cejas y se va zigzagueando hacia la salida.

No me doy cuenta de que ni siquiera le contesto cuando me da las gracias. Despierto del trance justo a tiempo para salir de detrás del mostrador y, aún alucinado, abrirle la puerta para observar cómo se los lleva a la cafetería.

Pero el asombro que siento no es nada comparado con el nudo en mi garganta cuando, media hora más tarde, en un momento de quietud de la cafetería, observo el mimo con el que coloca los tulipanes en jarras de cristal en todas y cada una de las mesas de la terraza. La pausa con la que se entretiene a colocar pequeños copos de nieve y bolas de madera entre los tallos. El detalle de trabar bajo las jarras de cristal mis tarjetas de visita. Las manos acariciando los pétalos, la sonrisa puesta con ilusión.

«¿Por qué?», querría preguntarle. Salir de la floristería, caminar hasta encontrarla, mirar directamente a esos ojos claros que parecen no saber mentir y formular la pregunta con la firmeza con que me gustaría haber hablado unos segundos antes, cuando me ha encontrado con la guardia baja.

Pero solo doy la vuelta, camino hasta detrás del mostrador

y miro los tallos recortados mientras pienso: «No. Esa no es la pregunta que me gustaría formularle».

«¿Quién eres en realidad, Ivette? ¿Quién seré yo después de ti?».

La voz de mi hermana dentro de mi cabeza intenta hacerse hueco en medio de la niebla que asedia mis ideas, pero, por una vez, no la escucho. Después de esta mañana no me lo puedo permitir.

Que haya comprado esas flores y haya añadido mi tarjeta no significa nada en absoluto. Ni que se haya empeñado en hacer el calendario de Adviento conmigo en lugar de hacerlo sola, cuando tendría éxito igual. Ni que esta mañana haya procurado chocarse con menos muebles para no despertarme, aunque lo haya hecho de todos modos.

No: es una estrategia, y no puedo dejar que me ablande. Al contrario, debo pensar yo en la mía y reforzar mis defensas.

«No puedo dejar que entre la luz».

He decidido que lo más sensato es adelantarme. Si Ivette cuenta realmente con una estrategia, seguro que estará pensando en hacer una prueba que beneficie a su negocio. La cabra tira al monte. Y yo tengo que barrer hacia casa.

Basta de refranes absurdos, a lo que me refiero es a que voy a proponer yo mi idea antes de que ella exponga la suya. En primer lugar, porque probablemente proponga una cursilada; en segundo, porque necesito algo que también contemple el bienestar de la floristería.

Por eso, nada más cerrar mi negocio, atravieso la puerta del suyo. La campanilla del demonio tintinea anunciando mi llegada.

–¡Bienveni…! –El saludo muere en sus labios cuando

me ve. Aun así, sonríe. La misma sonrisa radiante de siempre–. Ulises, no te esperaba.

«Claro que no. Primero ibas a trazar un plan maestro para que tu cafetería continuara lucrándose». Aparto la mirada con ese pensamiento. Incluso a mí me suena demasiado conspiranoico para la mujer que tengo delante.

–He venido a hablar de la prueba, pero puedo volver en otro momento si te va mal.

Parece sorprendida.

–¡No, no! –Sacude la cabeza con energía–. Me va estupendo, acabo de terminar de servir a los clientes. Siéntate. ¿Te pongo un café con un trocito de bizcocho? Lo he añadido esta mañana a la carta. Es la receta de mi abuela, nada de congelados.

Estoy a punto de negarme cuando la voz de Dara irrumpe en mis pensamientos: «No te atrevas a rechazar un trocito de bizcocho de la abuela».

–Eh… Claro, vale, sí.

Cuando pensaba que su sonrisa no podía irradiar más luz, Ivette me demuestra que me equivocaba. Luego se va tras la barra y prepara mi pedido. Yo me siento en uno de los taburetes altos y saco el papel donde he apuntado mi idea.

Unos minutos más tarde, se acerca con mi café solo y mi bizcocho. Me fijo en que ha recordado cómo me gusta el café, pero aparto ese pensamiento tan pronto como me doy cuenta de que puede tener que ver con su estrategia, así que, sin tocar aún la merienda, extiendo el papel delante de ella.

–He pensado que podríamos hacer esto.

No veo venir su cara de ilusión cuando lo lee.

Cuando doy el primer bocado al bizcocho, tampoco.

–Joder –susurro.

Ivette se me queda mirando.

—¿Está…?

—Está muy bueno —me adelanto antes de que su autoestima le juegue una mala pasada. «Tú sabrás cómo me gusta el café, pero yo también comienzo a conocerte». Después añado—: ¿Y la idea? ¿Qué te parece?

Me mira, sonríe y asiente con los labios embebidos.

—Es maravillosa.

Trago con dificultad el sorbo de café que tenía en la boca. Luego, sin que se note lo sorprendido que estoy por el hecho de que no me haya puesto ni la más mínima pega, asiento y respondo:

—Entonces llamaré a Franz para que se ocupe de la promoción en redes sociales. Yo la odio.

«Tú odias demasiadas cosas, Ulises Tacoronte. Te da miedo que algo te pueda gustar de más», oigo en mi cabeza, pero acallo la voz de mi hermana mientras Ivette sonríe.

Cuando me voy, evito pensar que su sonrisa sincera ha sido como un soplo de aire fresco en medio de un verano asfixiante.

Capítulo 12
Ivette

Franz y Eda atraviesan la puerta con una alegría contagiosa. Los siguen Ulises y su mirada seria habitual escrutando la cafetería. ¿Se dará cuenta de que he decorado un poco más? Quizá no. No pasa nada. Los animo a sentarse en la mesa que hay junto a la ventana mientras me dirijo hacia ellos. Tras ella, una estufa lleva caldeando el local media hora.

Son las siete de la mañana del penúltimo sábado de noviembre. Hemos quedado temprano para ultimar los detalles de la promoción. A mí no me habría importado ocuparme de anunciar el evento, pero soy consciente de mis carencias: no conozco las costumbres del pueblo, las redes sociales no son mi fuerte y voy a tener muchísimo trabajo e insomnio por delante como para también tener que ocuparme de esto. Así que lo mejor es que Franz tome el control de esa parte.

—Buenos días. —Sonrío—. ¿Qué os apetece desayunar?

—Me muero por un *caramel machiatto* y un trozo de bizcocho de los grandes. —Eda toma la delantera con hambre.

—Yo lo mismo. —Franz se une.

Un instante más tarde, todos miramos a Ulises. Él me mira a mí, taciturno, con los brazos cruzados. Después sacude la cabeza y dice:

—Un café solo. Sin azúcar. Nada más.

—¿No tienes hambre? —pregunta Franz.

—Prefiero centrarme en el trabajo.

—Uf. Yo no puedo trabajar con el estómago vacío —comenta un Franz de lo más animado.

—Cuánto lo siento por ti.

Trago saliva ante el corte que le da a su amigo y me dirijo hacia la barra. A mis espaldas, Franz se ríe despreocupado.

Poco después, ya sirviéndoles el desayuno, Eda me pregunta:

—¿Y tú, Ivette? ¿No desayunas?

Miro a Ulises. Valoro la idea de desayunar junto a ellos, pero la descarto cuando veo su cara desafiante. No pertenezco a esta mesa. Al menos, no para nada que no sea trabajar.

—Yo… No pasa nada. He comido algo en casa.

Mentira. Iba a comerme una galleta de la hornada que hice anoche mientras practicaba, pero Croqueta me ha mirado con tal cara de pena que no me ha quedado más remedio que dársela.

Ulises suspira y me mira antes de decir:

—En media hora esto estará lleno de alemanes exigiendo un desayuno continental y comer será misión imposible, Pinterest. Trae dos trozos de bizcocho más. Yo me comeré uno. —Le miro boquiabierta. ¿Se está preocupando por mí?—. Por favor.

Asiento rápidamente y corro hacia la barra.

Cuando vuelvo y me siento con ellos en una de las butacas, mi perra me sigue desde la cocina, donde dormía acurrucada junto al horno. La miro con cariño y me preparo para cogerla en brazos, pero ella tiene otros planes.

—¡Croqueta! —Me sonrojo al ver que se ha subido de un salto sobre el regazo de Ulises—. Dios mío, lo siento. ¡Croqueta, bájate!

Croqueta pasa olímpicamente de mí. Pero, por primera vez hoy, veo cómo él sonríe.

—Está bien.

Y me relajo.

Luego empezamos a hablar, aunque la organización no termina de encauzarse hasta veinte minutos más tarde, cuando Helga entra con Maiden en la cafetería y decide autoinvitarse. Una vez en la mesa, con una perra mordiéndole los bajos del pantalón a un Ulises de lo más cansado mientras la otra duerme sobre él, la septuagenaria decide que vamos a ser el «Comité Cañero de Papá Noel» y que vamos a darle a estas fiestas, cito textualmente: «más duro que un metalero a su cuello en un concierto de Judas Priest».

Cuando Ulises se pinza el puente de la nariz, no puedo evitar soltar una carcajada.

Unas horas más tarde

«No puede ser. No voy a ser capaz. Es demasiado para mí. No estoy lista».

Durante unos segundos larguísimos siento que me ahogo, el brillo del teléfono me ciega y el ruido me sobrepasa. Para intentar calmarme, me levanto del sofá, pauso la lista navideña que tenía puesta en el portátil, apago algunas luces y salgo de redes sociales. Cuando estaba en Mallorca, mi siguiente paso era entrar en mi habitación, enrollarme como un burrito en mi edredón y llamarla a ella. A mi abuela.

«Hoy ya no puedo hacer eso», me recuerdo, y aprieto el teléfono fuerte entre mis dedos para intentar calmarme al tiempo que trato de gestionar mi respiración agitada, pero no funciona, y tampoco lo hace acurrucarme con Croqueta. Hace unos minutos, una ansiedad social abrumadora se ha empezado a meter en cada uno de mis poros y los ha llenado hasta hacerme sentir prisionera dentro de mi propia piel.

Y lo peor es que debería alegrarme. Pero no puedo. No puedo. No soy capaz.

Franz ha hecho un trabajo tan exquisito creando el evento que compartimos la floristería y la cafetería en redes que ya hay más de cien personas apuntadas.

Cien personas.

En mi cafetería.

Debo decir que lo entiendo. La idea de Ulises de hacer un taller de prensado de flores mientras la gente bebe café especiado y escucha villancicos me parece maravillosa. Yo misma me apuntaría si me atreviera a estar entre tanta gente.

Algo que no me va a quedar más remedio que hacer, al fin y al cabo, pero pensar que voy a tener que gestionar a cien personas me ahoga. No estoy preparada. La última vez que me enfrenté a un grupo de tamaño considerable fue el día de la reinauguración, y no había más de treinta clientes. Treinta clientes con los que ya estaba sobrepasada.

Cuando me empiezo a oír respirar con más fuerza, sé que necesito cambiar de técnica, pero salir a la calle en pijama no es una opción, de modo que me deshago de las mantas y me dirijo al salón con Croqueta pisándome los talones. Abro la ventana que da al patio interior. Alzo la mirada hacia las estrellas y cuento.

«Uno. Dos. Tres. Cuatro. Cinco…».

«Concéntrate, Ivette. Estás aquí. Estás en casa. Llevas un pijama que te hace sentir bien. Las zapatillas del monstruo de las galletas. Una coleta cómoda. Estás a gusto en casa. Has cenado una hamburguesa riquísima. Tienes la nevera llena. Croqueta es feliz. Nadie te ha hecho comentarios fuera de lugar durante mucho tiempo, y…».

Dios mío, ¿y si me los hacen en el evento? ¿Y si se ríen de mí? ¿Y si señalan mi cuerpo? ¿Y si…?

Abro los ojos y parpadeo muchas veces para tratar de mantener el llanto a raya.

Sin embargo, en uno de esos parpadeos reparo en que una sombra me observa desde el piso de enfrente. Tal vez ha estado observándome los cinco minutos que llevo aquí. O quizá lleve diez. Pero ahí está. Prudente, callada, lejos y cerca y en el último lugar en el que debería estar, viéndome hiperventilar y llorar y ser una cría perdida e indefensa en sus propios pensamientos.

Ulises está delante de mí. Entre nosotros, únicamente un par de metros de patio interior.

Y entonces, solo dice:

–Ivette.

Mi nombre en sus labios suena suave, maleable, calmo. Todo lo contrario a como me siento en este momento.

–Yo… Yo no… –balbuceo.

–¿Necesitas algo?

No puedo responder.

Cierro la ventana de un golpe, echo la cortina y corro hacia mi habitación.

Capítulo 13
Ulises

Ni siquiera me lo pienso cuando cojo el teléfono y abro el chat con Ivette. No sé cómo empezar la conversación ni si está bien que le escriba, pero algo dentro de mí se ha revuelto cuando he visto cómo se iba corriendo, porque es evidente que no estaba bien. Y sé que podría dejarlo estar, que no es asunto mío y que no tengo por qué preocuparme de los problemas de los demás. Menos todavía cuando esas mismas personas son una amenaza para mi negocio. Además, estoy seguro de que mañana, en la cafetería, hará como que no ha pasado nada.

Pero ¿cómo voy a quedarme quieto cuando una de las personas con más brillo que he conocido parece estar ahogándose en un mar de tinieblas? Sé que quizá es muy intenso por mi parte, pero estaba marchita, apagada, lejos. Y ella no es así. Ella te mira y su luz te deslumbra tanto que te deja ciego.

«Joder».

Tecleo lo primero que me viene a la cabeza y pulso enviar:

> **Ulises**
> Ey, Pinterest. ¿Necesitas ayuda?
> Por cómo has salido corriendo diría que te has dado cuenta, pero te he visto en la ventana, y parecía que algo no iba bien.

Para mi sorpresa, no tarda en responder. Doble sorpresa cuando veo que es capaz de hacerme sonreír.

Ivette
Esa no era yo. Era el fantasma de mi casa.
Un fantasma llorón y lamentable.

Ulises
Ah...

Ulises
Pero no me ha parecido llorón y lamentable.
De hecho, era bastante gracioso.

Me doy una torta en la frente en cuanto me doy cuenta de que parece que me estoy riendo de que llorara.

Ulises
No porque lloraras. Eso no ha sido gracioso.
Me refería a tu pijama. Tiene muchos colores.
Parecías un Furby.

«Seguro que la animas muchísimo llamándola Furby, campeón», pienso.

Ulises
No un Furby en el sentido despectivo. Un Furby de bien.

Ulises
Mira, creo que voy a dejarlo ya,
se me está dando fatal intentar animarte.

Ulises
Pero si necesitas algo (un idiota que meta la pata tres veces
por mensaje, por ejemplo), estoy al otro lado del pasillo.

Justo cuando me dispongo a apagar la pantalla con un suspiro pesado, el móvil vuelve a vibrar.

Ivette
¿Cuela si digo que estaba así porque he visto un capítulo muy triste de una serie?

Frunzo el ceño, pero vuelvo a sonreír.

Ulises
Depende de la serie. ¿Cuál era?

Ivette
No he pensado una excusa tan elaborada...

Ulises
Pinterest...

Ivette
Lo siento. No esperaba que fueras a estar ahí.
Es que he visto las redes y, bueno, me he puesto un poco nerviosa.

No necesito que me lo explique para entender que le da miedo enfrentarse a la cantidad ingente de personas que solo hoy han confirmado que asistirán al taller. Yo también me he cabreado cuando mi mejor amigo me ha contado que el aforo iba a reventar.

Solo que a mí me la suda la gente y cómo quede delante de ella. Y... quizá eso tenga algo que ver con que mi floristería no vaya como la cafetería.

En fin. Tecleo y respondo:

> **Ulises**
> No van a venir todos los que han puesto que asistirán.

> **Ivette**
> Pero ¿y si sí? ¿Y si son tan alemanes que se han organizado la agenda para venir a prensar flores? ¿Y si se han puesto un post-it o un evento de Calendar o una alarma en el teléfono?

Sonrío.

> **Ulises**
> Entonces estaremos juntos y todo irá bien.

No me doy cuenta del peligro de mi respuesta hasta que, esa noche, justo antes de conciliar el sueño, releo la conversación.

Entonces, una asustadiza y esquiva parte de mí, desea que el evento sea un completo desastre.

Entro a tientas en la cafetería vacía. He quedado aquí con Ivette para coordinarnos antes de que empiece el evento, pero más allá del tintineo de la campanilla y una canción antigua de Taylor Swift sonando por los altavoces, lo único que recibo es silencio. Un silencio que me hace tragar saliva. ¿Estará bien? ¿Habrá huido como huyó de la ventana?

Mi respuesta entra despeinada y a toda prisa por la puerta. Su perra corretea a su alrededor mientras ella grita:

—¡Lo siento! Pensarás que soy un desastre. ¡Y puede que lo sea! Pero no me quedaban servilletas y he tenido que ir corriendo a la tienda a comprarlas y he vuelto tan pronto como he podido y…

Río por la nariz y niego con la cabeza.

—Está bien.

—No, no, no está bien. —Niega enérgicamente y empieza a correr por la estancia para colocar las servilletas en las mesas—. La gente llegará en menos de una hora y lo llenarán todo y no tendré nada preparado y los cafés saldrán mal y…

Parpadeo. Me giro. Miro el reloj que hay sobre la barra.

—Eh, Ivette.

—Y encima no he sacado aún a Croqueta a hacer pipí y seguro que se lo hace encima de algún cliente y arruinaré el evento y además nos pondrá una reseña malísima y tú no querrás hacer el calendario de Adviento y…

Doy un par de zancadas, me pongo delante de ella y la sostengo por ambos brazos. Con suavidad, pero con firmeza. Necesito que me mire, que se calme, que respire.

—Eso no va a pasar.

Y durante unos segundos, el mundo deja de girar. Todo está completamente quieto, pausado, esperando paciente a nuestro siguiente movimiento. Sus ojos se clavan en los míos. Mis dedos analizan el tacto de su cárdigan blanco. Un mechón baila sobre su frente y siento la tremenda necesidad de ponérselo tras la oreja. Lentamente. Con suavidad.

Alargo una de mis manos hacia su rostro, rozo el mechón, lo sostengo entre mis dedos, lo contemplo con pausa y entonces…

Entonces despierto.

«¿Qué diablos estás haciendo, Ulises?», grita la poca sensatez que queda dentro de mí.

Una sensación arrolladora de inseguridad me sacude y hace que me separe de ella.

—Lo siento. No sé qué me ha… No sé en qué estaba… Da igual. —Me doy la vuelta y me dirijo hacia la salida—. Será mejor que vaya a por las flores y las prepare para el taller o el tiempo se nos echará encima.

Cuando oigo de nuevo el silencio tras de mí, no sé qué pensamiento estará cruzando su mente, pero la idea de que sea uno referente a la idiotez que acabo de hacer me obliga a fijar los pies en el suelo, girarme y quitar hierro al momento, como si no hubiese significado nada, diciendo:

–Todo irá bien, Pinterest.

«Y si no, mi salud mental lo agradecerá. Aunque quiebre y tenga que vivir debajo de un puente».

Más allá de los vuelcos que siento en el pecho cada vez que me cruzo con Ivette durante el taller, debo reconocer que es un éxito rotundo.

Hemos superado el aforo esperado, algo que ella ha sobrellevado con relativa madurez y alguna escapada para tomar el aire. Había gente en las butacas, en la barra y hasta en el suelo. Estaban deseando hacer el taller mientras tomaban algo caliente, y hemos hecho su deseo realidad con creces.

Lo primero que han hecho los asistentes es pedir su bebida mientras yo repartía flores e improvisadas prensas de madera por cada mesa. También he dejado algunas para las personas que estaban sentadas en el suelo. Justo después, para darle tiempo a Ivette y Helga, que se ha prestado para ayudar a preparar las bebidas, he dado ejemplos de dónde y cómo se pueden utilizar las flores prensadas –como decoración para libretas, fundas de *tablets* y libros electrónicos, bisutería y un etcétera larguísimo–, y he explicado que, en esta ocasión, las utilizaríamos en una postal. A la gente le ha encantado la idea y ha aplaudido, lo cual me ha dejado un poco descolocado. Yo no quería aplausos, no me gusta la atención; solo estoy haciendo esto porque no me queda otra, pero he forzado una sonrisa y he empezado a explicar la técnica.

Al rato, cuando todo el mundo estaba ya aplicando lo aprendido, me he sentado tras la barra a esperar. En ese momento, Franz ha empezado a hacer vídeos y fotos para redes sociales.

—Piérdete, no te he dado permiso —me quejo cuando pasa por delante de mí con un *latte machiatto* y la cámara del móvil.

Se ríe.

—Eres el ponente.

—Te voy a denunciar por derechos de imagen.

Y se ríe otra vez.

Yo me levanto y doy una vuelta por el espacio mientras hago cuentas. Hay unas ciento veinte personas en la cafetería; basándome en el precio por persona de la entrada, si descuento el material y la consumición, nos quedan unos…

«Joder. He ganado más en una tarde que en una semana en la floristería».

Cuando quiero darme cuenta, mis ojos se han posado sobre sus manos. Cuidadosas, nerviosas. Ivette está ayudando a Eda a prensar sus flores, y lo hace con una delicadeza hipnótica.

—¿Qué? —La voz de Franz me sobresalta—. ¿Te gusta?

—¿Qué dices? —Sacudo la cabeza—. No, joder. Es demasiado princesa. Una condenada princesa Disney —añado, pero siento que ni siquiera así consigo que suene suficientemente seco—. Demasiado azucarada.

Franz enarca una ceja.

—Me refería al evento, *dickköpfig.* —Se ríe.

Estoy seguro de que palidezco tres tonos.

—Ah. Claro —respondo con la voz ahogada.

—Pero a tu vida tampoco le iría mal un poco de azúcar, príncipe azul.

Cierro los ojos, aprieto los labios y niego con la cabeza antes de responder:

—Franz.

—¿Sí? —me vacila con diversión.

—Cómeme los huevos. Ahí tienes cucharillas.

Capítulo 14
Ivette

Pese a que el comité ha quedado para comentar el evento y tomar un chocolate al terminar, Ulises prácticamente se ha evaporado tras recoger el material, así que llevo horas pensando que no le ha gustado.

Hasta que, mientras estoy poniendo el lavavajillas después de cenar, veo que tengo un mensaje sin leer.

Suyo.

> **Ulises**
> Parece que tenemos un calendario de Adviento que preparar, Pinterest.

Contesto mucho antes de pensar qué quiero decir:

> **Ivette**
> ¿De verdad? ¿Quieres que trabajemos juntos?

> **Ulises**
> Quiero poder pagar el alquiler. ¿Te va bien que lo planeemos con tu aterradora lista de ideas el domingo?

Sorprendentemente, no siento que haya quedado como una desesperada. Es más, me lo imagino con esa mirada de perdonavidas de mentirijilla y no puedo evitar sonreír.

> **Ivette**
> ¡Claro!

Ulises
Pero voy a pedirte algo, por el bien de mi salud mental.

Ulises
No pongas más a Taylor Swift en bucle, por favor.
Una canción está bien, pero setenta es tortura auditiva,
y preferiría no tener que arrancarme los oídos.

Abro tanto la boca que me sale una carcajada incrédula. Eso sí que no. Puede que sea tímida, introvertida, que me ponga a temblar cada vez que me mira a los ojos. Pero no pienso permitir que se meta con Taylor, aun a sabiendas de que lo está haciendo para chincharme y que actúe como una cría.

Soy perfectamente capaz de actuar como una cría por Taylor Swift.

Ivette
No, claro. Me limitaré a ponerla en casa.
No quiero que te sientas incómodo...

Ulises
Eso sería todo un detalle.

Un detalle que pienso poner en marcha ahora mismo. Bueno, en cuanto termine de poner el lavavajillas.

«Ulises Tacoronte, estás a punto de conocer mi cara B».

Capítulo 15
Ulises

Cuando he visto que Ivette no entendía mi comentario sobre su música y se daba por vencida, he querido explicarme: decirle que por WhatsApp soy todavía más malinterpretable, que no soy tan ogro como estoy haciéndole ver, que respeto sus gustos musicales. Pero, sobre todo, que era solo una broma. Que está bien que escuche lo que quiera, que se exprese, que no tiene que darle explicaciones a nadie.

Se ha desconectado, sin embargo, y parece que mi razonamiento básico lo ha hecho también, porque no tengo ni idea de cómo hacerlo por chat. En mi defensa diré que hacía mucho que no hablaba tanto con alguien que no fuera Franz, y la comunicación escrita de Franz está basada en *stickers*, *gifs* y memes, así que no cuenta... Pero tampoco quiero cruzar el descansillo por esto, porque si Ivette tiene un mínimo de sentido común, sabrá que solo soy un cascarrabias y no le dará mayor importancia, y no quiero que parezca que me importa.

Porque no me importa. No me puede importar. No a este nivel.

Qué cojones, sí que me importa.

Con su llegada, he recordado sensaciones que creía que habían dejado de existir. Sensaciones peligrosas que me empujan a sonreír incluso cuando no quiero hacerlo. Cuando hace años que no me sale. Cuando no debería. Sensaciones muy diferentes a las que tenía con mi hermana, claro está, pero igualmente alegres, divertidas.

No las quiero.

—Mierda.

Me quito la camiseta y la lanzo al cesto de la ropa sucia con la intención darme una ducha fría. Espero serenarme un poco así.

Sin embargo, no he terminado de desvestirme cuando un ruido muy por encima de los decibelios recomendados un lunes por la noche hace que dé un salto.

—¡¿Qué narices?!

No necesito afinar el oído para descubrir qué canción es. *Anti-Hero* suena por todo el bloque.

Niego con la cabeza y me río vencido.

It's me, hi, I'm the problem, it's me.

Pero eso no es lo mejor ni de lejos. Lo mejor es que mi querida vecina, orgullosa de su gran ingenio y maldad, ha olvidado que tenía descorrida la cortina que da al patio interior desde el salón.

Y está bailando y cantando a todo pulmón en el salón mientras salta sobre su sofá.

No pienso negar que es un espectáculo.

Me apoyo en la repisa de mi ventana y la observo.

Y ahí está otra vez. La sensación peligrosa. Mi maldita sonrisa.

«Deberías unirte a ella, Ulises», dice Dara dentro de mi cabeza.

«Ni hablar».

Capítulo 16
Ivette

If you could see that I'm the one who understands you...
Na, na, na... You belong with me.

Si con la primera canción me lo he pasado bien, cuando ha llegado la *old* Taylor me he desmelenado. Un montón de recuerdos han llegado a mí como una avalancha y, por una vez, todos eran positivos, bonitos, maravillosos.

Cuando descubrí su música a los quince años, un mundo de posibilidades se abrió ante mí, y yo me abrí a mi vez a cada nota, cada estribillo, cada canción nueva que descubría. Cuando oía a Taylor, el mundo tenía otro color. De repente no importaban mi físico, los planes a los que no me invitaban mis «amigas» o aquellos comentarios que había oído que hacían a mis espaldas mis padres sobre que nunca formaría una familia. Y todo ello porque otra persona, más allá de los auriculares, me hablaba de vivir sin miedo, de volar, de enamorarme, equivocarme, romperme y recomponerme después.

Y era libre. Libre como lo soy ahora, cantando a pleno pulmón y bailando en bragas y con una camiseta vieja, haciéndole un concierto a Croqueta antes de ir a la ducha, sonriendo tanto que me duelen las mejillas. Sé que mi abuela estaría orgullosa de que le esté destrozando este bonito sofá.

Hasta que, según acaba una canción y da paso a la siguiente, lo veo.

Media sonrisa, ojos verdes, una tez tostada bañada por la plateada luz de la luna al otro lado de la ventana.

—Hola, Pinterest —susurra esa voz grave, pasional.

Cuando abro la boca para responder, no sale ni un solo sonido.

«Tranquila, Ivette. Es solo un espejismo. No está ahí. No te ha visto bailar y cantar en bragas».

–No me ha visto bailar y cantar en bragas –repito.

–Oh, sí.

«¡Mierda!».

–Lo he dicho en voz alta.

–A un volumen considerable.

Trago saliva. Asiento. Me acerco a la ventana con tiento. Miro al exterior para darme un instante para respirar. Lanzarme al patio interior es la vía más rápida para huir de este bochorno titánico, pero no se me dan bien los aterrizajes de superhéroe y de momento no he desarrollado la capacidad de volar, así que solo me queda una idea.

–Espero que no vayas a tirarte. Estoy deseando saber qué canción viene ahora.

«Tierra, trágame».

–No me faltan ganas –bromeo–. Pero tendrías que limpiar tú el estropicio, y creo que ya te lo he hecho pasar bastante mal.

Su media sonrisa ladina me deja fuera de combate.

–Nada más lejos de la realidad. Me lo estoy pasando de fábula.

De repente soy consciente de todos y cada una de las terminaciones de mi piel. De cómo he bailado. De que voy desmaquillada, con el pelo hecho una maraña, con una camiseta con lamparones no identificados. Y el hombre escultórico y guapísimo y de revista que tengo delante lo ha visto todo y ahora jamás volverá a verme como algo serio y…

–Ey, para de hacer eso.

Le miro.

–¿Hacer qué? –entono, con apenas un hilo de voz.

–Comerte la cabeza de esa manera. Te va a salir humo, Ivette.

«Deja de pronunciar mi nombre así –querría pedirle–, me gusta, y no quiero acostumbrarme. No me malinterpretes, sé que solo es un juego, que mi presencia no te hace especial ilusión y que preferirías haber visto a alguien como mi hermana en lugar de a mí haciendo el ridículo en el sofá. Pero a mí, verte apoyado así en la ventana, con esa voz, con esa media sonrisa, con esa mirada, me aturde, me marea, me confunde. No es un juego para uno de nosotros dos: es algo más. Puede que tú hayas hablado y mirado así a cientos de personas, pero a mí no me han mirado así nunca, y no sé si voy a ser capaz de reponerme».

Sin embargo, no digo nada.

Corro la cortina, cierro la ventana, apago la música y me escondo bajo el edredón, con las mejillas encendidas, el corazón latiendo como un timbal y un revoltijo de nervios en el estómago que no sé cómo voy a quitarme de encima.

«Socorro».

Capítulo 17
Ivette

Unos días más tarde

No veo a Ulises desde el incidente de la ventana, y no sé si es un alivio o un tormento. De acuerdo, Franz me ha contado que está ocupado con un gran encargo para una boda y que se pasa día y noche en la floristería porque tiene que entregarlo todo este fin de semana, así que no tiene por qué estar evitándome, pero tampoco hemos intercambiado una sola palabra por WhatsApp. Y no pienso poner sobre sus hombros esa responsabilidad, no digo que tenga que escribirme él.

De hecho, creo que me daría un infarto si me escribiera. Probablemente lanzaría el móvil por los aires como lo hice anteayer cuando, mientras estaba haciéndome la cena, me vibró con un correo de *spam*.

Claro que hasta que lo vi no sabía que era publicidad y una parte de mí se imaginó a mi vecino, al mismo vecino que apareció sin camiseta y con media sonrisa apoyado en la ventana como un protagonista de novela romántica, escribiéndome.

Luego soñé con él.

Y no fue precisamente un sueño casto. Me levanté con las mejillas ardiendo y húmeda en sitios de mi cuerpo que hacía siglos que había olvidado que existían.

Por supuesto, esta información es altamente confidencial y jamás se la diré. No me expondría a mí misma a un bochorno de esas proporciones.

Pero tampoco es algo que pueda quitarme de la cabeza, y por eso, hoy, tan pronto como llego a casa, me coloco delante de la cómoda de mi habitación, miro el primer cajón y trago saliva.

No puedo creerme que vaya a animarme a hacer esto después de tanto tiempo. Hace siglos que no me masturbo, y mis últimas experiencias no fueron las mejores, pero va a ser la única forma de liberar tensiones, pasar página y dejar de pensar en los pectorales cincelados de mi vecino para poder enfrentarme a él el domingo.

Cierro los ojos con fuerza y maldigo el momento en que decidí subir el volumen de la música al máximo, pero no me permito darle más vueltas. Los abro de nuevo, luego abro el cajón, rescato el vibrador, lo miro, me mira, me siento extraña, me meto en el baño, pongo música relajante y enciendo una vela antes de quitarme los pantalones y la ropa interior.

«Vale. Allá vamos. Puedo hacerlo».

Durante siglos no me he atrevido a pulsar el botón y separar las piernas. Cada vez que lo hacía, decenas de comentarios desagradables que había oído sobre mi cuerpo esa semana hacían que me viniera abajo. Quizá por eso, según se acerca la vibración por la parte interna de los muslos, me siento una extraña dentro de mi propia piel, pero hace semanas que no oigo ninguno de esos comentarios, así que trato de no pensarlo demasiado. Trato de no pensar en nada. Me sale el tiro por la culata cuando la imagen de Ulises en la ventana ocupa mi mente por completo.

«Ivette», me susurra.

«Dios mío, no puedo pensar en él así».

Aparto el aparato ligeramente y me doy unos segundos para relajarme, aunque no lo consigo. Vuelvo a evocar su manera de entonar mi nombre, su media sonrisa, el modo en que los músculos de los bíceps y el pecho se le marcaban sin la camiseta, la luz de la luna acariciando su piel.

Un cosquilleo me baja hasta el pubis y, cuando me rozo

por primera vez, contengo la respiración al notar lo húmeda que estoy.

Suspiro profundamente y me dejo llevar.

Cuando me acerco el vibrador a los labios de nuevo, sonrío nerviosa. Un calambre dulce me recorre el cuerpo y me obliga a estirar las piernas. El suelo frío me roza la piel de los gemelos, pero me gusta el contraste helado y la piel erizada con la calidez que siento dentro.

Trago saliva otra vez, me coloco el glorioso invento en la entrada y respiro cortadamente. Aprieto los párpados…

Y ahí está él.

Le imagino sobre la repisa de la bañera, mirándome con esa seriedad mortificante, sensual, voraz. Dirige una mirada fugaz hacia mis piernas y con un movimiento de cejas me anima a abrirlas. Obedezco. Las abro más. Él se relame. Cuando lo hace, siento cómo mis pechos se endurecen. Me descoloco la camiseta con la mano libre y me acaricio. Imagino que me mira, que me anima a hacerlo, que respira pesadamente. Cuando él lo hace, yo introduzco el glorioso aparatito un poco. Mi cuerpo se contrae como respuesta y me erizo un poco más, el vello rebelado por completo.

«Tócate con las dos manos, Ivette».

Obedezco de nuevo. Llevo la mano izquierda de los pechos hasta el clítoris y lo masajeo. Mientras tanto, el vibrador se introduce lentamente en mi interior.

«Pulsa el botón de nuevo. Haz que vibre más».

Obedezco otra vez.

«Más, Ivette».

Asiento.

«Más», paladea.

Su voz en mi cabeza suena casi gutural. Jadeo. Acelero. En algún momento, mis manos se descompasan y pierdo el ritmo, pero pienso en él y me centro.

Estoy desinhibida, relajada, despreocupada, feliz, de

algún modo. Me digo a mí misma que no quiero que termine, que quiero imaginarle más y que debería hacer esto más veces, muchas más veces. Que está bien que conserve en secreto el placer culpable de imaginar a Ulises delante de mí, acercándose a mi cuerpo, tocándome, tumbándose encima y ahuecándose entre mis piernas.

Ese último pensamiento me saca de mí. La vagina se me contrae una y otra vez, el bajo vientre inmerso en un remolino de sensaciones que hacía mucho que no recordaba. Continúo pensando en él.

«Córrete, Ivette», dice dentro de mi cabeza.

Y vuelvo a obedecer.

Capítulo 18
Ulises

Dos días después

Ayer me acerqué a la cafetería a última hora, justo tras entregar las flores, centros y ramo para la boda. Quería confirmar con Ivette que nos veríamos hoy, aquí y ahora.

No me extrañó su actitud tímida, sus evasivas, sus mejillas encendidas. Nada de eso me habría extrañado después de lo que sucedió el otro día, cuando la vi bailando sobre el sofá. De hecho, en parte también por eso le he dado espacio estos días. Si Franz le dijo que estaba liado es porque yo exageré la situación, pero he pasado cantidad de horas muertas mirando el techo esperando un mensaje cuidadoso, que tirara algún mueble, que subiera el volumen un poco más. Y nada de eso ha sucedido, pero tampoco me extraña. Si algo he aprendido estas semanas de Ivette, es que necesita más tiempo que el resto de las personas, y eso está bien. Jamás me ha importado esperar si los demás lo necesitaban, no soy alguien que vaya corriendo por la vida, y si veo que a alguien le cuesta relacionarse, no seré yo quien le fuerce a hacerlo. Así que, de verdad, no me extrañó.

Pero lo de hoy sí me extraña.

Estoy en una cafetería cerca del puerto. He escogido una mesa apartada, para que no tenga que vérselas con mucha gente, y le he pedido al camarero unos minutos más porque no quiero hacerle pasar el mal trago de pedir a solas.

Pero no llega. Y eso también me llama la atención, porque Ivette no es de las que llegan tarde. Incluso el día que llegó corriendo con las servilletas lo hizo unos minutos más temprano de lo acordado. Aun así, voy a darle quince minutos antes de escribirle. Puede que se haya encontrado con Helga y la haya entretenido hablándole sin venir al caso de los cinco grupos de metal más infravalorados de la historia, o que Eda y el resto del club de fans de Ivette la hayan interceptado para contarle cosas irrelevantes del instituto, o que el chaval romántico que sigue intentándolo con su amor platónico se haya enterado de que Ivette regenta el Blumenkaffee y esté insistiendo pesadamente en que abra la cafetería para él y su chica en una cita íntima.

Dejo de pensar excusas cuando hace cinco minutos que debería estar aquí. El mismo instante en que me llega un mensaje que dice:

> **Ivette**
> Siento muchísimo avisarte tan tarde, pero no voy a poder ir. Me encuentro fatal. Espero que me disculpes. Lo siento, de verdad.

Leo una vez. Dos. Tres. Enarco ambas cejas y lo hago una cuarta.

Entonces asiento, bloqueo la pantalla y pongo el teléfono sobre la mesa para intentar pensar en frío un minuto antes de escribir. Y otro. Y otro más.

Pero no funciona, porque no lo entiendo en absoluto. Es más, me jode. Y no me refiero al motivo; asumo que si ha dicho que no se encuentra bien es verdad y no es una excusa, aunque habría agradecido que me lo comentara antes para no hacer el camino hasta aquí.

Lo que no entiendo es por qué me molesta tanto.

«Sí sabes por qué», diría Franz. Y yo probablemente le mandaría a tomar por saco, pero suspiro, cierro los ojos y asiento porque, en el fondo, sé que tiene razón.

Me jode porque, tras casi una semana sin hacerlo, tenía ganas de volver a reírme con ella. Me jode porque estaba deseando llamarla Pinterest, o doña Buena Chica, o princesa Disney. Me jode porque me apetecía ver cómo se sonrojaba al lanzarle alguna indirecta acerca de su concierto privado sobre el sofá. Me jode porque me he acostumbrado a ella, a su manera de esquivarme y a los pocos momentos en los que, muy sutilmente, muestra esa pequeña parte indócil que está ahí, en algún lugar, y se nota que quiere salir para rebelarse. Me jode porque odio la Navidad y, sin embargo, tenía ganas de perfilar el calendario de Adviento.

Pero, sobre todo, me jode porque ha entrado en mi refugio de oscuridad sin pedir permiso y en cuestión de días, sin siquiera esforzarse. Ha empezado a llenarlo de luz y brillo y estrellas con sus tartamudeos, sus mejillas sonrojadas y sus canciones del 2010.

Y ahora ya no sé cómo apagar las luces.

> **Ulises**
> Ok. No pasa nada.

El problema es que sí pasa.
Pasa un montón.

Tras varios cafés y tiempo a solas pensando en frío en casa, decido que he malinterpretado mis propios pensamientos en la cafetería. Acabo de conocer a Ivette, no hace ni dos semanas que llegó a mi vida y la puso patas arriba, y ha sido todo muy intenso y demasiado rápido. Es lógico que esté descolocado.

Pero no «me jode» que no pueda quedar, claro que no.

Lo que me... trastoca, sí, eso mismo, es el cambio de plan, la poca antelación y el poco tiempo con el que contamos hasta diciembre. En menos de una semana empieza el calendario de Adviento, mañana tenemos que anunciar el primer evento y Franz está gestionando unas redes sociales que van a estallar. Se ha tomado en serio esa chorrada del *hype,* y todo el mundo quiere saber qué pasará en unos días en el Blumenkaffee.

Y yo también. Pero, de nuevo, no es por verla. No, no, no. Es porque necesito organizar el material.

Aun así, decido que le daré un día de tregua. Podemos hablar mañana por la mañana y anunciarlo por la tarde, aunque vayamos algo más justos de tiempo. Lo compensaremos haciendo más promoción. Bueno, diciéndole a Franz que la haga, pero él insistió en meterme en este lío, así que tendrá que apechugar.

Cambio de opinión otra vez alrededor de las diez de la noche. La mayoría de los alemanes hace horas que duermen, y es posible que Ivette lo haga también y no vea mi mensaje hasta mañana, pero me siento como un completo capullo porque, fruto de mi cabreo, ni siquiera le he preguntado qué le pasaba o si estaba mejor. Me he preocupado más por buscarle una explicación al caos de pensamientos que asedian mi cabeza que por la que los próximos días será mi compañera.

Por eso, escribo:

> **Ulises**
> ¿Estás mejor? ¿Necesitas algo?

Supongo que me dirá que no. Lo más normal que podría

llevarle a las diez de la noche a casa es un chocolate caliente y una manta térmica, y entiendo que no es de recibo que me presente allí para que nos acurruquemos a ver una comedia romántica navideña.

Joder, ¿en qué estoy pensando?

Estoy editando el mensaje para eliminar la última parte cuando me llega su respuesta:

Ivette
Estoy mejor, siento haberte preocupado...
Me dolía la cabeza, pero ya se me ha pasado
y he estado trabajando en el calendario de Adviento.
Si te parece, te paso la propuesta por correo electrónico.

No sé cómo sentirme al respecto. ¿Agradecido?, ¿molesto porque ha tomado las decisiones sin mí?, ¿rehuido porque prefiere enviarme por correo nuestro próximo mes de trabajo en lugar de cruzar o dejarme cruzar a mí el descansillo?

Expulso todo el aire por la nariz y, resignado, respondo:

Ulises
Como quieras.

«No te molesta, solo estás descolocado», me repito un par de veces.

Pero el eco de la risita de mi hermana reverbera dentro de mi cabeza. «Lo que tú digas», parece decir.

Pongo los ojos en blanco, me encierro en mi habitación y abro el portátil para revisar la propuesta mientras pienso que debería dejar de imaginarme que hablo con Dara, pero una parte de mí se niega a desprenderse de ella porque siente que es demasiado pronto. Así que dejo que mi hermana me chinche diciéndome que me gusta la recién llegada.

Y, desde luego, ni por un segundo me permito reconocer que esa conversación la estoy teniendo conmigo mismo.

Ni que quien lo piensa soy yo.

Capítulo 19
Ivette

Acabo de derramar el café por segunda vez. Por suerte, esta no lo he hecho encima de ninguna clienta, sino en la encimera, cuando estaba poniéndolo sobre la bandeja. La primera, le he lanzado un cortado sobre la chaqueta a una de las amigas del club de Calceteras Intensas de Helga. Por supuesto, me he disculpado cien veces y he prometido llevar la prenda a la tintorería, pero a pesar de eso y del buen talante con el que se lo ha tomado la mujer, riéndose a mandíbula batiente y gritando que así tendría un motivo para comprarse una nueva, he sentido que soy lo peor.

El motivo: estaba despistada mirando por la ventana para ver si Ulises llegaba a la floristería. Como ahora, cuando lo he tirado por segunda vez.

—Maldita sea —mascullo.

Cuando estoy limpiándolo, Franz me sorprende con una sonrisa radiante.

—*Guten Morgen, Kaffeekönigin!*

—¿*Kaffeekö…* qué? —Sonrío tímida—. Sigo algo oxidada.

Él se ríe y coge un par de servilletas. Se pone a ayudarme sin dudarlo un instante.

—«Reina del café».

—Bueno, hoy dejo bastante que desear… Es el segundo que derramo —respondo, con las mejillas encendidas.

—Todo el mundo tiene días malos, Ivette, no te castigues demasiado. Tú al menos no estás gritándole a la bebida.

Cuando alzo los ojos para mirarle interrogante, veo que está señalando con la cabeza hacia el exterior. Allí, un Ulises de lo más frustrado acaba de llegar a la floristería, y le pega gritos a una carretilla cargado de bolsas. Yo frunzo el ceño.

–¿Qué hace?

–Intenta decorar. Hemos estado hasta ahora en mi casa esperando un pedido de bolas y algunas luces, pero no tiene ni idea de cómo desenrollarlas, así que está a punto de estallar.

–¿Y tú?

–Su cabezonería no le permite pedir ayuda, así que he venido a disfrutar del estallido a una distancia *proporcional*.

–Creo que quieres decir «prudencial».

El mejor alumno de español de la cafetería asiente sorprendido y, durante un rato, observamos a Ulises. Yo sonrío con las comisuras al límite, y Franz no puede contener las carcajadas. Cuando Ulises pone los brazos en jarras y mira al cielo con esa frustración divertida, es tierno y gracioso. Y si a eso le sumamos cómo se le mueven los músculos de la espalda cuando se sube a la escalera para colocar las primeras luces…

Se me borra la sonrisa. La culpabilidad de haberme tocado pensando en él –y, en general, de estar pensando en él como lo hago– para después darle plantón vuelve a mí. No debería reírme, aunque sea sin maldad, cuando ni siquiera fui capaz de mirarle a la cara para trabajar en el calendario de Adviento.

–Por cierto, ¿te ha dicho que me ha pasado el calendario?

Sacudo la cabeza ante la pregunta de Franz.

–Ah, ¿sí?

Asiente. Yo parpadeo y pienso en cómo reaccionar. Ni siquiera sabía que ya lo había visto. No obtuve ninguna respuesta.

–Me ha dicho que empiece a pensar cómo gestionar cada evento en redes, y tengo algunas ideas, pero primero necesito tu permiso para campar a mis anchas por la cafetería estos días. Quiero hacer un par de vídeos para tener en la recámara, empezar a crear *posts* dando pistas de los próximos eventos…, esas cosas.

–Claro, lo que necesites –respondo, aún descolocada.

Y entonces Franz da dos toquecitos sobre la barra, encesta una servilleta en la papelera que tengo tras la barra y se va.

–Fantástico. Entonces te veo en un rato, *Kaffeekönigin*.

Fuerzo una sonrisa, termino de limpiar y corro a rehacer el café que debería haber servido hace ya cinco minutos.

Fuera, Ulises intenta colgar una corona navideña sobre la puerta. Mientras lo hace, no puedo dejar de preguntarme qué le habrá parecido el programa y si, tal y como me dice la sensación de mi estómago, estará tan molesto como creo por haberle dejado plantado.

Bufo, sirvo el café y rescato mi teléfono.

Me va a costar horrores hacer esto, pero si no lo hago la culpa acabará conmigo.

> **Ivette**
> Puede que no entiendas este mensaje, o puede incluso que te sobre y pienses que estoy loca por enviarte algo así, a escasas semanas de conocernos y mostrando todas mis penosas cartas de persona sin habilidades sociales, pero siento que no podré dormir hasta que te lo envíe.

Suspiro, me armo de valor y empiezo a volcar la verdad sobre el teclado:

> **Ivette**
> No me encontraba mal. Ni un poquito.
> Al menos, no físicamente. De hecho, estaba
> allí, en la esquina contigua, viendo
> cómo mirabas el reloj por enésima vez.

«Lo más difícil ya está hecho, Ivette. Ahora…».
Ahora ¿qué?

Empiezo a pensar cómo redactar el siguiente mensaje, pero, aunque veo a través del cristal que Ulises no está mirando el móvil, me da pánico pensar que puede sacarlo en cualquier momento, no tener toda la explicación y crearse una imagen horrible sobre mí, de modo que me obligo a escribir sin sobrepensar, algo que no estoy nada acostumbrada a hacer:

> **Ivette**
> La vergüenza se apoderó de mí y pensé que
> no me saldrían las palabras, que no podría
> mirarte a los ojos después de lo que había
> pasado, de que me vieras cantando y
> bailando ridículamente en ropa interior.

> **Ivette**
> Supongo que no fue una visión agradable, o eso
> me dije cuando me encerré en mi habitación,
> y en parte por eso he estado esquivándote.
> Porque una enorme y terrible parte de mí teme
> que, cuando quedemos, sientas la necesidad
> imperiosa de decirme que deje de hacer
> el ridículo y me comporte acorde a mi edad.

Cometo el error de releer lo último y acordarme de todas esas personas que me criticaron por creer en el amor de las comedias románticas, cantar *Love Story* a gritos como cuando tenía quince años o emocionarme y llorar como una magdalena con *The Holiday*. Porque «ese tipo de amor no existe, Ivette. Además, aunque existiera, ¿de verdad crees que sería para ti?».

Pese a los recuerdos no solicitados, aunque durante mucho tiempo consiguieron silenciarme, con ayuda –y palabrotas, muchas palabrotas– de mi abuela, aprendí que cómo me llenan esos momentos es mucho más importante que cualquier comentario hiriente que pretenda vaciarme. Soy así, con mi intensidad, mi sensibilidad y mi romanticismo, y si a alguien no le gusta el *pack* completo, no debo adaptarme porque no tengo ningún problema, solo debo continuar siendo yo, o eso gritaba mi abuela.

Y eso hago:

> **Ivette**
> O peor: que me animes a hacer algo más productivo por mi salud que saltar en el sofá y me apunte a un gimnasio. Odio ese... «consejo».

Aprieto los párpados y trago saliva.

Ahora sí me cuesta un poco más seguir; ese tema es mi talón de Aquiles. Además, Ulises ha demostrado que no es así, y me siento fatal en cuanto lo envío, pero creo que ser brutalmente honesta es la única opción que tengo ahora mismo para recuperar su confianza –suponiendo que en algún momento haya confiado en mí, claro–, así que, con un nudo en la garganta, continúo:

Ivette

Pero no me entiendas mal, no pienso que seas ese tipo de persona. Irrumpir diariamente en tu espacio-tiempo ha hecho que vea que no tienes malas intenciones, y la gente que te rodea no hace más que repetirme que tienes un corazón que no te cabe en el pecho, algo que me creo.

Ivette

Aunque, a la vez…, eso me limita, porque si una frase de esas saliera de tu boca sabiendo que eres buena persona, aunque te esfuerces en fingir lo contrario, no lo soportaría. Y quizá a ti solo te mostraría un par de tartamudeos, tropiezos en conversaciones casuales y las mejillas muy muy rojas, pero estaría destrozada.

Con el último mensaje, me doy cuenta de dos cosas: la primera es que estoy poniéndome demasiado emocional con alguien a quien he conocido hace muy poco y que no me debe nada; la segunda es que, pese a estar robándole mucho tiempo, aún no le he pedido perdón por el plantón.

Así que, tras perder la cuenta de las veces que he tragado saliva durante estos minutos, trago una vez más con dificultad y me dispongo a cerrar el tema:

Ivette

Y por eso también te envié el programa por correo. Porque, además de todo lo que te acabo de confesar, me aterraba que lo criticaras y no supiera cómo reaccionar.

Ivette

Y… ya está. Lo siento. Siento todo esto. El plantón, los mil mensajes, no ser capaz de atravesar el pasillo para decírtelo a la cara. Pero si no lo hacía así, no sabía cómo sin salir corriendo.

Ivette
Espero que puedas perdonarme,
aunque entendería perfectamente que no lo hicieras
y que no quisieras meterte en el berenjenal de
tener que lidiar con alguien con tantísimas taras.

Ivette
Pero si después de todo esto aún quieres
darme tu opinión y trabajar conmigo,
creo que podemos ser un buen equipo.

Capítulo 20
Ulises

Tengo que empezar a leer el mensaje de Ivette para asegurarme de que es a mí a quien ha querido enviarle todo eso. Luego pienso en lo valiente que es y en cómo yo ni siquiera soy capaz de reconocerme a mí mismo que ella me…

«Que te gusta, *dickköpfig,* escúpelo de una vez», diría Franz.

Descarto el pensamiento diciéndome que es pronto y continúo leyendo, con atención pero con rapidez, por si se le ocurre editar o borrar los mensajes. «Dijo el hipócrita que escribía y borraba y escribía y borraba y…», me regaño mentalmente, pero me mando callar. Cada uno tenemos nuestros miedos, y suelen ser acordes los escudos con los que nos protegemos: la gente que teme que la abandonen tiende a alejarse de los demás, por ejemplo. Otra mierda de la que peco. Sea como sea, ahora no tengo tiempo para lo mal que me caigo.

Cuando termino, miro a través de la ventana de la floristería. Está sirviendo la mesa de una pareja con una sonrisa, como si seguir con la rutina tras enviarme una decena de mensajes abriéndose en canal fuese lo más fácil del mundo cuando ambos sabemos, porque lo ha dejado escrito, que no lo es.

Y entonces vuelve a la barra, me descubre mirándola y el tiempo se detiene. Con todo, algo dentro de mí arde cuando eso sucede, y sin quitarle la mirada de encima un solo segundo, cojo el teléfono y abro su chat. Mis ojos dudan entre su expresión dubitativa y la pantalla unos instantes. Finalmente, escribo y envío:

> **Ulises**
> ¿Estás completa y absolutamente segura de que quieres mi opinión?

Veo cómo suspira, pero ella y su arrojo acaban respondiendo:

> **Ivette**
> Creo que como mínimo mereces poder darla.

> **Ulises**
> Bien.

> **Ulises**
> Te equivocas.

> **Ivette**
> ¿En qué?

> **Ulises**
> En cuanto a verte bailar.

> **Ulises**
> No me pareció ridículo en absoluto.

Puedo ver cómo pone todo su empeño en esconder una sonrisa.
Se le da fatal.

Ulises
Tampoco eres ridícula cuando tartamudeas, cuando crees que estás metiendo la pata en una conversación o cuando te sonrojas.

Ivette
Conozco al menos a tres personas que no estarían de acuerdo contigo...

Ulises
En ese caso, permíteme decirte que conoces a tres gilipollas.

Nada más ver la confirmación de lectura, temo haber sido demasiado ofensivo, pero vuelvo a respirar tranquilo cuando aprecio cómo, pese a taparse la boca con la mano, su mirada indica que sonríe.

Así que, efectivamente, Ivette debe conocer a tres gilipollas.

Ulises
Mira, Ivette, yo tampoco soy perfecto. Mi mal humor es el 90% de mi carta de presentación, nunca le digo a mi mejor amigo cuánto agradezco que esté a mi lado pese a que podría estar rodeado de gente agradable en lugar de aguantarme, y tres años después de llevar la floristería, aún tengo que buscar en Google el nombre de las flores que me piden los clientes porque este no es mi mundo. Pero continúo intentándolo día a día porque quien debería estar aquí no puede hacerlo. Así que, bueno, ya ves, no somos tan diferentes.

Ivette
¿Cómo sabes que nos parecemos en eso? Quizá no tengo tu cultura del esfuerzo. Podría tirar la toalla en cualquier momento, sentir que no puedo y rendirme.

Ulises
Pinterest...

Ulises
Si has podido conmigo, podrás con todo.

Ahora sí, se muerde el labio inferior y sonríe radiante a la pantalla del móvil, como si no recordara que solo un par de cristaleras nos separan. De hecho, tal vez no lo recuerda. Parece estar muy lejos de aquí.

Incluso hay un cliente llamándola con la mano, pero ella no lo ve. Solo sonríe al móvil.

Ivette
Quizá no eres tan duro de pelar como crees.

Ulises
Si me planto en la cafetería, ¿me lo dices mirándome a los ojos?

Ivette
Ni loca.

Ulises
Ya me parecía... Atiende al bohemio del pelo azul, anda, lleva cinco minutos llamándote.

Cuando me lee, no responde más. Deja caer el móvil sobre la barra y corre a la mesa con su mayor expresión de disculpa. Con todo, me lanza una última mirada desde allí, breve y rápida, pero suficiente para que niegue con la cabeza y le diga que no tiene remedio.

«Y tú tampoco», dice la voz de siempre dentro de mi cabeza.

«De acuerdo, tal vez, y solo tal vez, podamos llevarnos bien», respondo.

«Llevaros bien es un buen eufemismo, hermanito».

Ignoro mis propios pensamientos y me vuelvo a centrar. Tengo una floristería que decorar.

Capítulo 21
Ivette

Son las ocho de la tarde, hace dos horas que he cerrado la cafetería y aquí sigo, sobre una escalera, peleándome con una guirnalda que he estado haciendo, aprovechando las flores prensadas del taller del otro día.

Y no puedo creer que vaya a decir esto, pero la guirnalda va a ganar. Está dándome una paliza. Se me ha enredado cuando estaba colocándola en el techo, a unos pasos de la puerta de la entrada.

Supongo que ayuda el lío que tengo en la cabeza desde que Ulises me ha respondido, porque el hilo que he utilizado para unirlas se ha hecho un gurruño y no soy capaz de encontrar los extremos. Exactamente lo mismo que me ha pasado cuando buscaba las palabras para responderle esta mañana: no sabía ni cómo empezar ni cómo terminar, y por el medio he ido enredándome, enredándome, enredándome…

Suspiro y lo vuelvo a intentar.

–Cálmate, Ivette, un puñado de flores muertas no va a ganarte.

–No subestimes el poder de las flores muertas –susurra alguien delante de mí.

Y no sé si es por su tono de voz profundo y sexi, porque no esperaba que nadie tuviera interés en observar este momento circense de mi vida o por su postura, los brazos cruzados, el hombro apoyado en el marco de la puerta… Pero es tal el susto que me doy cuando veo a Ulises delante de mí que casi me caigo de la escalera.

–¡Ah!

De hecho, el único motivo por el que no me como el suelo es él.

Él dando un paso adelante para sostenerme por la cintura.

Él estabilizándome sobre el suelo.

Él apartando la escalera.

Yo a punto de que me dé un infarto.

Pero el silencio a nuestro alrededor me deja por los suelos, derretida como un yogur en un microondas, cuando noto que sus manos siguen sobre mi cadera y no sé qué decir.

Por suerte, él sí.

—Te lo he dicho, las flores muertas pueden ser implacables. —Y sonríe.

¡Sonríe! ¡En esta situación! Yo estoy temblando como un flan y él sonríe y se separa de mí con una calma pasmosa.

«Lo que sucede cuando a alguien no le pones tan nerviosa como si acabaras de beberte cinco cafés, Ivette. Todo lo contrario de lo que te está pasando a ti», me explica el mismo cerebro que podía haber recordado cómo poner los pies en el suelo.

—Sí, sí. Es cierto.

«¿Eso es lo mejor que se te ocurre?», pregunta otra vez el órgano más impertinente de mi cuerpo.

«Si pusieras en marcha el hemisferio que se ocupa del habla y te coordinaras con mi boca, quizá diría algo más elocuente», le respondo.

«Bien, intentémoslo».

—Bueno. —Carraspeo—. ¿Qué haces aquí?

—Acabo de cerrar. ¿Y tú, aparte de atentar contra tu vida?

Una risa nerviosa se me escapa.

—Decorar.

—¿Más? ¿No hay ya demasiadas cosas?

Abro muchísimo los ojos.

—¿Qué? —Me giro para ver el local—. Falta muchísimo todavía. Tiene que estar todo perfecto para el viernes.

—Eh… —Escanea el espacio rápidamente—. No tienes más

espacio en las mesas, pusiste una cantidad ingente de tulipanes en cada una.

Si no estuviera alucinando y todavía avergonzada por casi estampar mis dientes en el suelo, levantaría una ceja. En su lugar, girándome para señalar las cosas y evitar mirarle, digo:

—Pero tengo… paredes. Y sillas. Y la barra. Y las ventanas. Hay mucho que decorar.

Entorna los ojos.

—Vale, quieres convertir esto en Laponia… Bien. ¿Tienes la decoración por ahí?

Compruebo que sigue donde la he dejado, tras la barra, y la abro un poco para mostrarle lo que hay. Mi orgullo reluce un poquito cuando dejo entrever que utilicé más flores prensadas y las cosí con luces led.

«Tengo flores que brillan, ¿qué tienes tú?», me gustaría decirle, pero me moriría de vergüenza cuando él me respondiera con una de esas miradas de soslayo, o con una media sonrisa, o cruzando los brazos, o…

Cierro un segundo los ojos para serenarme. El problema es que, cuando los vuelvo a abrir, Ulises está justo delante de mí, a punto de coger el saco.

Casi salto del susto, pero consigo contenerme.

—¿Qué vas a…?

—Ayudarte —interrumpe.

Parpadeo.

—¿Vas a ayudarme a decorar?

—Sí. ¿Qué pasa?

Entreabro los labios. Esta vez no puedo evitar que una risa ligera se me escape cuando digo:

—Bueno, te he visto gritarle a una carretilla llena de decoración hace un rato…

Sonríe con la lengua sobre el labio superior. Un movimiento que me desmonta.

—*Touché* —masculla—. Pero creo que puedo apañármelas

con esas guirnaldas. Y si rompo las flores no te diré cincuenta veces que lo siento.

—Oye, yo no haría… —Corto la frase a la mitad cuando veo cómo me mira–. De acuerdo, vale, sí.

Se gira para coger la guirnalda, y yo, que parezco haber olvidado que este hombre me pone nerviosa, me lanzo a decir:

—Pero tengo a Taylor Swift en los altavoces… ¿No te importa? —Y sonrío. Una sonrisa angelical, divertida.

Me lanza una mirada llena de intenciones. Una mirada que bien podría dejarme embarazada.

—Ivette…

—Vale, ya paro, lo siento, perdón. Tú solo no… No te caigas de la escalera.

—No necesito subirme a la escalera para colgar las guirnaldas.

—Bien.

Me giro y me centro en mis florecitas con luces. Por suerte, mi cerebro funciona lo suficientemente bien como para no decirle que ese comentario absurdo me ha calentado… solo un poquito.

Entonces, una frase suya, casi un murmullo, consigue que no pueda volver a mirarle en toda la tarde. Y que no pueda dejar de sonreír.

—Tú, sin embargo, puedes subirte a bailar a todas las butacas de la cafetería.

Capítulo 22
Ulises

Me dejo caer sobre uno de los sillones que hay junto a la cristalera y observo el local.

Ivette tenía razón, podía haber más decoración. Sin embargo, sorprendentemente, no me disgusta.

Supongo que ayuda que no haya un enorme árbol de Navidad, un belén de proporciones galácticas o un millón de cortinas de luces cayendo por las paredes. En lugar de todo eso, de la infinidad de decoraciones que podrían estar recordándome a ella y convirtiéndome en el Grinch, hay flores preservadas en guirnaldas y pequeños adornos sobre las ventanas, ramos de tulipanes cuidadosamente colocados en jarrones de cerámica blanca y el camino que hice en la floristería destacando sobre la cafetera. Es bonito, pero sin ser recargado; festivo, pero sin pretender optar a algún estrambótico primer premio de decoración navideña.

Así que, muy en contra de lo que pensé cuando me ofrecí a ayudarla, debo reconocer que no está nada mal.

Ella se sienta delante de mí. La cafetería está en silencio; las luces, tenues; y la música, que en algún momento ha cambiado a algo instrumental, a un volumen bajo y agradable.

Mis pensamientos, durante unos instantes, dejan de asediarme mientras la miro con relativa calma por primera vez desde que nos conocemos. Dejo de pensar en el dolor y mantengo el mal humor a raya. Estoy cansado, los brazos doloridos de mantenerlos en alto para colgar los adornos, pero satisfecho y tranquilo después de lo que me parece una eternidad. Imagino que ella está igual de exhausta y por eso no puede ponerse nerviosa.

Hasta que se da cuenta de que no dejo de mirarla.

–¿Quieres tomar algo? ¿Un café? –se apresura a decir.

Yo sonrío un poco.

–Son las nueve de la noche.

Mira el reloj. Parece sorprendida.

–Tengo descafeinado. –Niego con la cabeza–. ¿Y chocolate? ¿Leche? ¿Agua? ¿Gazpacho?

Enarco una ceja. Se me escapa la risa.

–¿Tienes gazpacho?

Se encoge de hombros.

–Me ha sobrado de la comida, y…

Cierro los ojos y me río un poco más. Una risa desinhibida. Ni siquiera me lo pienso.

–No quiero gazpacho, no, pero gracias.

Traga saliva.

–¿Y un…? No sé, ¿un trozo de bizcocho? Me sentiría mejor ofreciéndote algo. Has colgado como un millón de guirnaldas.

La miro directamente, los labios apretados para no reírme más. Antes de negarme de nuevo, veo que mira de soslayo hacia la barra y me pregunto si no será ella quien quiere tomar algo. Quizá le da reparo hacerlo sola, así que, como la última vez, accedo. También tiene razón, al fin y al cabo: no hemos parado y me irá bien reponer fuerzas. Mi problema pasa más por la absurda costumbre de negarme a todo.

–De acuerdo, chocolate estará bien.

Sonríe aliviada y se levanta a preparar dos tazas. Para entretenerme y evitar que un silencio incómodo se instale entre los dos, pregunto:

–Entonces, ¿eres andaluza?

Se gira hacia mí con el ceño ligeramente fruncido.

–No, ¿por?

–Cuando has dicho lo que te ha sobrado de la comida, he deducido que… –Sacudo la mano–. Déjalo, he sido un idiota prejuicioso.

Sonríe.

–Soy de Mallorca, aunque nunca he sentido que perteneciera a ningún lugar concreto. –Se gira y abre el microondas para meter las tazas–. Creo que soy más de momentos que de lugares. Que, más que a un sitio específico, pertenezco a las horas que pasé horneando galletas con mi abuela en la cocina de su casa.

No estoy seguro de que sepa lo profundamente bonito que ha sido eso, pero no se lo digo. No quiero alterarla, teniendo en cuenta lo tranquila que me lo ha contado.

–¿También vivía allí?

Asiente sin girarse.

–Ajá. Mis padres le compraron una casa junto a la suya para que nos cuidara cuando ellos no estaban. Solo volvió a Alemania al final de su vida, siendo mi hermana y yo ya mayores. Quería morir aquí.

Al entrever cómo se seca la cara, me planteo si no se gira porque está emocionada y siento la obligación de cambiar de tema.

–Yo también soy de las islas.

Se gira hacia mí, interrogante, los ojos claros.

Compruebo que, efectivamente, se había emocionado.

–¿Baleares?

–Canarias.

Ella levanta las cejas.

–Pero no pareces…

Me río y la interrumpo:

–¿Te ayudaría que a partir de ahora solo comiera mojo picón? También puedo vestirme con el traje regional o hacer referencias malinterpretables sobre los plátanos de Canarias cada cinco frases. Quizá así parecería más canario.

Cierra los ojos y los pómulos se le levantan en una sonrisa preciosa, pero no parece avergonzada. Confirmo por qué cuando responde:

–Es que no tienes acento canario, ni dejes, ni expresiones. Nada que dé la más mínima pista de que eres canario. Tampoco es que pretenda etiquetar a nadie, sé que en cada sitio hay cientos de miles de personas diferentes, y eso es genial, pero también es genial detectar un acento, una expresión, algo. Yo no lo he tenido, quizá por lo que te contaba antes, o porque mi abuela era de aquí y yo siempre me sentí más conectada a ella que a cualquier otra cosa, pero me gusta, me parece bonito. Lo que quiero decir es que te habría respondido lo mismo si me hubieses dicho que eres de Galicia o Badajoz.

«Vale, quizá no estabas siendo tú la prejuiciosa… otra vez. Me lo haré mirar».

–Nunca he tenido acento –explico–. Viví mis primeros años en Canarias, pero mis padres, pese a ser de allí, eran unos nómadas empedernidos; siempre habían amado viajar, y organizaron su vida en torno a los viajes: alquilaban en lugar de hipotecarse, preferían los trabajos temporales a los fijos… Arriesgado, pero interesante. Y les iba bien, de modo que empezamos a viajar y vivir con ellos aquí y allá. No durábamos ni dos años seguidos en el mismo sitio, y, aunque sé que hay niños a los que les resulta traumático, ellos siempre se aseguraron de que lo viviéramos como una aventura y no como un dolor de muelas.

–Suena precioso, pero ¿no echabas de menos un poco de estabilidad?

–En absoluto. Supongo que no a todas las familias les funciona la misma fórmula. A mí me gustaba saltar de provincia en provincia y descubrir la cultura y forma de ser de la gente de aquel sitio. Era muy observador. Y a mi hermana le encantaba hacer cientos y cientos de nuevos amigos y pasear hasta que caía el sol para conocer paisajes diferentes. Cada uno disfrutaba a su manera, y a cada uno nos marcó de manera diferente: yo acabé estudiando Sociología y ella vino a Alemania a raíz de una relación a distancia y se enamoró. Del chico que la invitó a pasear por estas calles y de las calles en sí.

Sonríe antes de preguntar:

—¿Dara?

Debe recordar que no le he contado nada de mi hermana, porque me mira con los labios embebidos, como si hubiese dejado ir un secreto guardado bajo llave. Yo suelto el aire por la nariz. Si hubiera disimulado, incluso me habría creído que lo intuía por el nombre de la floristería.

—¿Helga o Franz? —pregunto.

—Ambos —reconoce—. Siento si te ha…

—No me ha ofendido, Ivette. Daba por hecho que esos dos bocazas te contarían vida y milagros de mi historia antes de que nosotros intercambiáramos el primer saludo. —Me adelanto, cojo la taza con el chocolate y la observo: es de cerámica, con un montón de flores de colores pintadas con delicadeza. Decido preguntar, seguir dándole vida mediante esta conversación a dos de las mujeres de nuestras vidas—: ¿También te enseñó tu abuela a pintar?

Me sorprende cuando una carcajada corta el aire.

—Si algo hacía mal mi abuela, era pintar. Era nefasta. Malísima. —Mira hacia el techo y la ternura viaja hacia sus ojos—. Pero eso ella ya lo sabe. —Y, en voz muy baja, como si yo no pudiera oírla, añade—: ¿Verdad, Oma?

Río mientras corroboro dos cosas: la primera es que no soy el único que habla con quienes ya no están; la segunda es que me gusta esta faceta de la princesa Disney. Quizá más de lo que estoy dispuesto a reconocer.

Capítulo 23
Ivette

Tras cobrar al último cliente, cuelgo el delantal y decido cerrar un poco antes la cafetería. Está todo tranquilo, queda solo una hora para el cierre oficial y llevo haciendo horas extra desde que llegué a Blumenfluss, así que me permito echar la llave y disfrutar del sol que resiste antes de que el ocaso lo venza. Además, me irá bien pasar un rato sola y asimilar toda esta semana.

Todo ha cambiado muchísimo desde que le mandé aquellos mensajes a Ulises. No solo me ayudó a decorar, sino que estos días siempre hemos sacado algún momento para saludarnos, aunque fuese desde nuestros respectivos negocios y, en su caso, con un movimiento sutil de cabeza. Tampoco pido más. El ambiente ha mejorado y todo está más calmado entre nosotros.

Bueno, todo todo no. Hay algo que no está calmado. Nada calmado.

Yo.

Es cierto que me cuesta menos hablar delante de él, que no tartamudeo tanto porque ahora no temo que me lance respuestas mordaces y que no me paso el día intentando demostrar que no he venido a robarle su negocio, su casa, su vida. Eso está bien, y pensé que sería suficiente para poder controlar mi respiración cuando le tengo cerca, pero cuando se ríe, pone los ojos en blanco con Franz o se concentra al preparar un pedido, los latidos de mi corazón se descontrolan.

Y no pienso desempeñar el papel de chica inocente que no sabe lo que le ocurre. Lo sé perfectamente.

Me gusta Ulises. Cada centímetro de lo que es, cada

palabra, cada gesto. Me gusta que se tome el café como si algo tan insignificante fuese lo más importante que ha hecho en su vida, mirando el poso que queda como si intentara descifrar qué se ha perdido dejando eso ahí. Me gusta la sonrisa que pone cuando disimula estar de mal humor delante de un cliente. Me gustan sus miradas de reojo, cómo enarca una ceja, cómo se cruza de brazos y sus músculos se marcan por debajo del jersey; y me gusta su ropa oscura, sobria, elegante. Me gusta que sea sarcástico pero de cuando en cuando cuele una frase dulce, y me gusta creer que, alguna vez, una de esas frases es para mí.

Pero, sobre todo, me gusta cómo me siento cuando estoy a su lado.

Libre.

Desde que llegué, he estado deseando ver el mar. Una de las pocas cosas que me calmaban en Mallorca, tras oír por quinta vez el repertorio de mi madre de por qué debería ponerme a dieta o conocer el testimonio de no sé qué hija de una amiga suya que se había puesto un balón gástrico, era caminar hasta una cala cercana, sentarme sobre una roca y mirar el horizonte hasta que el atardecer fundía el cielo con las olas, a lo lejos. Y dejaba de pensar. De repente, todo era viento y calma.

Por eso hoy tengo claro dónde ir en cuanto dejo a mi pequeña compañera en casa.

Blumenfluss está situado al norte de la Baja Sajonia, en la bahía de Jade. Mi cafetería se encuentra en el núcleo urbano, en ese centro de ensueño que recuerda a las películas Disney, pero a solo un cuarto de hora andando hay un pequeño puerto marítimo. Y cuando, como estoy haciendo yo ahora, paseas por el empedrado junto a las vallas de madera que te separan del agua, una sensación de paz te inunda junto al olor a salitre que te acaricia la nariz y el sonido lejano de las gaviotas. Ellas son el motivo por el que no he traído a Croqueta hoy: necesito un momento para mí, sin evitar que mi perra intente cazar a esos gigantes juguetes blancos con alas.

Me detengo cuando llego al muelle. Hay casetas de madera preparadas para el mercado navideño. Aún están cerradas, pero sobre sus tejados hay guirnaldas con *Adventskränze* o, lo que es lo mismo, coronas de Navidad típicas alemanas. Que todo esté hecho de madera le da al puerto un ambiente rústico especial, como cuando mi Oma encendía la chimenea, horneaba el primer pan de jengibre de la temporada en Mallorca y se unía el olor de la sal de la costa con el de la madera ardiente. Justo al inicio de las casetas, un cartel anuncia que mañana, 1 de diciembre, empieza oficialmente el mercado. Para nosotras, en casa, el pistoletazo de salida era cuando el horno pitaba anunciando que el pan estaba hecho.

La Navidad puede estar en todas partes: en un mercado junto al paseo marítimo, en un horno que cocina un pan de jengibre o en la floristería de alguien que se pelea con un montón de luces led enredadas. Porque no se trata del mercado ni del pan ni de las luces, sino del sentido que les damos a estas fechas y, sobre todo, de la voluntad de hacer de unos días que podrían ser como cualquier otro algo diferente y especial. ¿De qué sirve la Navidad sin esa ilusión, al fin y al cabo? Me prometo que no volveré a pasar estas fechas con quienes aprovechen las cenas para generar mal ambiente y no para divertirse y dar las gracias.

Unos pasos más adelante, también me prometo a mí misma que me pasaré por aquí en unos días, y entonces quizá sí traiga a Croqueta; no me parece justo dejarla en casa con todas las cosas bonitas que puede ver aquí. Muchas veces, los animales hacen de estas fiestas algo mucho mejor que algunos seres humanos. Además, ella seguro que me traería a mí. Solo espero que no intente comerse una gaviota. Tendré que confiar en ella.

Cuando llevo un rato observando el ir y venir pausado de las olas y pensando en mi vida actual, tranquila, con mi perra y mis libros y mis cafés, al olor de la sal se le suma uno nuevo, diferente. Olfateo buscando de dónde viene, pero alguien aparece tras de mí y despeja mis dudas.

—*Pretzels*.

Casi salto al mar.

—¡Ulises! —Le miro con la mano en el pecho, la respiración agitada y una sonrisa de boba imposible de controlar—. ¿Qué estás haciendo aquí?

Me siento un pelín lenta cuando veo que va con ropa de deporte, el móvil sobre el brazo, dentro de una funda que lo mantiene pegado a su bíceps.

—He salido a correr. Quería liberar tensiones antes del gran día.

«El gran día». Parece que no soy la única que se siente así.

Sonrío. Él me devuelve la sonrisa. Siento que el puerto es ahora un lugar aún más bonito.

—¿Y tú? —pregunta.

Yo me giro y miro en dirección a las olas. Podría decir que me giro porque no quiero perderme los últimos rayos de luz hoy que he aprovechado para salir un poco antes, pero, aunque no es mentira, tampoco es el motivo por el que aparto la mirada.

Me giro porque quiero serenarme antes de responderle, de decirle la verdad y mostrarle una pequeña parte de mí que quizá no sea tan pequeña.

—Yo amo el mar —susurro. Pero en cuanto lo digo siento que en mi cabeza quedaba menos romántico y, desde luego, menos sobreactuado, de modo que añado—: Siempre me ha encantado, me relaja mucho, especialmente en invierno, cuando está vacío y limpio.

Se apoya sobre la madera, junto a mí. No siento que le haya parecido sobreactuado.

–¿Ibas mucho cuando vivías allí? –pregunta.

Él también utiliza ese tono de voz.

–Solo de noche –me río débil.

Ante eso, él me mira interrogante.

–¿Por qué?

Trago saliva antes de responder. Cuando hablamos del pasado, todo se vuelve más íntimo.

–Las playas están masificadas de día, y las calas que durante mucho tiempo fueron un secreto están saliendo a la luz por culpa de las redes sociales; a la mayoría de la gente le gusta más conseguir un puñado de interacciones que la hagan famosa durante un rato que preservar el patrimonio natural, supongo. Y no digo que no se puedan visitar los sitios bonitos de la isla, hay personas muy responsables, solo digo que… hay que cuidarlos, y no todo el mundo está dispuesto a hacerlo.

–Comprendo. En Canarias hay muchísimas manifestaciones contra el turismo masivo.

–Allí también, pero las redes sociales y el dinero tienen mucha fuerza, y con tanta gente, coches, ruido, basura en la arena y el agua…, me… agobiaba –explico.

Y es cierto, pero he empezado a titubear porque, siendo sincera, no es la razón principal por la que solo iba de noche. Estoy segura de que podría haber encontrado algún lugar que las redes aún no han descubierto.

–Tú podrías haber encontrado algún lugar secreto.

Sonríe. Me quedo pálida. ¿Me ha leído la mente? Boqueo como un pececillo fuera del agua y parpadeo.

–¿Estás bien, Ivette?

Quiero responder que sí, darle la razón y sonreír, pero siento que Ulises se está metiendo más dentro de mí de lo que yo misma soy capaz de hacer a veces, y de repente empieza a pesarme no contarle toda la verdad, de modo que hago como cuando le escribí todos aquellos mensajes y confieso:

–Aunque lo hubiera encontrado, me habría dado pánico encontrarme con alguien, aunque fuera una sola persona. –Suspiro–. Prefería evitar comentarios, miradas, esas cosas.

Deja caer los hombros, pero no pregunta. Tampoco es necesario, sé que me ha entendido.

–Lo comprendo, pero…

–No lo compartes, imagino.

Sonrío. Él toma aire resignado.

–Ni tampoco lo juzgo. No estoy en tu piel, y nadie que no lo haya estado va a ser capaz de entender la magnitud de lo que dices, o eso creo. A mí me pasa a menudo con mi forma de ver el mundo o con mi mal humor. En fin, emitir juicios de valor sobre temas tan personales no es lo mío. ¿Qué otras cosas te gustan?

Parpadeo sorprendida. Las veces contadas que he sido capaz de abrirme con algo así he recibido discursos del tipo de que nadie debería dejar de hacer las cosas que ama solo porque otros crean que pueden determinar cuál es la manera correcta de hacerlas. Discursos ciertos, sin duda. Pero nada que vaya más allá de la teoría. La práctica, en el mundo real, es mucho más compleja. Además, no esperaba que le interesaran mis gustos. No lo esperaba en absoluto.

–Yo… Bueno, leo. Me gusta leer.

Me observa con interés.

–¿Y qué lees?

«Ufff, no».

Sé que no debería avergonzarme de leer novelas románticas. De hecho, no me avergüenzo y, por supuesto, tampoco creo que sea un género poco serio o que no sea literatura de verdad. Me encanta leer historias de amor, me dan esperanza. El problema es que la última vez que alguien me hizo esta pregunta y yo respondí con entusiasmo, su respuesta no fue la más agradable:

—Pero tú no buscas pareja, ¿no? Quiero decir, mírate. Tendrás otros propósitos antes —me dijo.

—¿Cómo cuáles?

—A ver, yo es que no creo que me atreviera a poner en Tinder que llevo una talla cuarenta y ocho.

Fue una amiga. Una amiga que dejó de serlo en aquel mismo instante. Y aunque habría deseado enviarla lejos, mi absurda manía de ser políticamente correcta me obligó a responder:

—¿Qué tiene de malo una talla cuarenta y ocho o cincuenta o del número que sea? ¿Y por qué tendría que poner qué talla utilizo? No creo que tenga nada que ver con el amor. De hecho, en mis libros nadie se plantea esas cosas.

—Exacto, Ivette. Porque prácticamente todas las protagonistas están delgadas.

Fue la última conversación que tuve con ella.

Aun así, me armo de valor, miro el mar y respondo:

—Novelas románticas. Me encanta. Sé que igual es demasiado soñador e iluso pensar que alguna vez podré vivir una historia de amor así, pero me hace feliz leerlas, me conformo con ello.

Me ahorro el discurso *body positive* porque sé que Ulises no es como la chica de aquella vez, pero, cuando me giro para mirarle, sé que, como antes, no ha sido necesario dar detalles.

—¿Quién te hizo tanto daño? —susurra.

Entreabro los labios. Quiero responder, pero no me sale la voz.

«Demasiada gente».

—No tiene importancia. —Puedo ver en sus pupilas cómo para él sí la tiene, pero esta conversación no va a ningún lado, de modo que la redirijo preguntando—: ¿Tú haces algo en tu tiempo libre?

Asiente y, mirando al horizonte, responde:

—Hablo con personas que valen mucho más de lo que el mundo les ha hecho creer.

Ulises

Ni siquiera he intentado contenerme al responder a Ivette. Podría haber salido por la tangente con cualquier banalidad, pero no me parecía justo.

No lo es.

Mi hermana solía decir que una de las grandes derrotas de la humanidad es que haya personas que se obligan a tapar sus grietas con hormigón armado. Creía que, en su lugar, deberían dejar que entrara la luz para sanar desde dentro, permitiéndose brotar otra vez.

Yo solía responderle que era un modo demasiado poético de decir que la gente se protege de los hijos de puta como puede, con lo más pesado e impenetrable que encuentra, y después no hay vuelta atrás.

En todo caso, ella está llena de hormigón cuando podría estar llena de flores.

Cuando volvemos en silencio hacia nuestro edificio, me imagino cómo serán sus flores bajo esa capa de protección, su manera de ser natural y sin miedos, la que me ha dejado ver a cuentagotas en alguna ocasión, y no puedo sino empezar a plantearme cómo rascar el maldito hormigón.

Tan pronto como cierro la puerta, me doy cuenta.

Ella ya está rascando el mío, destruyendo todas mis defensas, dejando que entre la luz y caliente poco a poco partes que hacía años que permanecían en la sombra.

Suspiro, cierro los ojos y me dejo caer por la puerta hasta tocar el suelo.

Me aterroriza que mi corazón no sepa gestionar lo que está diciendo a gritos.

Capítulo 24
Ulises

1 de diciembre

Aún quedan cuatro horas para que dé comienzo el evento y dos hasta que nos reunamos, pero Franz me ha sacado a rastras de casa porque, según él, tenemos que anunciarnos mejor en redes sociales.

Diciembre empieza fuerte.

—La cafetería cuenta con muchísimos seguidores, y yo, por tu culpa, tengo muchísimos más de los que me hacen sentir cómodo —protesto.

—A ti dos seguidores te harían sentir incómodo, cascarrabias.

No le falta razón. Aun así, le miro y dibujo un mohín.

—Pero —añade con una sonrisa malvada mientras me tiende el móvil— la cuenta conjunta podría tener aún más.

—¿La qué?

Enarco una ceja y agarro el aparato.

La cuenta de Instagram me devuelve una mirada burlona. Veo reflejada mi expresión de pánfilo en el cristal. Junto a ella, la descripción anuncia que la floristería y la cafetería han unido fuerzas para convertir el local de Ivette en un punto de encuentro lleno de cafés y flores, muchas flores. Hay un montón de emojis. Demasiados de ellos hacen referencia a la maldita Navidad. Mamás y Papás Noel. Galletas. Más flores. Por Dios.

Y un montón de gente siguiéndola.

—¿Qué cojones has hecho? —Miro a Franz hecho una furia—. ¿Quién te ha dado permiso para hacer algo así?

¿Quién te ha dicho que quiero involucrarme con ella a este nivel? Bórrala ahora mismo. Ya, Franz.

Pero Franz, lejos de responder, niega con la cabeza con una calma pasmosa, recupera su teléfono y, con tranquilidad, sonríe y dice:

–Tú.

–¿Yo qué, tío?

–Tú me diste permiso. Me dijiste que hiciera «lo que me saliera de los *cajones*».

–Cojones. –Frunzo el ceño.

–*Cogones* –intenta repetir.

Me sirve. Tomo aire hondo. En algún otro momento, su intento y su dentadura radiante conseguirían arrancarme una sonrisa. Ahora no. Pero debo reconocer que es suficiente como para que intente relajarme. Principalmente, porque tiene razón. Yo me desentendí, dije que pasaba, que las redes no eran lo mío y que hiciese lo que fuese necesario para que todo esto saliera bien.

Además, en el fondo sé que lo que me preocupa no son las redes. No me importa una cuenta de Instagram que jamás voy a entrar a ver, no me importa el número de seguidores, no me importa el número de me gustas o interacciones o lo que carajo analicen las métricas.

Lo que me fastidia, la sensación que me araña el pecho, es saber que ahora tengo algo más que me une a ella.

Suspiro y me paso una mano por la cara intentando serenarme. Luego miro al cielo. Está gris, oscuro, triste. Un poco más abajo, en el mundo mortal, las luces de la mercería de enfrente titilan con aires epilépticos. Demasiadas luces. Demasiados colores. Aprieto la mandíbula y pienso en mi hermana deseando que su voz aparezca para decirme que no pasa nada, que todo va a ir bien con Ivette.

Pero, aunque lo hiciera, yo no lo me lo creería.

Porque puedo cagarla en cualquier momento.

Porque puede que mi condenada actitud oscura apague su luz y no al revés.

Niego con la cabeza y vuelvo a caminar. No me doy cuenta de lo tenso que estoy hasta que Franz, antes de llegar al Blumenkaffee, me frena, me da la vuelta, me obliga a mirarle y, serio, dice:

–Todo va a ir bien.

–¿Qué quieres decir con eso? –salto a la defensiva.

Él suelta el aire despacio y curva la boca en una sonrisa comprensiva, aunque triste. Y después, con una seriedad de la que Franz solo hace uso cuando va a decir algo realmente importante, entona:

–A ella no la vas a perder. No se va a ir si la invitas a quedarse.

En este preciso momento, tiemblo. Sus palabras me hacen temblar. Ellas y todo lo que hay entre líneas son mucho más de lo que puedo asimilar: hablan de mi hermana, de su mujer, de la madre de su hija, de una de las personas más importantes de nuestras vidas. De ella, a la que sí perdimos; que sí se marchó, aunque ya tenía su lugar con nosotros. De ella, que estaba llena de vida.

Igual que Ivette.

–Franz, tío, yo… Joder. Lo siento.

Niega con la cabeza, se acerca y me abraza.

–No te disculpes conmigo, sino contigo mismo por todo lo que no te permites vivir. Y si cuando lo hagas de verdad sientes que puedes conseguirlo, hazlo: deja de pensar en el ayer. Nadie te garantiza un mañana. No hay segundas oportunidades cuando se trata de vivir.

Entonces se aparta, se mete en la cafetería y, con esa madurez que esconde y que le hace uno de los hombres más fuertes sobre la faz de la Tierra, su marcado acento alemán y su mayor sonrisa saludan a Ivette como si no hubiera pasado nada.

Como si no acabara de decirme que supere la muerte del amor de su vida.

Capítulo 25
Ulises

Ivette está terminando de tomar nota de los pedidos de la gente cuando empiezo a rondar por la tarima improvisada que hemos puesto junto a la barra: unos palés con algunas tablas de madera vieja y un arreglo floral con *poinsettias* en cada esquina. Entre las flores hay velas, unas velas horribles que van a pilas y tienen renos dorados imprimados. Feísimas y más brillantes de lo que debería estar permitido, pero ella decía que le daban a la cafetería un ambiente más navideño porque, pese a decidirse por una decoración rústica, al final fue presa del pánico y empezó a pensar que no había suficientes luces.

En fin.

En breve empezará el evento. Antes, sin embargo, ella subirá y dará la bienvenida al calendario de Adviento, de modo que la espero callado, paciente, observando cómo se mueve entre las últimas mesas con esa sonrisa inquebrantable. Suspiro.

Cuando aparto la mirada, veo que Eda me sonríe con la expresión malévola que heredó de su padre.

–¿Qué? –le pregunto.

Ella se aparta un poco de su mejor amiga, con quien ha venido, y responde cantarina:

–Nada, nada.

–Eda, ¿qué? –insisto.

Suelta una risita y señala hacia atrás con la cabeza. Ella cree que es sutil. Dejaremos que crea que de verdad lo es.

–Que… Te encanta. Estás enamoradísimo.

–Mi sobrina, la menos exagerada. –Pongo los ojos en blanco.

—¿No lo niegas?

—Claro que lo niego. —Pero no puedo borrar la sonrisa idiota—. ¿Cómo voy a estar enamorado? Hace poquísimo que la conozco.

—Pero es transparente, tío Uli. Es natural, no piensa respuestas elaboradas y sonríe con el corazón. Sería todo tan sencillo…

No estoy del todo de acuerdo con lo de las respuestas elaboradas, pero no le llevo la contraria porque sé exactamente a lo que se refiere: cuando Ivette habla, lo hace con naturalidad. A veces da alguna vuelta antes de ir al grano porque hay cosas que le cuesta más expresar, pero no esconde ni maquilla quién ni cómo es.

—Bueno, sea como sea, no estoy enamorado.

—Aún… —mascula.

—¿Cómo dices?

Embebe los labios en una sonrisa traviesa, pero no lo repite. Alguien pasa a su lado, me mira y dice:

—Ya tengo todas las comandas. ¿Vienes?

Asiento a Ivette y me doy la vuelta para subir a la tarima. Y entonces oigo cómo una vocecita ilusionada susurra a mis espaldas:

—¡Es tan perfecta!

«Sí que lo es», pienso.

Siguiendo la estela del evento piloto que hicimos, el primer día del calendario de Adviento es un éxito. Acabamos reventados: yo, de explicarle a todo el mundo cómo montar un ramo navideño en función del estilo y las flores que hayan decidido. Hablo de colores, texturas y lugares para colocarlos y que duren en estas fechas en las que las casas arden al calor de las malditas estufas, que se cargan las flores; Ivette, de servir cafés y asegurarse de que todo el

mundo está cómodo; Franz, de las redes sociales; Helga…
Helga nada. Ha estado sentada en una butaca acariciando
a Maiden y a Croqueta. No ha hecho nada más. Encima
se las dará de cuidadora perruna.

Antes de terminar, he visto cómo Ivette se acercaba a Eda
con dos chocolates calientes y la acompañaba para terminar su trabajo. Su amiga ha tenido que irse unos minutos
antes porque tenía repaso de matemáticas, de modo que
mi sobrina se ha quedado sola. Y, aunque contaba con
ello y es una persona que sabe gestionar su tiempo a solas mejor que muchos adultos, se le ha iluminado la cara
cuando Ivette se ha sentado a su lado.

Y yo me he quedado embobado mirando la estampa, familiar y tierna, hasta que alguien me ha reclamado.

Media hora más tarde, ya con todo recogido, el móvil de
Franz ardiendo con notificaciones de gente etiquetándo-
nos y Helga diciendo que quiere un *gin-tonic* después de
tanto esfuerzo –valiente caradura–, nos sentamos en la
mesa donde se formó el comité y comentamos la jugada.

No dejo de mirar de reojo cómo sonríe ni medio segundo.
No me lo quiero perder.

Nada más llegar a casa, me preparo un sándwich y me
siento en el sofá a ver la televisión para serenarme y ver si
soy capaz de pensar en algo más que en la tarde que hemos pasado, pero un hilo de música se cuela por debajo
de mi ventana.

Y no es cualquier música.

Es *Lavender Haze*. Taylor Swift.

Cierro los ojos, niego con la cabeza y me río. Luego,
mientras me termino el sándwich, me acerco a la ventana
y abro ligeramente la cortina, esperando que, como la última vez, se la haya dejado abierta.

Me muerdo el labio inferior como un adolescente ilusionado cuando me doy cuenta de que es así. Las cortinas no están del todo retiradas, pero sí lo suficiente como para que vea su sofá lleno de bolas navideñas para poner en un árbol descomunal que hay al lado y a ella tras él, bailando con el pelo suelto, un camisón negro y una bata encima que, con todo, es insuficiente para el frío que hace.

«Puedes sacar a la mallorquina de la isla, pero no puedes sacar la isla de la mallorquina ni con una pulmonía en juego», pienso, divertido por una vez. Solo ella puede llevar un camisón en diciembre.

Sin embargo, dejo la diversión a un lado cuando veo cómo se mueve. Sus curvas dentro del camisón son hipnóticas, magnéticas, sensuales hasta un punto que duele.

Cierro los ojos un instante y me pregunto si debería dejar de mirarla, pero los abro de nuevo mucho antes de terminar de planteármelo. No quiero. Ansío ver cómo levanta los brazos, se despeina más, baja las manos por su cuello, hacia sus hombros, y…

Quiero arrancarle ese condenado camisón.

Trago saliva con fuerza y me apoyo en el costado de la ventana con cuidado, pero no aguanto mucho allí. Abro las cortinas y la observo deseando que vea que estoy aquí, que quiero mirarla, que me dan igual las consecuencias y que mañana nos vayamos a ver. Quiero atravesar el descansillo y pedirle que me deje bailar con ella, aunque yo odie bailar. Ya me arrepentiré más tarde.

Pero, sobre todo, quiero besarla, explorar su boca, acariciar sus caderas, sus piernas, bailar con su lengua mientras lo hago y…

«Joder, Ulises, serénate», me digo. Pero es inútil. Cuando se quita el albornoz, deja los brazos al descubierto y se hace una cola de caballo que muestra aún más piel, las ganas de morderla son superiores a mí.

Cierro la cortina, me meto en mi habitación y me bajo

el pantalón del pijama nada más sentarme a los pies de la cama de matrimonio que nunca toca nadie más que yo. No me cuesta nada recordar cómo estaba bailando, evocar su imagen contoneándose delante de mí, imaginar que la tengo en mi habitación, que se quita la bata a centímetros de mi cuerpo, que sus caderas quedan justo delante de mí, sus nalgas a centímetros de mis dedos. Las bolas del árbol se le caen de las manos, adornos por todo el suelo, su cuerpo sobre él justo después, jadeante, caliente.

No dejo de pensar en ella ni medio segundo cuando lanzo el bóxer lejos; ahora no quiero pensar en ser cuidadoso con la ropa. Quiero pensar que irrumpe en mi habitación, se deshace la coleta que se estaba haciendo hace escasos minutos y observa cómo me sostengo la polla delante de ella.

«Haz lo que quieras conmigo y de mí. Soy irremediablemente tuyo».

Una enorme parte de mí reza para que me desee como yo la deseo.

No contengo un gruñido cuando empiezo a masturbarme. Pienso en ella, en cómo baila, en cómo sonríe, en cómo su ropa se levantaba ligeramente cuando colocaba una bola más sobre el árbol, en cómo sería desnudarla con ansia, con fuerza, demostrándole cuánto me gustan todos y cada uno de los centímetros de su cuerpo. Y, a la vez, despacio, para poder apreciar cada segundo.

«No sabes lo que haría por cerrarles la boca a los imbéciles que te hicieron creer que tenías un cuerpo peor que el suyo. A mí se me seca la boca cada vez que te veo. Bebería de todas y cada una de esas curvas».

«Eres desgarradoramente hermosa».

«Déjame tocarte, déjate querer».

Me imagino que me la pongo encima y encajamos con lentitud, humedad, calor.

Me pregunto cómo gemirá, si su expresión de placer será de concentración o de diversión. Si se morderá los labios o los dejará entreabiertos. Si mantendrá los ojos abiertos o cerrados.

«Mírame. Deja que te mire. Mirémonos hasta que entiendas cuánto me pone cada rincón de tu piel».

Me toco con más fuerza. Su música continúa llegando a mi habitación, al lugar donde le estoy haciendo el amor mentalmente. Llega a la cama donde me encantaría desnudarla despacio, acariciarla, presionar con suavidad pero impaciencia su piel, lamerla saboreando esos lugares prohibidos que quisiera que me dejara conocer solo a mí, hacerla suspirar cuando mordiera sus pechos con dulzura, gemir cuando mis dedos bailaran sobre su clítoris, gritar deliciosamente cuando la penetrara en movimientos ondulantes. A las sábanas entre las que me volvería loco lograr que se corriera para mí. A mi versión más primitiva y carnal.

Continúo imaginando que la toco sin contención, solo disfrutando, hasta que me saluda el punto de no retorno. Llego al clímax pensando en cómo me habría gustado retirarle aquel mechón. En cómo quiero que su pelo acabe sobre mi cara. En cómo desearía hacerla sudar y abrazarme a su piel perlada.

Me vacío con su nombre en los labios, un susurro que maldigo que no le llegue. Un susurro que me pregunto si ella llegará a oír alguna vez.

—Ivette.

Capítulo 26
Ivette

2 de diciembre

Un sol radiante da la bienvenida al segundo día de diciembre mientras camino por el empedrado, aún mojado tras la noche de lluvia de ayer. Me voy mirando las Converse con la sonrisa puesta; no sé muy bien por qué, pero ahí está. Supongo que la felicidad se manifiesta en pequeños actos de rebeldía, como sonreír porque sí, sin un motivo aparente. Croqueta da pasitos diminutos a mi lado de camino a la cafetería moviendo el rabo; es su manera de sonreír porque sí. Otra rebelde.

Cuando llego, los tulipanes que repuse brillan bañados por el rocío y las gotas de anoche. Olvidé guardarlos dentro con la ilusión de lo bien que había ido el primer día, pero me alegro. Están preciosos.

Satisfecha, abro la puerta, le quito la correa a Croqueta y adecúo el espacio mientras los rayos de sol secan las sillas y mesas que yo luego repasaré con un trapo.

Más tarde, el universo decide que me pelee con una estufa exterior. El sol se cuela a través de las ventanas y cubre el ambiente como una manta de ganchillo, cálida y amable, pero fuera ese ambiente sigue siendo frío, y con la afluencia que hay últimamente, necesito todo el espacio posible, así que no me queda otra que encenderlas, aunque esta en particular no esté poniéndomelo demasiado fácil.

—Vamos, amiga, ya sé que hace frío, pero en cuanto te muevas un poco se te pasará, te lo prometo —suplico, pero no colabora, así que continúo tirando y tratando de dialogar con un objeto inanimado—. Mira, Estufi, yo tampoco quería salir hoy de debajo del edredón, te prometo que estaba muy calentita con Croqueta roncando a los pies de la cama, pero he venido a trabajar, ¿a que sí? Pues tú también tienes que arrimar el hombro, que somos un equipo.

La voz grave de Ulises me sorprende en uno de los millones de tirones que le doy al armatoste:

—Buenos días.

Un «Buenos días» demasiado sexi para la hora que es. Dos palabras que son más que suficientes para que salte y de repente tenga mucho mucho calor. Quizá debería ponerle aquí a dar los buenos días a la gente. Ahorraría dinero en calefacción.

«¡¿Qué chorradas estás pensando, Ivette?!».

Suelto la estufa y me ato el delantal antes de mirarle.

Está guapísimo. El jersey verde bajo la gabardina negra resalta sus ojos, y el cuello en pico de la prenda deja ver con aire burlón su preciosa piel tostada, como susurrando: «Sabes que te mueres por probarla. Ven, tócala». Una magnífica idea si quisiera que me diera un infarto.

Saludo apresurada mientras me lo quito de la cabeza:

—¡Hola! ¿Vas a…? —Señalo la floristería con la mirada.

—No. Voy a… —Señala la cafetería con un movimiento de cabeza y sonríe con esa seriedad mortal.

—Ah. —Sacudo la cabeza y me aparto—. Enseguida voy.

Pero él no se refería a la cafetería, sino a algo que estaba bastante más cerca. Lo descubro cuando se acerca tanto a mí que me inunda su perfume, que huele demasiado bien para mis nervios, y coge la estufa con una facilidad imponente. Luego desengancha el freno que se había trabado y yo ni siquiera había pensado en mirar mientras una servidora se siente tonta perdida.

Luego, apoyado en ella, con los brazos marcados bajo el jersey, me pregunta dónde la quiero.

Una vez. Y otra. Y otra más.

—¿Ivette?

«Reacciona, por el amor de Dios», me digo.

—¡A-ahí! –vocifero señalando un rincón de la terraza, el más cercano a su floristería–. Perdón, miraba… –«A ti»–. No tiene importancia. Muchas gracias. ¿Café? Invita la casa, por las molestias. –Carraspeo y sonrío tímida.

Él niega con la cabeza, aún con esa expresión de seria amabilidad, explicando que va directo a entregar un pedido.

—Pero te veo luego.

Trago saliva tan fuerte que creo que puede oírlo y asiento mientras me peleo conmigo misma dentro de mi cabeza. Necesito decidir si me alegro o me fastidia profundamente que se vaya.

Todo eso, mientras me doy cuenta de que, mientras se alejaba, mis ojos, descarados, le han radiografiado el culo con intensidad.

«Jolín, Ivette».

Pero qué culo.

Hoy ya no duermo.

Para ser una persona que aparentemente odia relacionarse, en los talleres se ha explicado con un mimo mayúsculo. Yo siempre actúo como si no fuera gran cosa, pero, cuando me coloco a su lado sobre la tarima y él empieza a hablar, unas cosquillas me recorren desde las puntas de los pies hasta el último de los pelos de la coleta. Pero es que hace que cualquier cosa parezca impresionante. Incluso cuando se trata de algo como lo de hoy.

Los asistentes van a pintar tacitas de cerámica con motivos florales y navideños y, con esa importancia que imprime en sus palabras, hace que parezca que van a crear una obra de arte para exponer en el Louvre. Y él, recordemos, también odia esas «tazas de Temu». O al menos las odiaba hasta que le dije que las había hecho yo, para posteriormente anunciarle que se me daba bien usar las manos.

En fin, dejemos atrás mis porrazos dialécticos. El caso es que hace que todo, por insignificante que sea, parezca importante.

Hace que incluso yo lo parezca.

Por eso me quedo embobada tras la barra mirándole. Porque también hace que pasear entre las mesas, ayudar a la gente a plasmar tallos y hojas y pétalos de flores concretas que son importantes para esas personas o fijarse en cada pieza como si fuese una obra de arte, parezca algo de calado.

O al menos a mí me cala.

Hasta que unas manos se cuelan tras la barra y tiran de mí, haciéndome trastabillar y estar a pocos centímetros de comerme el parqué de mi cafetería.

–¡Ah!

Cuando me estabilizo, veo que Eda me sonríe angelical. Y quiero preguntarle cuál es el motivo de que atente contra mi vida de esta manera tan alegre, pero habla antes de que logre hacerlo:

–Había pensado que, como el local está tranquilo y todo el mundo muy concentrado, podrías participar conmigo. Hoy no han venido mis amigas, y, bueno… ¿Te animas?

La miro y entreabro los labios.

–¿Quieres que te acompañe?

Asiente ilusionada. Tan ilusionada que me resulta imposible decirle que no.

–De acuerdo, pero si alguien pide otra bebida tendré que venir a…

–¡Sí, sí! No te preocupes, claro –responde enérgica.

Sonrío y la sigo hasta su mesa. En ella, como en las demás, hay un montoncito de tazas blancas y pintura. Me siento en la butaca, ella se deja caer junto a mí y rescata su pieza. Cojo un pincel, lo coloco sobre la taza, y entonces…

—Eda.

Levanto la cabeza. Ulises me mira. Yo le miro a él.

—¿Sí? —El tono de voz de la adolescente desvela un aire de travesura poco sutil.

Lo confirmo cuando Ulises dice con tiento:

—Tu padre te llama. Dice que te necesita para no sé qué de las redes sociales.

—¡Claro! —grita, y le tiende su taza a Ulises—. ¿Puedes pintar unos tulipanes rojos aquí, al lado del abeto? ¡Por favor, por favor, por favor! Papá es pesadísimo y seguro que se enrolla y no termino ni en un millón de años.

Yo cierro los ojos y lo comprendo. Ahogo una risa tímida. Menuda encerrona.

Sin embargo, Ulises accede, coge la taza con los labios cerrados y se sienta a mi lado. No le hace ningún comentario a su sobrina, ninguna respuesta que desvele que se ha notado muchísimo que querían una excusa para juntarnos. Solo se sienta, niega con la cabeza y se pone a pintar. Yo hago lo mismo, pero no puedo evitar levantar la vista para mirarle y sonreír.

El destino quiere que él haga lo mismo: me mira y nuestros ojos se encuentran, un puente de comprensión silenciosa se tiende entre los dos. Tras unos instantes, Ulises susurra:

—Vamos a hacer como que no nos hemos dado cuenta, ¿correcto?

—Correcto. —Asiento lentamente.

—Bien.

Entonces baja la mirada y entiendo que cree que no miro.

Porque Ulises dibuja la sonrisa más cómplice y bonita que he visto en mi vida.

Capítulo 27
Ulises

3 de diciembre

No pienso darle las gracias a Franz por ser un maldito entrometido.

Pero me alegro de que sea un maldito entrometido.

No hablé mucho con Ivette, pero tenerla pintando al lado, ver cómo lo hacía concentrada, cómo se tranquilizaba con el paso del tiempo y me mostraba su versión más calmada, fue un regalo que no voy a olvidar.

Hoy la mañana se me está haciendo eterna. Es domingo. La televisión me aburre, no encuentro ninguna canción que me motive y hace un día terrible para salir a correr, de modo que dejo que las horas pasen tirado en la cama mirando al techo. Un planazo.

No voy a mentir: hay una versión de mí que quiere levantarse, vestirse, cruzar el descansillo e invitarla a comer antes del taller de postales navideñas con flores secas de la tarde. Tenemos el material preparado y está todo controlado, pero mantengo a esa versión cauta de mí amordazada en un rincón de mi cerebro.

Conocer a Ivette me ha abierto un mundo de posibilidades. He vuelto a reír, he vuelto a ilusionarme, he vuelto a tener ganas de salir y no solo lo he hecho cuando Franz me arrastraba fuera de casa, pero pese a lo que él mismo me dijo ayer, no soy capaz de dejar de pensar que estoy siendo injusto, que lo de mi hermana sigue reciente aunque hayan pasado años, que no merezco ser feliz.

Por eso no me acerco en exceso a ella y no cruzo el descansillo.

Alguien en mi cabeza bufa.

«Eres un pesado, ¿puedes dejarme en paz de una vez? Estoy bien», protesta mi hermana en mi cabeza.

«No, no lo estás», replico.

«No, pero no porque esté muerta, sino porque no haces más que darme la turra. Vas a conseguir que me muera por segunda vez, y esta será de aburrimiento».

«Tú siempre tan delicada, hermanita, como una flor», respondo sarcástico.

«Te sorprendería la fortaleza de algunas flores. Pueden resistir las peores tormentas».

«No te pongas poética».

«Me pondré como me dé la gana. Para algo me has llamado».

«Yo no te he llamado», enarco una ceja. Mi propia imaginación me sorprende.

«Sí. Estabas deseando que mi versión imaginaria apareciera en tu cabeza para decirte que te lances a los brazos de esa mujer maravillosa que ha entrado en tu vida sin remordimientos. Pero ambos sabemos que vas a tenerlos igual».

«*Touché*», respondo y suspiro.

«Ulises, si estuviera viva, probablemente te empujaría yo misma».

«Ya hay quienes lo intentan por ti». Sonrío.

«Y bien que hacen mis secuaces. ¿Cómo está mi pequeña?».

«Enorme. Y guapísima. Y divertidísima. Y tan metomentodo como su padre».

«¿Y su padre cómo está?», pregunta su voz.

«Es un peñazo terrible. La Celestina alemana».

«Por eso me enamoré de él. Sabe abrirle paso al amor hasta en los caminos más cerrados y llenos de espinas. En nuestra primera cita casi no hablábamos el idioma del otro».

«Oye, yo no estoy lleno de espinas», me quejo e ignoro el resto de la frase.

«Tú eres una espina andante. A ver si entre ellos te sierran y te abren el corazón».

«Eso suena bastante peor de lo que pretendes. ¿Ves pelis turbias ahí arriba o qué?».

«Muchas. Aquí el tiempo es eterno. –Ríe–. ¿Sabes qué suena realmente mal?».

«Ilumíname».

«Una vida sin atreverte a querer por miedo a que se termine».

Suelto el aire hasta vaciar los pulmones y decido que se ha acabado la conversación. Sin embargo, cuando me giro en la cama para intentar dormir un rato antes de hacer cualquier cosa para comer, una foto de mi hermana me devuelve una mirada inquisitiva.

–No pienso decirte que tienes razón.

«A veces no hace falta verbalizar lo que dice el corazón».

Pongo una alarma y cierro los ojos.

«Cuando los abra quedará menos para verla», pienso antes de quedarme dormido.

Capítulo 28
Ivette

Hoy soy yo quien toma la iniciativa y decide participar. Y no porque un rayo de valentía haya decidido darme en la cara, más bien es todo lo contrario.

Estoy tras la barra por si alguien quiere tomar algo más. Ulises hace rato que ha dado la explicación pertinente sobre las flores secas que ha traído y cómo pegarlas a las postales navideñas. Y siguiendo la dinámica de días anteriores, ahora debería pasearse entre el público por si alguna persona necesita ayuda. Lo que a mí me daría tregua para observarlo desde lejos, desde mi espacio seguro de bayetas, tacitas y cafés.

El domingo es el día en el que solía cerrar para descansar porque tampoco era uno en el que tuviera demasiada clientela. Los españoles somos de salir a la calle los domingos; los alemanes, parece ser que no.

Hasta ahora. Comenzado el calendario de Adviento y con las calles repletas de señores vestidos de rojo con cojines en la tripa, la Navidad anima a todo el mundo, así que estamos hasta los topes, la barra incluida. Mi oasis de bayetas, mi atalaya de tazas bonitas, a rebosar de gente deseosa de unirse a los eventos estacionales.

Gente que, da la casualidad, no hace más que pedirle ayuda a Ulises, lo que provoca que esté todo el rato rondando por aquí.

Y por ese motivo…

De acuerdo, no estoy siendo del todo honesta. No creo que sea casualidad que le pidan ayuda.

Entre las personas de la barra hay tres chicas de unos veintipocos: pelazo espectacular, pestañas infinitas y labios rojos de revista. Se han colocado en la barra tan pronto como han visto a Ulises subirse a la tarima. Antes estaban al fondo del local, en la mesa más *aesthetic,* haciéndose selfis.

Vale, sí, sé lo que parece, pero prometo que no es un arranque de toxicidad ni paranoia. He visto cómo les ofrecían a otras tres personas de la barra su sitio, y dudo que haya sido un ramalazo solidario, teniendo en cuenta que los taburetes de la barra son considerablemente más incómodos para una actividad como esta.

Eso, y que ni por un momento han desaprovechado la oportunidad de hacerle ojitos.

¿Que igual estoy un poquito mosca? Sí.

¿Que «un poquito mosca» es un eufemismo para ocultar que me comen los celos? No haré más declaraciones, señoría.

El caso es que llamo a Croqueta, que dormitaba bajo la cafetera, y me dirijo con ella –esto quiere decir que huyo– a la mesa de Helga, que además de darme el honor de estar acompañada por la señora metalera que se ha convertido en una de mis mejores amigas –el otro puesto lo ostenta una adolescente un pelín metiche–, es la más visible del local, lo que significa que, si alguien quiere algo, me podrá localizar fácilmente.

Cuando me acerco, su perra está mordisqueando una postal al tiempo que ella monta el logo de Iron Maiden con flores.

–¡Qué original! –Sonrío–. ¿Para quién es?

–Para Bruce Dickinson.

Enarco ambas cejas.

–Vaya, vaya… ¿Un nuevo ligue?

–¡Ya le gustaría! –Se carcajea–. Los hombres como Bruce saben que aspirar a una mujer como yo es apuntar demasiado alto, querida. Es el cantante del grupo.

Parpadeo.

—¿El cantante de Iron Maiden?

—Ajá.

—Perdona, ¿vas a enviarle al cantante de Iron Maiden una postal con flores? ¿A un cantante de *heavy metal*?

—Ajá –repite. Yo sacudo la cabeza.

—¿Y crees que...?

—Le encantará –se adelanta. Yo iba a preguntar si creía que la iba a recibir, pero su férrea convicción responde por ella. Luego continúa–: Te sorprendería lo cursis y romanticones que pueden ser los metaleros. ¿Todas esas cadenas y camisetas negras rotas del año de la tos? Pura fachada, en el fondo son unos blandurrios. Las mejores canciones de amor las han hecho los *heavies*, querida.

—¿Por ejemplo? –pregunto mientras, encantada con la conversación, escojo una postal blanca con diminutos copos brillantes.

—*Don't Stop Believin'*, de Journey; *Is This Love*, de Whitesnake; *Princess of the Night*, de Saxon...

—Espera, ¿la de Saxon no es esa que tarareabas el otro día?

—La misma. –Asiente orgullosa.

—Pero me dijiste que se la dedicaba a su moto.

—Correcto. –Se me queda mirando unos segundos–. ¿Qué te sorprende? Eso también es amor. Cada cual se enamora de lo que quiere: él, de una moto; tú, de un cascarrabias; yo estoy conociendo a una mujer maravillosa en Tinder que...

La freno en cuanto soy capaz de procesar sus palabras.

—¡Helga!

Levanta la mirada de su postal y dibuja media sonrisa que basta para callarme.

—Ah, dulce niña. Sabe más la diabla por vieja que por diabla. –Y susurra–: Y estos ojos han visto el amor de cerca, saben cómo detectarlo incluso en quienes más se empeñan por esconderlo.

–Yo… No –niego tajante–. No me marees con tus trucos. Hoy no has podido ver nada; has llegado cuando estábamos acabando la explicación y he tenido que improvisarte una mesa. Tardona.

–Porque soy vip. –Se ríe–. Pero yo hoy he visto amor.

–Ni siendo vip puedes decir que me hayas visto mirarle hoy.

Pero Helga se acerca más, inclina sutilmente la cabeza hacia su izquierda, donde está la barra, y en una voz muy baja y segura, pregunta:

–¿Y quién ha dicho que estuviera hablando de ti?

Estoy a punto de meterme debajo de la mesa cuando recuerdo que es una lianta. Acto seguido, sonrío victoriosa y orgullosa de mi próximo paso, anunciándole que no me va a ganar cuando recuerdo un detalle. No esta vez.

–No vas a llevarme a tu terreno, Helga Müller. Al principio has dicho que yo era quien me estaba enamorando de un cascarrabias.

Casi creo que me voy a salir con la mía cuando contraataca con un ademán despreocupado:

–Y lo mantengo, te he visto otros días. Pones unos ojitos de princesa recién rescatada que casi hacen que quiera ver películas con muchos animales y muy poco feminismo. Pero quien te lleva devorando con la mirada toda la tarde es él.

Hago un ademán para esconder los nervios, pero mi risa histérica me delata.

–No digas chorradas.

–Ay, dulzura, continúa mintiéndote a ti misma tanto como quieras. Ni siquiera negártelo evitará que la verdad salga a la luz. Los sentimientos son como el eco, imparables cuando se manifiestan. Y en este pueblo, desde que os habéis encontrado, hay eco por todas partes.

Trago saliva.

Algún tiempo y mucho esfuerzo después, logro cambiar

de tema. Lo redirijo hacia una interesante y confortable charla sobre pienso de perros mientras pego flores alrededor de la letra de una canción de Taylor.

Pero ni así consigo quitarme la sensación de que alguien me mira.

Y me gusta. Me gusta una barbaridad.

Come feel this magic I've been feeling since I met you, can't help it if it's no one else...

Capítulo 29
Ulises

Cuando mis tres secuestradoras me dan un respiro, busco a Ivette por el rabillo del ojo.

No es que no sepa dónde está. Tampoco que no me haya dado cuenta de cuándo se ha ido. Lo único que me mantenía cuerdo bajo el yugo y acaparamiento de las pseudoinfluencers era tenerla cerca, de modo que tan pronto como ha huido con Helga, aparte de despertar en mí una envidia terrible por estar con la bruja metalera y su perra muerdetalones, ha provocado que no fuera capaz de mirar en otra dirección cada vez que podía escaparme de sus terroríficas postales.

Por suerte, las monopolistas de personas han fijado su atención en el iPhone 9000 de una de ellas cuando ha hablado de no sé qué *match* con un chico guapísimo del gimnasio, y...

Y he desconectado. Cuando estudiaba Sociología habría estado encantado de analizar más su comportamiento, pero ahora tengo algo mejor que hacer.

«Se dice "alguien mejor con quien estar"», canturrea la voz de Dara en mi cabeza.

«¿En algún momento vas a salir de ahí, Dara?».

«Cuando te rindas a la evidencia, querido».

Sonrío para mis adentros cuando me fijo en cómo «la evidencia» se está pegando las manos con pegamento. No necesito mucho tiempo para deducir que es porque está nerviosa por algo que ha dicho Helga. En primer lugar, porque esa pequeña víbora de pelo lila se ríe con picardía. En segundo, porque...

No puedo evitarlo. Me acuclillo a su lado y observo desde abajo cómo salta en su silla.

—¿No se te daban tan bien las manualidades, Pinterest?

—¡Ay! O sea, ¡hola! —Esconde las manos bajo la postal—. Sí, pero… Nada, Helga me lía. Voy bien.

Pero la lianta responde:

—Va fatal.

—Tú siempre tan amable —contesto, aunque por una vez la miro cómplice.

—Yo creo que deberías ayudarla. —Asiente entre condescendiente y divertida. Disimular no es su fuerte—. A no ser que tengas alguien más importante a quien echar una mano.

Me debato entre llamarla cabrona astuta o metomentodo incisiva, pero en ambos casos su mente perversa vería halagos, de modo que solo digo:

—Claro que no.

Sonríe ladina.

—Bien. En ese caso, Maiden y yo vamos a servirnos un carajillo. Ivette, querida, me ocupo si alguien pide algo más.

Ivette se pone pálida como la porcelana, pero asiente, lo que me dice que le cuesta horrores decirle que no a la gorrona que se escabulle hacia su barra, no le importa —o desconoce— la capacidad de Helga de reducir la cafetería a cenizas o ella también tiene ganas de… Bueno, de que la ayude. Sabe que esas flores piden a gritos clemencia.

«¿No era más fácil reconocer que queréis estar juntos?», oigo a Dara y su risita inquisidora.

«No».

Cuando me siento a su lado, el ruido ambiental de la cafetería se apaga. Sus ojos se posan sobre los míos con lentitud, y juraría que un suspiro suave se escapa de sus labios.

Antes de perder la cordura, me centro en sus manos.

—Trae aquí, anda…

—No es necesario. –Continúa escondida dentro de su postal–. Ahora mismo la termino y…

—¿Segura?

Asiente rápida.

—Sí, sí. Puedes seguir ayudando al resto.

Río internamente.

—Ahora mismo no hay nadie que me necesite. ¿Te importa si me quedo aquí? Así me siento un rato.

Me observa con una sonrisa forzada. Su garganta emite un «Ajá» sin abrir la boca y continúa pegándose los dedos.

Es un espectáculo entretenidísimo.

Pasados cinco minutos de pura diversión, Ivette se rinde y desvela el desastre abriendo la postal. Tiene decenas de flores secas en ambas manos, y no puede quitarse las de una sin romper las de la otra, lo cual no me extraña, esas flores se rompen solo con mirarlas, y con pegamento aún más.

Cuando veo su expresión de circunstancia, ahogo una carcajada. Luego suspira vencida y dice:

—Soy un desastre. –Deja las manos sobre la mesa, las palmas bocarriba–. Ahora tendré que vivir con ellas pegadas a mí hasta la eternidad.

—Yo creo que tienes dos opciones más.

Bufa y se le inflan los carrillos de un modo adorable. Me mira.

—¿Cuáles?

—Cometer un floricidio por el que jamás te perdonaré y que te reprocharé hasta el fin de los días…

Abre mucho los ojos antes de contestar con urgencia:

—La otra. Escojo la otra.

—O dejar que te ayude. Creo que aún podemos salvar ese ridículo porcentaje de florecillas que tanto te preocupa sin amputar.

Ella se ríe. Una risa sincera, ya carente de culpa, preciosa. Luego asiente, yo me acerco…

Y sucede.

Electricidad. Nervios. Una corriente me recorre la espina dorsal cuando nuestras manos se encuentran y necesito un segundo para asimilarlo, pero mi tono de voz me delata. Hacía siglos que no me sentía tan desnudo, tan vulnerable.

Siento que, si el roce de nuestras manos dura demasiado, será capaz de entrar dentro de mí. Que verá el garabato imperfecto que soy. Cada borrón. Cada mancha. Todos los miedos que llevo escondiendo en un rincón remoto de mi pecho que ahora pugnan por aflorar, brotando lentamente de mis poros.

Tras el tercer intento, el tercer temblor, desisto. No estoy preparado para que vea esta parte de mí.

—Iré a por unas pinzas.

Y me levanto sin mirar atrás.

Capítulo 30
Ivette

4 de diciembre

Se fue. Solo se fue. Las pinzas y el momento que esperaba con nervios e ilusión que tuviéramos se escaparon
de entre mis dedos pegados en cuanto comprendí que no
iba a volver.

El momento exacto en el que Franz, con expresión de
disculpa, se acercó a darme unas pinzas en su nombre y
decirme que se había tenido que ir.

–Ha dicho que no se encontraba bien. Lo siento.

«Ha dicho que no se encontraba bien», repetí mentalmente, no «No se encontraba bien».

No quiso decirlo así porque él también sabía que mentía.
Una mentira que, por otra parte, comprendía. Quizá yo le
había incomodado de algún modo. Tal vez… Da igual. Solo
se limitó a dar un mensaje. No dio más opinión. Al menos
Ulises no le hizo decirme que le había incomodado.

Asentí con un nudo en la garganta y empecé a quitarme
las flores con cuidado.

Por la noche cerré sola aquel sitio que se había convertido en un proyecto de los dos. O a lo mejor cerré un sitio
diferente. Sí, no creo que cerrara el Café Navidad. Esa
noche cerré el Blumenkaffee.

Esa misma noche leí el libro más triste y descorazona-
dor que tenía. Pretendía engañarme a mí misma, hacerme
creer que me sentía así por la historia, pero en el fondo
sabía que no.

Era todo por él.

Por lo que no seríamos nunca.

El día después Ulises no apareció, y Franz estaba tan ocupado terminando de editar la felicitación navideña en vídeo de una empresa que, cuando vi las prisas con las que venía a por un café para llevar, evité preguntarle.

Las horas de después me limité a manifestar internamente que aquella tarde no me tuviese que ocupar yo sola del taller. Había cincuenta personas deseando comprar una flor de Pascua, decorarla como un arbolito navideño en miniatura y conocer sus cuidados.

Deseé haber sido más concreta con mis manifestaciones. No me ocupé sola. Si bien preparé la cafetería para el evento y dispuse las flores que Franz pasó fugazmente a darme antes de volver a terminar de editar, Ulises no apareció. En su lugar, me envió un correo frío y aséptico como los pasillos de una empresa de helados.

> *Buenas tardes, Ivette:*
> *Algo me sentó mal y continúo indispuesto, me temo que tendrás que ocuparte tú.*
> *Te adjunto una infografía para que repartas con los cuidados de las* poinsettias *y un PDF con la información extendida para que los puedas explicar. También hay una sección de preguntas frecuentes. Con que la leas será suficiente.*
> *De nuevo, lo siento.*
> *Un saludo,*
>
> *Ulises*

Yo sí que lo sentí. Sentí el saludo, sentí enfrentarme al taller sola, sentí saber que él lo habría explicado mucho mejor, sentí pensar que era por mi culpa que no se presentara.

Pero yo había hecho lo mismo no hacía demasiado. No podía ser tan hipócrita.

Por suerte, todo salió bien. Tuve a un Franz ya liberado de trabajo a mi lado haciendo bromas y creando contenido, a una Eda tan entusiasta como siempre recomendando qué plantas escoger –sin ningún criterio técnico, solo porque le parecían más bonitas–, y a una divertida Helga haciendo preguntas absurdas para que el taller pasara rápido y sin tiempo para las complicadas.

Mi conversación favorita con ella fue:

–Entonces, ¿no puedo meterla en el lavavajillas para limpiar la maceta?

–No, Helga, no.

Sonreí mientras la gente se reía, aunque lo dijo tan consternada que casi me preocupé.

–Pero a estas plantas se les caen mucho las hojas. Las habrá por todas partes, la maceta se ensuciará...

–El truco está en cuidarlas. Si lo haces, te garantizo que no se caerán todas a la vez.

–De acuerdo. ¿Puedo hablarle al menos?

–Todo lo que quieras.

–¿Y hacerle un forro de ganchillo a la maceta?

–Desde luego que sí.

–¿Y ponerle discos de metal?

–Claro. A las flores de Pascua les encanta el metal…

Todos volvimos a reírnos y la gente pareció olvidarse de que aquella charla era seria, lo cual, aunque le restara un poquito de profesionalidad, a mí me dio calma. Y hay momentos en la vida en los que primas eso: que las cosas no sean perfectas y salgan según lo previsto, pero sí resulten sencillas y asequibles.

Pese a todo, ese día fui consciente de la suerte que tenía.

Y de la que no tenía también.

La noche no hizo más que corroborar esa sensación.

Cuando llegué a casa, lo primero que hice fue mirar si

había alguien esperando en la ventana más allá del descansillo. «Una ilusión estúpida», me di cuenta enseguida, pero aun así desbloqueé por millonésima vez el móvil para ver si tenía un mensaje nuevo nada más sentarme en el sofá.

Casi se me salió el corazón por la boca al ver que lo tenía. El problema es que no era de quien yo esperaba.

> **Otilia**
> Hija, pronto no te voy a conocer.
> ¿Qué es de ti? ¿Sigues en el bar?

Suspiré y me armé de paciencia antes de responder:

> **Ivette**
> Hola, mamá. Perdona, no he tenido mucho tiempo, estoy gestionando una serie de eventos navideños con un socio comercial.

Y aunque me muerdo la lengua unos instantes, tal vez por el nudo en el estómago al llamar a Ulises «socio comercial», decido añadir:

> **Ivette**
> Y no es un bar, es una cafetería.

> **Otilia**
> Lo mismo da, Ivette, sirves
> a la gente. No es la educación
> que te hemos dado tu padre y yo.

Dibujé un mohín, pero me limité a dejarlo pasar. Mi madre continuaba escribiendo, y estaba segura de que la siguiente piedra que lanzara sería aún peor.

Supe que no me equivocaba cuando leí:

Otilia
Ya que tú no preguntas..., déjame contarte que tu hermana ha conseguido un nuevo contrato. Va a ser la imagen de lencería de una nueva y exclusiva firma francesa. La quisieron tan pronto como vieron su foto. Y ¿sabes qué? Pensé en ti.

Ivette
¿En mí?

Otilia
Querida, eres tan guapa como tu hermana, al fin y al cabo tienes su misma genética.

Miré a la pantalla extrañada unos segundos. Eso era nuevo. Lo que no sabía era que, tras un par de mensajes, tendría ganas de tirar el móvil por la ventana.

Ivette
Mamá, creo que me he perdido.

Otilia
Ay, hija, de verdad, todo hay que explicártelo.

Otilia

Lo que digo es que, si te cuidaras un poco más y perdieras un par de kilos, tú también podrías estar ganando mucho dinero. Yo podría ayudarte: conozco a un entrenador personal maravilloso especializado en casos como el tuyo. Además, sabe mucho de dietética y nutrición, te ayudaría con tu problema...

«Cómo no», pensé, la primera lágrima a punto de caer. Pero pensé en Ulises; a pesar de nuestro distanciamiento del momento, las palabras que me había dicho en el puerto resonaban con fuerza dentro de mí, así que me enjugué la lágrima y me prometí que no lloraría. En su caso, respondí:

Ivette

No tengo ningún problema. En todos mis análisis y revisiones médicas sale todo estupendamente.

Y antes de que pudiera enviar algo más, añadí:

Ivette

Lo siento, mamá, pero tengo que dejarte. Quizá no te parece tan importante porque no es millonario como los vuestros, pero tengo un negocio del que cuidar, y para eso tengo que cenar y descansar en condiciones.

Otilia

Bueno, al menos deja que te pase el número del entrenador y hablas con él, también trabaja a distancia, por videollamada. Y es guapísimo, hija.

Fue lo último que envié antes de bloquear el teléfono. Un minuto después me fui a la cocina.

Mientras me preparaba la cena, volví a hacerme una promesa a mí misma: que nunca más dejaría que nadie me hiciera sentir mal por comer. Estaba sana, y no iba a permitir que nadie se encargara de que dejara de estarlo mentalmente. Mi abuela se encargó durante toda su vida, ahora me tocaba a mí.

Capítulo 31
Ulises

6 de diciembre

Me pasé cuatro años de carrera demonizando la cobardía crónica del ser humano para acabar convirtiéndome en el presidente de los cobardes.

No estoy orgulloso.

He dejado sola a Ivette durante dos talleres consecutivos, y aunque sé que los ha bordado y los ha hecho brillar como ocurre con todo lo que toca, de eso tampoco estoy orgulloso.

Debí acudir al taller del día 4 y al concurso infantil de dibujos florales del 5, pero no fui capaz. Hoy, sin embargo, no puedo más. La culpa y los reproches constantes que me llevo profiriendo a mí mismo estos dos días amenazan con acabar con la poca cordura que me queda.

Motivado por el asco que estoy desarrollando hacia mi persona, me levanto de la cama, me ducho, me pongo ropa de adulto mínimamente funcional y salgo a la calle.

Cuando lo hago, oigo cómo Ivette aún está tropezándose con los cacharros de su cocina, lo que me dice que tendré aproximadamente un cuarto de hora para llevar a cabo mi idea. La absurda y estúpida idea que lleva rondándome toda la mañana.

«¿Reconocer que te estás enamorando de la chica?». Dara y su fijación actual otra vez.

«Jamás».

Podría haber esperado en la floristería pegado al radiador tras el mostrador, pero cuando llega, aquí estoy: apoyado en la pared de la cafetería a menos cinco grados, mirándola como un idiota congelado con un ramo de flores en la mano y dándome cuenta de que no sé qué demonios decir.

«Estás preciosa», sugiere la voz de mi hermana.

«Eso no».

«Pero lo está».

«Pero no voy a decírselo», replico.

«Entonces lo piensas».

Ignoro mi diálogo mental y me centro en la chica que me mira y parpadea. Su perra corre a pedirme que la acaricie.

–¿Ulises?

–Así me llamo.

«El peor saludo de la historia, patán», me reprendo.

–Yo... –titubeo–. Te he traído esto. Siento mi bomba de humo.

Mira las flores. Sacude la cabeza. Se acerca.

–Oh. Enseguida las pongo con el material.

«Joder».

No reacciono hasta que está a mi lado y huelo el perfume de limón que se ha puesto esta mañana. Su oído queda a la altura de mis labios. Susurro:

–No son para el material. –Frena en seco y noto cómo se le eriza la piel. Supongo que tendré que explicarme–: Son para ti.

Me mira desde abajo, aún no ha dejado de parpadear.

–¿Qué? ¿Para...? –Traga saliva. Mira las flores. Trata de mirarme a mí y no lo consigue–. No tenías que molestarte. Entiendo que no te encontraras...

–No son porque no me encontrara bien. Son porque fui un capullo absoluto y un irresponsable –explico–. No debí dejarte hacer los talleres sola, sin mí. Y no porque no seas capaz, sé que lo eres, sino porque era demasiado trabajo. No hay excusa que valga, me encontrara como me encontrase.

«Aunque los nervios me taladrasen el estómago y la culpa se aliara con el insomnio para no dejarme dormir».

—Bueno, el otro día tuve instrucciones —me excusa—, y ayer solo eran niños merendando cantidades ingentes de azúcar, gritando y pintando flores por fuera de la raya mientras sus madres les hacían fotos…

Cierro los ojos y sonrío.

—Aterrador.

—Un poco.

—¿Solo un poco?

Me mira desde abajo.

—Mucho —reconoce.

Cuando la miro de nuevo, me doy cuenta de cuánto he echado de menos esa sonrisa.

—Déjame compensártelo.

Enarca ambas cejas.

—¿Que me lo…? No, no, está bien. Es lo mínimo después de hacer que las cuentas de tu negocio bajen.

—Créeme: no las has hecho bajar más que yo estos dos días.

Media sonrisa más tarde, se encoge de hombros y Croqueta rasca la puerta con ansia y frío.

—Tengo que abrir.

—Claro. —Me aparto.

—Ya… lo hablaremos, ¿vale? Y me dices lo que tienes pensado.

—Vale.

«El problema es que no tengo nada pensado porque solo soy capaz de pensar en ti».

Capítulo 32
Ulises

11 de diciembre

El tiempo empezó a correr de nuevo cuando me reencontré con ella y cambié la visión del techo de mi casa por sus tropiezos, sus sonrisas y esa calma que noto cada vez más entre nosotros.

Y qué sensación. Hacía años que no me sentía así: tan vivo, con tanta urgencia por vivir, tan consciente del paso de la vida y, con ella, de cómo el tiempo me pisa los talones. Hasta el momento había dejado pasar todo eso; me abandonaba al transcurso de los días con la apatía de quien no tiene ninguna ilusión que perseguir. Pero ahora la tenía y en el fondo lo sabía, aunque me lo negara.

Hasta hoy, hace solo unos segundos.

Hoy he sido más consciente que nunca de que el tiempo es un dios imparable que jamás dará su brazo a torcer. De que no hay prórrogas y de que no tenerlas no nos permite vivir ciertos momentos.

Hoy en la cafetería se está emitiendo *Notting Hill* como parte del evento que hemos ideado para el décimo primer día del calendario de Adviento, y mientras la película se reproduce, una veintena de parejas montan el ramo que Hugh Grant le lleva a Julia Roberts en el evento del hotel. El ambiente es íntimo, romántico. Sobre todo, cuando Anna se declara.

«No olvides que solo soy una chica delante de un chico pidiendo que la quiera».

Tan pronto como sucede, Ivette corre a la cocina enjugándose las lágrimas.

Y yo… Yo quiero ir tras ella. Pero el maldito tiempo me recuerda una vez más que no tengo ningún control sobre él. Porque ahora, en este momento, no hay absolutamente nada que pueda hacer. Quizá otro día hubiese podido, tal vez incluso en unas horas, pero ahora no.

«Joder».

Busco entre la multitud a alguien de confianza que me releve con los clientes, pero sé que es en vano: no hay nadie. Eda no ha venido porque era un visionado para adultos; además, una adolescente de catorce años no merece que la cargue con esa responsabilidad. Franz está en casa preparando el evento de mañana, para el que hemos confiado plenamente en él. Y Helga… Helga está recogiendo cacas de Maiden en la calle.

Trato de serenarme. «Solo es una película». «Ella está bien». «No es asunto mío». «Probablemente, ni siquiera quiere que vaya».

Pero la voz de mi hermana reaparece tras varios días para decir:

«¿Hasta cuándo?».

«¿Hasta cuándo qué?».

«Hasta cuándo vas a engañarte a ti mismo. Sabes que eso no es así».

Suspiro y miro la cocina. Me planteo incluso despachar a la gente e ir tras ella. Prefiero perder el bote de hoy y ponerlo de mis ahorros.

«Luego di que no te importa», se burla.

Bufo.

«Vale, sí, me importa».

«Mucho», añade.

«Vale».

«¡Pídele matrimonio!», exagera ahora.

«Tampoco te pases».

Aunque si hubiese una remota opción de que este mundo me viera dar el «sí, quiero», no me importaría que fuese con una persona como ella. Ivette es el máximo exponente de la palabra «única». Estos días he tenido tiempo para conocerla lo suficiente como para saber que le gusta el café con mucha leche y esencia de vainilla, que le pierde el dulce, que ama el mar. Y las fresas con nata. Y muchas más cantantes pop además de Taylor Swift. Que estudió Periodismo y que es Sagitario y este año nos ocultó a todos su cumpleaños. Que quiere ir de vacaciones a Grecia solo para poder cantar *Lay All Your Love On Me* en una playa desierta, aunque lo haga sola.

Y que yo quiero ir y observar la escena como si no odiara los musicales.

Antes de que cometa una estupidez, ella reaparece. Como nueva, sin lágrimas, solo un ligero destello celeste en los iris de haber llorado que nadie notará.

Excepto yo.

—Hola —susurro.

Ella me mira con calma, pero incapaz de ocultar su tristeza.

—Hola.

—¿Todo bien?

—Sí. Solo he ido a…

—Ivette. —Niego con la cabeza—. No te merece la pena intentarlo, de verdad.

Cierra los ojos y aprieta los labios. Luego se limita a asentir.

—Qué vergüenza.

—¿El qué?

—Debes pensar que soy…

—Pienso que eres perfecta —me adelanto, pero el modo en que parpadea, completamente bloqueada, me dice que no esperaba una respuesta así.

Quizá no la quería.

Quizá ella no…

Mierda.

–Perfectamente normal –corrijo y suspiro. Supongo que una retirada a tiempo es una victoria, pero yo siento que acabo de perder–. No te pasa nada, Ivette. Al menos, nada malo. Solo sientes. De un modo arrollador, sí, pero no es menos válido que reaccionar de forma pausada y coherente.

–Tú reaccionas coherentemente. –Encoge un hombro y sorbe por la nariz–. Cabreado, pero coherente. Estudias todas las posibilidades antes de hablar.

Yo río serio y me llevo las manos a los bolsillos. Si me preguntas cuánta gente hay ahora mismo en la cafetería, diría con ilusa exactitud que solo somos dos.

–Y sin embargo te envidio, Pinterest…

–¿A mí?

Cierro los ojos, asiento y tomo aire mientras decido mostrarle esta parte de mí.

–Aún no he sido capaz de llorar desde que ella murió. Años sin una lágrima. Llevo bloqueando el duelo una década. No la dejo ir.

Se le vidrian los ojos, pero contiene las lágrimas. Puedo adivinar por qué.

–Lo siento –responde, la voz ahogada–. No tendrías que haberme visto así.

–Yo no lo siento. Me gusta. –Ella ladea la cabeza–. No, a ver. No me gusta verte llorar, pero me gusta tu fragilidad, te hace mucho más fuerte de lo que crees. Ojalá yo supiera llorar viendo una película de ese tío. –Señalo la pantalla con fingido desinterés.

–Perdona, ¿«ese tío»? –pregunta intentando reponerse.

Al menos parece más contenta.

–Vamos, Ivette. Puedes aspirar a más.

Sonríe y se sonroja, aunque creo que no me toma en serio.

Sin embargo, el resto de la noche, nuestros ojos se encuentran una infinidad de veces.

Y yo, en silencio, deseo ser mejor que Hugh Grant para ella.

Capítulo 33
Ivette

12 de diciembre

Acabo de meterme en Google a buscar tonos de azul para saber cuál es exactamente el que da nombre a la pared de mi salón.

Ese es mi nivel de aburrimiento.

Sé que debería alegrarme de tener un día libre, que tras once jornadas de trabajo sin parar un solo segundo para respirar me lo merezco y que, además, las redes sociales están trabajando por nosotros y, por tanto, los negocios no están del todo parados.

Pero estoy que me subo por las paredes azul real de mi bonito salón.

Franz va a lanzar en unos minutos el sorteo del calendario de Adviento. Todas aquellas personas que hayan venido alguno de estos once días al Café Navidad y quieran optar a ganar un *brunch* para dos y dos ramos de flores a escoger, deberán subir una fotografía participando en uno de los eventos, contar cómo fue la experiencia y etiquetarnos.

De nuevo, también sé que debería ignorar por completo las redes porque van a estar perfectamente cuidadas, pero ¿seré capaz? Rotundamente no. Me pienso pasar toda la mañana esperando a que nos etiqueten.

Doy un salto cuando el teléfono vibra en mis manos y miro a la ventana para comprobar que tengo las cortinas echadas y Ulises no me ha visto esta vez. He aprendido a cerrar las cortinas, sí. Aunque alguna vez las dejo abiertas adrede. Y me ilusiona más que ganar un peluche en la feria que él también lo haga alguna vez.

«Eres perfecta». Omito el final de la frase que me dijo. «Perfectamente ridícula», pienso.

Sonrío y miro el teléfono, pero lo vuelvo a soltar solo unos instantes después.

«Dios mío».

Capítulo 34
Ulises

Casi me resbalo y me abro la cabeza en el baño cuando veo lo que Franz ha subido a Instagram. No me molesto en ponerme la ropa. Abro WhatsApp y le echo la bronca con el pene al aire.

> **Ulises**
> ¿Qué mierda acabas de hacer?

> **Franz**
> Jeje 😊

> **Ulises**
> Jeje mis cojones. Borra eso ahora mismo.

> **Franz**
> Nooo, la he promocionado y no quiero perder el dinero.

> **Ulises**
> ¿Que has hecho qué? ¿Has metido pasta en ese post?

> **Franz**
>

Suspiro intentando calmarme. Odio que me mande esos emojis, pero también sé que, cuando lo hace, es porque tiene la seguridad suficiente como para enfrentarse a mí, y ante Franz no tengo nada que hacer. Me paso una mano por la cara. Tengo abierto Instagram en segundo plano. Para explicar en qué consiste el sorteo, mi querido cuñado ha endosado un carrusel de fotos. Y eso lo entiendo, de verdad.

Lo que no entiendo es que sean fotos de Ivette y mías, joder.

Yo mirando cómo Ivette sirve cafés.

Ivette sonriéndome mientras yo explico en la tarima.

Ivette y yo pintando juntos una taza de cerámica.

Ivette y yo con las manos unidas, un segundo antes de que yo huyera.

> **Ulises**
> Voy a acabar contigo.
> Y no te pienso pagar antes.

Franz
No pasa nata. Son los dos euros mejor invertidos de mi vida.

> **Ulises**
> ...

> **Ulises**
> No pasa «nada».

Franz
Sabía que serías razonable 😄

Joder, cómo he podido caer en eso.

Ulises
No pienso volver a creerme nunca más
que no sabes decir algo en español. Adiós.

Franz
😊

Estoy a punto de ponerme el pijama de nuevo para irme a dormir cuando mi móvil vuelve a sonar, solo que esta vez es una notificación:

Ivette Schneider ha dado me gusta a tu publicación.

La miro cinco veces. Cinco. Luego dejo el teléfono bocabajo en el baño y voy camino de la habitación a por un chándal para salir a correr.

Como me quede en casa y mire esas fotos un segundo más, cruzaré el descansillo y diré cosas de las que me puedo arrepentir de por vida si salen mal.

«¿Qué cosas?», pregunta mi hermana con una sonrisa ladina.

Termino de atarme los cordones y evito pensarlo, pero está ahí, me late dentro del pecho, es imparable... Ya no hay vuelta atrás.

Joder, estoy pilladísimo.

Capítulo 35
Ivette

La esperanza de dejar de pensar en Ulises se desvanece cuando miro al mar y recuerdo nuestra última conversación aquí. Me abrí con él como no me había abierto con nadie en años. Arañé la capa con la que había protegido mis sentimientos y los dejé salir.

Quiso saber qué me gustaba leer. Quién me había hecho daño. Escuchó mis motivos para amar el mar. Hacía demasiado tiempo que nadie se preocupaba por esas cosas.

Suspiro y me siento en un banco a esperar. Cerca, a unos metros, junto al mercadillo navideño, una chica de unos veinte años con un gorrito navideño blanco y dorado monta un altavoz y un micrófono envueltos en espumillón. El frío de diciembre me cala los vaqueros, pero, durante unos segundos, lo dejo entrar para ver si así me sereno y pienso con claridad por una vez. Llevo desde que le conocí siendo un completo caos, actúo por impulso, doy más tropiezos verbales –y literales– de los que me gustaría reconocer y no soy capaz de quitármelo de la cabeza.

–No sé qué me pasa –susurro.

Una voz frágil y pausada me sobresalta.

–¿Estás segura?

Me giro hacia mi derecha. Junto a mí hay una mujer entrada en años que sonríe con calma. Habla español, y juraría que me resulta familiar, pero no logro decidir por qué. Cuando ve mi cara de sorpresa, continúa hablando sin que se lo pida:

–A veces ponemos como excusa la ignorancia. Suele ser porque no queremos reconocer que en realidad lo que tenemos es miedo.

–¿Miedo? –repito con un hilo de voz.

Su frase me da tan de lleno que ni siquiera me planteo si debería estar hablando con ella.

A nuestra izquierda, la chica afina su guitarra. Luego prueba el micrófono. La señora tarda unos instantes en responder:

–La verdad puede ser aterradora, querida. Todo lo que es capaz de cambiar tu vida lo es. Por eso, a veces, aunque muy en el fondo ya sabes cuál es la respuesta a tus preguntas, te cuesta aceptarla y convertirla en algo real. Lo mismo sucede con el amor.

Trago saliva.

–¿Con el amor?

Sus ojos sonríen solos: es el paso de los años y la sabiduría en su interior.

–¿Cómo se llama? –pregunta–. El culpable de que suspiraras mirando al mar con el corazón encogido.

Entreabro los labios y boqueo un poco. Me planteo negar con la cabeza, pero mi cuerpo no reacciona. Es tan consciente como yo de que es inútil negarlo más.

Bajo la cabeza, suelto todo el aire de los pulmones y lo suelto:

–Ulises.

–Ulises. Es bonito.

Asiento. Sí que lo es.

Voy a responder, pero al girarme para hacerlo veo que se ha levantado y se está sacudiendo el abrigo. Antes de dar un paso, sin embargo, me mira y sonríe.

–¿Ya se va?

Asiente y sus patas de gallo se ensanchan.

–Mi trabajo aquí ha terminado.

–¿Su...?

–Solo quería acompañarte mientras te enfrentabas a la verdad.

Cuando da la vuelta a la esquina, estoy tan confundida

que ni siquiera sé si la conversación que acabo de tener es real. En el caso de serlo, ¿por qué me resultaba tan familiar su cara?

¿Esa mujer era…?

Miro al cielo un instante, pero sacudo la cabeza dos segundos más tarde para deshacerme de esa idea. Y luego la chica de la guitarra empieza a cantar.

Llevo media hora paseando por el mercadillo navideño. La abuela tenía razón todas y cada una de las veces que les dijo a mis padres que se equivocaban al no traernos en Navidad. Blumenfluss es mágico en estas fechas. Sus luces, la amabilidad de la gente, la calidez que desprende cada puesto y te abraza los huesos, el olor a jengibre flotando en el aire. Pero mis padres estaban demasiado ocupados para traernos; siempre había algo más importante.

Me fijo en un pequeño puesto de posavasos tallados y pintados a mano. La chica tras el mostrador va abrigada hasta las orejas, y bajo una gruesa bufanda de punto tiene las mejillas enrojecidas por el frío.

—Avísame si puedo ayudarte en algo.

Luego vuelve a mirar su teléfono.

—Gracias.

Empiezo a fijarme y me clavo en el suelo decidiendo que me llevaré algo de aquí; me gusta la idea de marcharme de un mercadillo navideño con algo útil y sencillo. No necesito otro Papá Noel que baila moviendo el culo ni más luces estroboscópicas, pero son todos tan bonitos que me resulta imposible decidir.

Hasta que lo veo.

En un lateral de la caseta, casi escondido, como si fuera un secreto, hay un pequeño posavasos sin pintar. Es el más austero, pero el dibujo llama mi atención por completo: un tulipán saliendo de una taza de café.

El tiempo se detiene cuando lo veo. Y puede que no sea tan original ni tan único; al fin y al cabo, hay cientos de cafeterías con flores y miles de floristas que toman café, pero me gusta más pensar que está hecho para él y para mí, para los dos, juntos como un todo.

Decidida, voy a cogerlo, pero una mano que al parecer también se había fijado en él se encuentra con la mía y chocamos. Su palma sobre mi dorso, mis ojos subiendo por su piel morena, solo tapada por una camiseta deportiva de manga corta.

Casi me mareo cuando mis ojos se encuentran con los suyos.

—Ivette.

Mi nombre sale de sus labios como si acabara de dar la respuesta a todas las preguntas del universo. Y aunque no lo sabe y no es ni remotamente consciente, a una de esas preguntas acaba de responder.

«No sé qué me pasa», he susurrado.

«¿Estás segura?», me ha preguntado aquella señora.

Ahora lo sé.

—Hola —respondo con un hilo de voz.

Luego retiro la mano despacio. Él hace lo mismo. No dejamos de mirarnos. El mundo exterior desaparece.

—Hola.

—¿Vienes de…? —pregunto.

—De correr —responde.

Asiento rápido con la cabeza. Ha sido una pregunta estúpida, pero siento que a él no le importa.

—Claro. —Trato de sonreír, pero solo me sale una mueca. Estoy demasiado nerviosa asimilando la magnitud de lo que acabo de comprender—. Qué bien. ¿Tienes frío?

Otra pregunta estúpida. Aún tiene la respiración agitada, debe haber acabado justo ahora.

—Estoy bien.

Trago saliva y despierto de mi trance cuando entiendo que lo dice para que no sienta que le estoy haciendo perder el tiempo. Aunque esté bien durante unos segundos, el frío hará su trabajo deprisa con la poca ropa que lleva.

–Vale. Eh… –Señalo el posavasos–. Puedes llevártelo. Yo tengo muchos en casa.

Frunce el ceño y empieza a negar con la cabeza, pero la chica de la caseta emerge de su bufanda y se une a la conversación, haciendo que el resto del mundo vuelva a aparecer:

–Puedo hacer otro igual, si no tenéis prisa. En lo que os tomáis un café lo tendría terminado. Media hora, a lo sumo. Es un diseño sencillo.

Nos miramos. La perspectiva de pasar media hora con él prende dentro de mí como una cerilla primero, como una hoguera después. Y dudo que ella se refiriese a que lo tomemos juntos, pero yo ya no quiero imaginarme otra opción.

Aun así, no quiero molestarle. No sé si le apetece. Bueno, sería lo normal, ¿no? Quiero decir, no tiene por qué querer pasar más tiempo conmigo, ya hemos pasado demasiado las últimas semanas.

–No será nece…

–Sí, por favor –interrumpe con firmeza. Yo le miro con los ojos muy abiertos y una sonrisa nerviosa pugnando por salir. Luego me mira–. Si te parece bien, claro.

–Claro, sí. –Me sale poco menos que un hilo de voz.

–Bien.

–¡Bien! –dice la chica.

Luego dejamos pagados los posavasos, localizamos la cafetería más cercana y entramos.

Cuando la calidez del local nos acoge, no puedo evitar pensar que estaba más arropada fuera, cuando me ha tocado, entre sus dedos.

Capítulo 36
Ulises

La cafetería apaga su música cuando un camarero se da cuenta de que hay una chica fuera cantando una versión acústica de *Big Jet Plane*. En otro momento de mi vida los llamaría gorrones mentalmente y no me temblaría el pulso cuando asegurara que se están aprovechando de la chica, pero hoy solo me parece un gesto bonito. Quizá porque ella está aquí.

Nos sentamos en un rincón de la cafetería. Está alejado de los ventanales, pero incluso desde aquí se ve perfectamente el mar, el color azul gélido del cielo, la nieve cayendo despacio hasta encontrarse con las olas. El mercadillo iluminando la calle con una calidez tenue. La gente ajena al dolor y las redes sociales. Excepto las adolescentes de la mesa de al lado. No dejan de probar filtros ridículos de Snapchat. Algo que, por algún motivo, hoy tampoco me molesta. Me parecen hasta divertidas. Quizá se deba de nuevo a que ella esté aquí.

He cambiado de idea en cuanto a querer zarandear a Franz tan pronto como la he visto en el mercadillo, en ese puesto artesanal. Me ha hecho sonreír de inmediato. «¿Quién demonios compra posavasos en un mercadillo de Navidad?».

Ella, claro.

−¿Qué será? −nos pregunta el camarero.

Ivette me mira.

−Un chocolate caliente.

La miro. Titubea mientras mira la carta.

−¿Tienen café con hielo?

Aparto la mirada y sonrío. Veo por el rabillo del ojo cómo el camarero frunce el ceño.

Compra posavasos en un mercadillo navideño, ¿por qué no iba a pedirse un café helado a mediados de diciembre?

–Eh… Sí.

–¿Puede ser de vainilla?

El camarero parpadea.

–Claro, enseguida los traigo.

Decido que no pasemos mucho tiempo en silencio.

–Ya hay ganador del sorteo.

Parpadea.

–¡¿Ya?!

–Bueno, técnicamente sigue sumándose gente, pero Franz ya ha decidido quién se va a llevar el premio.

Me mira bloqueada.

–¿Sí? ¿Y quién…?

–Un chico que acudió con su pareja a la noche de película. –Sonrío.

–Qué bien. Seguro que disfruta muchísimo con su chica. –Aparta la mirada.

Vuelve a arrancarme una sonrisa.

–Con su chico, Ivette –la corrijo.

Su cara es un espectáculo. Aparte de quedarse completamente bloqueada un segundo, se ha puesto más roja que el espumillón de los puestos navideños. Una escena divertidísima.

–¿Eh?

–Los hombres, a veces, también salimos con otros hombres –aclaro divertido.

–Ah. Claro. Con su chico, sí. ¡Desde luego!

Me río con los ojos cerrados un segundo.

–Estás pensando qué decir para que no crea que eres una homófoba y una persona terrible, ¿correcto? –pregunto. No puedo evitarlo.

Suspira y baja la mirada.

–Exactamente eso.

Me río en voz alta y me atrevo a coger su mano por encima de la mesa con la mía.

–Ivette.

Traga saliva.

–¿Sí?

–Puedes relajarte. De hecho, creo que podemos relajarnos los dos. Sé que no eres una homófoba ni una persona terrible. A no ser que ahora mismo me confieses que quieres apuñalarme con la pajita de tu *frappé*. En tal caso, reconsideraré mi opinión sobre ti y saldré corriendo.

Se echa a reír. Luego asiente lentamente, me mira y, según pasa la tarde entre posavasos y cafés demasiado fríos, se termina relajando. Algo que me tomo como una victoria muy personal.

Capítulo 37
Ivette

13 de diciembre

Confieso que tuve mis dudas cuando Helga se ofreció voluntaria para impartir el taller de pintar con café. Habría sido de bastante ayuda saber que sabe ponerse seria cuando la situación lo requiere. Aunque, honestamente, aunque estuviera haciendo el payaso, no podría tomar el relevo. Estoy demasiado ocupada preparando las bebidas, además del café para pintar.

Ulises, en cambio, parece aburrido. Lleva paseándose un buen rato por la cafetería sin saber qué hacer, como si no encontrara su sitio. Ya ha venido tres veces a preguntarme si necesitaba ayuda en algo. Yo he dicho que no cada vez, y todas ellas me he recordado a mí misma lo mismo que pensé ayer:

«Deja de ponerte nerviosa. De todos modos no tienes ninguna oportunidad con él».

Dios mío, ¿cómo no me di cuenta antes de que Ulises era gay? Un hombre tan perfecto no podía ser heteronormativo y estar libre.

De acuerdo, quizá eso es un poco prejuicioso por mi parte, y tal vez ahora doy un poco de asco. Pero necesito ampararme en estos pensamientos del año de la tos solo un poquito.

Me repito otra vez que no hay motivo para estar así, me acerco a él con una taza de café solo y otra de café para pintar y le animo:

—¿Por qué no participas?

–Qué va, se me dan de pena las manualidades, Pinterest. La que es buena con las manos eres tú, ¿recuerdas?

Y debería estar tranquila. Debería. Pero no soy capaz. Tan pronto como le oigo decir eso, suelto una risa histérica, doy un salto y, sin querer, lanzo el café por los aires, y va a parar directo a la camisa blanca que se ha puesto hoy.

–¡Ay, no! ¡Lo siento! –Recojo las tazas del suelo y observo el desastre que he hecho–. Traeré un paño. O cinco. O... ¿Cómo te pones una camisa blanca sabiendo que soy un completo desastre y en cualquier momento te puedo tirar un café encima? –murmuro después.

Él solo se ríe en silencio.

–¿De qué te ríes? –pregunto con una risa incrédula.

–De que acabas de tirarme un café hirviendo encima y me estás echando la bronca.

Me tapo la boca con ambas manos.

–Dios mío, lo siento. No era mi intención regañarte.

Se ríe todavía más.

–¡Ulises! –susurro su nombre. Estoy segura de que estoy roja como un tomate. Todo el mundo nos mira–. Deberías... Madre mía. Deberías ir a limpiarte. Puedes hacerlo en la cocina. Yo enseguida te llevo algo. Seguro que alguien lleva toallitas de bebé encima.

–Perdona, ¿de verdad crees que con toallitas de bebé voy a ser capaz de quitar una mancha de veinte por veinte centímetros de café?

–Tendremos que intentarlo.

Me encojo de hombros y aprieto mucho los labios.

Cierra los ojos, asiente y sonríe.

–Está bien. Te espero allí.

Y se va.

Cinco minutos más tarde entro en la cocina con un cargamento de paños mojados en agua y jabón... y me planteo volver a salir solo un segundo más tarde.

–¡Perdón!

Ulises está sin camiseta en mi cocina. Me tapo los ojos y le tiro un paño sin apuntar.

—Ivette… Ivette, mírame.

Y miro. Vaya si miro, esa voz grave es imposible de desobedecer, por más homosexual que sea.

El problema es que, cuando me giro, veo que tiene el paño que le he tirado en la cabeza. Ha ido directo a su cara. Y me disculparía otra vez, pero es una escena tan surrealista que rompo a reír. Es una risa nerviosa, pero también divertida. Debo reconocer que me lo paso muy bien con él.

—Lo siento. —Me acerco y se lo quito. Luego resbala hacia su pecho, y yo… Bueno, yo dejo de tener la capacidad de dar órdenes a mis músculos, así que me quedo delante de él, con el paño en la mano y los ojos indiscretos sobre sus abdominales aún mojados de café, brillantes bajo el líquido resbaladizo—. Lo siento otra vez.

Pero él y esa voz maravillosa que tiene dicen:

—Yo no.

Y entonces creo que estoy a punto de desmayarme.

—¿Tú no…?

—Habían intentado ligar conmigo de muchas maneras, Pinterest. Pero jamás con el cliché del café en la camisa. Mucho menos de un modo tan creativo como el tuyo.

No, ahora sí que estoy a punto de desmayarme.

Necesito improvisar. Disimular. Hacer como que no me importa y como que no me gusta tanto que estoy a punto de gritar y como que no desearía que fuese el tío más heterosexual del mundo mundial. Carraspeo y, nada calmada, digo:

—Bueno. Supongo que los chicos con los que sales son más sutiles que yo.

—¿Perdón?

Le miro. Tiene la boca curvada en una sonrisa atónita y no deja de parpadear. No soy capaz de decir nada, de modo que es él quien insiste:

–¿«Chicos»?

–Sí, bueno, tú dijiste… Espera, ¿no eres…?

Cierra los ojos y niega con la cabeza.

–No, no soy gay.

Trago saliva muy fuerte, separo el paño de su pecho superheterosexual y me doy media vuelta dispuesta a salir corriendo de la cocina. Antes, para minimizar el impacto, bromeo:

–Si me necesitas, estaré en la calle. Morir de frío será mejor que de vergüenza.

Capítulo 38
Ulises

Le doy la mano para frenarla justo antes de que huya.

—Ey. —No se gira para responder—. ¿Puedo hacerte solo una pregunta antes de que huyas?

—Ajá.

Sigue sin girarse.

—Ahora que lo hemos aclarado, ¿quieres que… sigamos haciendo cosas juntos?

Se gira ligeramente hacia mí. Lo justo como para mirarme a los ojos.

—Claro. O sea… Mañana tenemos el siguiente evento, y aún quedan once días hasta Nochebuena. Solo… ignora mi torpeza, ¿vale? Haz como que no te he dicho nada. Como que nunca digo nada tan bochornoso como lo de hoy. Por favor.

Quiero decirle que no ha sido torpe y que todo lo que dice me gusta, pero antes de que pueda pensar un modo de expresarlo, ella ya ha salido de la cocina.

Y yo comprendo que tal vez no es que no me haya entendido.

Quizá es que no me ha querido entender.

Tal vez no le gusto a Ivette, después de todo.

Capítulo 39
Ivette

16 de diciembre

Remuevo el café con una cucharilla intentando no hacer ruido, mis pensamientos ya hacen suficiente por mí.

Hace días que prácticamente no veo a Ulises. La tarde del cine, tras nuestra conversación, opté por evitarle hasta que el evento terminó, y los días que han seguido a ese evento han sido apoteósicos en cuanto a aforo. Tanto es así que hemos tenido que habilitar un espacio también en la floristería, por lo que Ulises ya no deambula por la cafetería tanto como me gustaría.

Aunque supongo que es lo mejor después de la escenita que monté en la cocina.

Suspiro, doy un sorbo y fijo la mirada en la mesita de café que tengo delante del sofá. La representación de mi arrepentimiento sigue ahí, justo delante de mí, donde la dejé anoche y la noche anterior: le estoy haciendo a Ulises un ramo de flores de ganchillo para pedirle perdón por asumir cosas tan íntimas como su vida amorosa y sexual y hablar de ellas como si fueran asunto mío. Que luego me atreva o no a dárselo es otra historia, pero el otro día, mientras veía *Los Bridgerton* sepultada bajo mi batamanta y mi perra, sentí que debía hacer algo por él. Aunque sea esto. Aunque puede que se ría cuando lo vea.

Definitivamente, lo mejor será que no se lo dé.

Cuando me termino el café y me dispongo a ir a trabajar, mi móvil vibra en el bolsillo de mi pantalón. Como cada vez que eso sucede, salto ante la aterradora idea de que pueda ser él.

La realidad es mucho peor.

> **Otilia**
> Hola, Ivette, querida. Espero que esta vez sí me respondas: tu padre y yo hemos pensado que es una gran idea ir a verte en Nochebuena. Así podremos comprobar que todo está bien y te contaré un poco mejor lo que te comenté en nuestra última conversación.

Bufo exasperada. No es solo que vayan a venir a verme las dos personas a las que menos deseo ver sobre la faz de la Tierra, es que ni siquiera vienen porque quieran verme a mí; esos dos desconfiados crónicos vienen a comprobar que no he metido la pata, pese a que ni la casa de la abuela ni la cafetería son asunto suyo. A eso, y a presionarme de nuevo con la idea del entrenador personal.

Cuando se trata de meterse en la vida de los demás, mi madre es tozuda hasta decir basta, y encima se atreve a echarse flores a sí misma. «Una gran idea», dice. «Disiento rotundamente», pienso, pero no serviría de nada discutir con ella. En su lugar, reúno de nuevo todas mis reservas de paciencia y, haciendo honor a una de las promesas que me hice en el paseo marítimo, respondo:

> **Ivette**
> Hola, mamá. Gracias, pero no será necesario que viajéis. Todo va bien. Además, como te comenté, estoy hasta arriba de trabajo.

Un nudo de ansiedad se instala en mi pecho, pero le doy una patada para sacarlo de ahí. Debo estar orgullosa de lo que acabo de hacer, igual que el otro día. Estoy avanzando y aprendiendo, y eso tiene mucha más importancia que cualquier mensaje mortificante con el que me pueda responder.

> **Otilia**
> Hija, no seas tonta. Seguro que tienes un par de horas esa noche para tu familia. Si tu padre y yo hemos podido sacarlas con lo ajetreados que vamos en el trabajo, seguro que tú también. Al fin y al cabo, solo tienes una cafetería.

«Tonta». «Seguro que tú también». «Solo tienes una cafetería». El nudo vuelve cuando lo releo. Quizá el mensaje mortificante me mortifica más de lo que pensaba.

> **Otilia**
> Además, ya tenemos los billetes. Llegamos el 24 por la tarde y nos vamos el 25 por la mañana. De modo que no hay discusión. Como comprenderás, nos ha costado un dineral volar a Alemania en esas fechas.

«Un dineral que para vosotros son migajas», replico mentalmente, cada vez más nerviosa. Aun así, me molesta más que ni siquiera hayan contado conmigo para ver si me va bien recibirlos.

Tras unos minutos, asumo que no hay nada que hacer y trato de calmarme diciéndome que solo serán unas horas, una cena; a la mañana siguiente se irán y todo habrá terminado. Y las siguientes Navidades, lo juro, seré capaz de gestionar todo esto mejor.

> **Ivette**
> Está bien. Prepararé la cena.

Capítulo 40
Ulises

17 de diciembre

Ante la perspectiva de quedarme en casa a volverme completamente loco o aceptar la invitación de cenar con Franz, opto por la cordura y accedo a la segunda opción.

–¿Y la niña? –pregunto cuando entro en casa.

No hay rastro de adolescentes cantando delante de la televisión, solo un árbol enorme con decoración rosa; *coquette*, la llama Eda.

Franz sonríe.

–Mañana tiene un examen importante; se ha quedado a dormir en casa de una amiga para repasar y estar más cerca del instituto por la mañana. Es noche de chicos.

Pongo los ojos en blanco.

–Genial. ¿Eso quiere decir que vas a someterme a un tercer grado?

–¿A un qué? –Ladea la cabeza.

–A un… –Sacudo la cabeza. No voy a animarle a que me interrogue sobre mi situación con Ivette–. Da igual. ¿Tienes cerveza?

–Claro, voy a por una.

–No. Tráeme cinco.

Franz se ríe y yo le sigo hasta la cocina.

Una hora y tres cervezas a medias más tarde, soy yo quien decide confesar: le cuento que todas sus sospechas son ciertas, que no puedo dejar de pensar en ella y que, por primera vez en mi vida, he sentido que el amor también podía ser para mí. Hasta que el amor me ha cerrado la puerta en las narices, claro.

Por suerte, Franz no hace bromas al respecto. Es de ese tipo de personas que saben leer cada situación, y en esta, conmigo con la cabeza gacha, el botellín apretado entre los dedos y la voz ronca, sabe bien que solo escuchar es lo mejor que puede hacer.

Es liberador.

–¿Qué harías tú, tío? –Le miro finalmente.

Él niega y suspira.

–¿Estás seguro de que te entendió?

Asiento.

–Categóricamente

–¿Seguro? En España utilizáis muchas dobles *direcciones*.

Sonrío como puedo y le corrijo:

–Dobles sentidos. Y… creo que sí. A ver, la cogí de la mano para decírselo.

–¿Y?

–Que no cojo a nadie de la mano. Nunca. Mi lenguaje corporal no es precisamente cercano. La agarré y le dije, literalmente: «¿Quieres seguir haciendo cosas juntos?».

Franz me mira como si estuviera diciendo una gilipollez.

–Me miras como si estuviera diciendo una gilipollez.

–Ese día sí que dijiste una gilipollez. ¿Era tan difícil decirle «Me gustas»?

Aparto la mirada solo un segundo. Después, contesto:

–Sí.

Pone los ojos en blanco.

–*Dickköpfig…* –masculla. Yo enarco una ceja–. Parece que no conoces a Ivette. Está claro que pensó que te referías a los eventos, a si quería continuar con el *Adventskalender*.

–¿Qué? ¿Por qué narices iba a pensar eso?

Ahora suspira como si no tuviese remedio.

–En primer lugar, le costó muchísimo convencerte

después de las cincuenta veces que le dijiste que no. Y en segundo, todas vuestras interacciones se reducen a eso y a los pocos momentos que os veis en el descansillo. Es evidente que pensó que te referías a continuar trabajando juntos. Ni siquiera se le pasó por la cabeza que le pudieras proponer una cita. Vamos, que a sus ojos, ella es poco más que una socia para ti.

Boqueo para contradecirle, pero después de escucharle y recordar mis momentos con ella, cómo hui cuando le aparté el mechón, incluso yo pienso que Franz puede tener razón.

Estoy hasta el cuello.

—Franz —digo.

—¿Sí?

—Dame otra cerveza.

❄️ ❄️ ❄️

Al llegar a casa, dejo los trastos en el recibidor y me dispongo a darme una ducha de agua caliente. Sin embargo, hay algo que llama mi atención:

Alguien se ha dejado las cortinas descorridas.

Ivette está tumbada sobre su sofá, delante de la chimenea. Tiene una manta blanca de pelo encima, a la altura de la cintura, pero de ahí para arriba lo único que lleva es ese camisón negro de tirantes que me vuelve loco, el de satén, una de esas peculiaridades suyas que continúa llamándome la atención en pleno invierno. El resto es piel. Piel suave, pálida como una mañana de invierno, preciosa. El pelo, suelto, cayendo en cascada por encima de sus hombros, hacia sus pechos.

Suspiro. Me giro y voy a por el teléfono.

Estás preciosa.

Borro y corrijo:

> Eres preciosa.

Vuelvo a borrar tres o cuatro veces más. En todas ellas añado algo, ayudado por el alcohol. Pero finalmente, el tiempo y el sentido común hacen que me dé cuenta de que es una idea malísima. A la vez, también decido que una mujer como ella jamás se fijará en un hombre como yo, siempre malhumorado, siempre lejano. Y que Franz se equivoca. ¿Cómo no se va a equivocar? Es imposible que estemos juntos.

Gruño, lanzo el móvil sobre el sofá y me voy a la ducha, cabreado con el bulto de mi entrepierna y dispuesto a poner el agua fría.

Capítulo 41
Ivette

18 de diciembre

Esta tarde no doy abasto. Según diciembre ha ido avanzando, la gente se ha ido animando más y más a unirse a los eventos. El boca a boca y las redes de Franz han ayudado bastante.

Hablando del rey de Roma…

–¡Ivette! –Sonríe con la boca muy abierta. Yo termino de sacar los últimos cafés y me centro en él–. He pensado que, de cara a redes, sería fantástico que participarais también en este evento. –Escanea la cafetería con la mirada y, milagrosamente, da con una pequeña mesa vacía junto al ventanal; la han dejado unos clientes que han tenido que marcharse antes de tiempo–. Los centros de mesa quedarán muy *culos* en las fotos.

Me río.

–Muy chulos –corrijo.

–Oh. –Se lleva una mano tras la nuca de manera adorable–. Muy *shiulos*.

–Eso es –le animo–. Vale, ¿cómo quieres que me ponga?

Niega con el ceño fruncido.

–Que os pongáis –ahora es él quien me corrige a mí. Yo fuerzo una sonrisa.

–¿Eda y…?

Una tercera voz, ronca y seria, se une a nosotros.

–Tú y yo.

Ulises.

–Ah. –Parpadeo un millón de veces mientras le miro. Lleva un jersey verde de cuello en pico que muestra un poco más de piel de la habitual. Está guapo. Exageradamente guapo. Está tremendo–. Claro, sí, vale, vamos. Llevo los cafés y enseguida estoy con vosotros.

Y huyo sin mirar atrás. Necesito unos segundos para reponerme.

Cuando me siento junto a él, sé que no son suficientes.

Ya con Ulises, me pongo a decorar torpemente el centro de mesa que no han hecho los anteriores clientes. Me asedian recuerdos del día que hice las postales y se fue a por pinzas para no volver jamás. No quiero meter la pata.

No quiero, no quiero, no quiero, no…

Como resulta evidente, la meto hasta el fondo por estar pensando en ello en lugar de fijarme en lo que tengo que hacer.

–¡Ay!

Escondo la mano derecha. Acabo de llevarme un pinchazo de parte de una rosa agresiva que no quería que la atara. Ulises deja lo que está haciendo de inmediato y me mira con urgencia.

–Ivette.

Eso es todo lo que sale de sus labios. No es un reproche, lo sé. No suena como un «Menuda inútil, ni siquiera sabes meter una rosa en un centro de mesa». No. Es más un susurro que dice, o eso quiero pensar yo, que ahora soy el centro de su mundo, el núcleo de todas sus preocupaciones.

Me doy cuenta de que estoy siendo muy dramática y, todo lo cantarina que soy capaz, entono:

–¡E-estoy bien! ¡No ha sido nada!

Pero él niega con la cabeza y su mano busca la mía bajo la mesa. Agarra mi muñeca con suavidad. Me abre los dedos con cuidado. Cuando ve la herida que cruza mi palma, me mira a los ojos de nuevo y, con rapidez pero sin alterarse –no sé si porque ha visto esto cien veces o para no alterarme a mí–, se levanta y dice:

–El botiquín.

Sacudo la cabeza.

–No será…

–Sí será necesario –termina por mí, e insiste–: ¿Dónde está?

Trago saliva.

–Bajo la cafetera, en el primer cajón.

No tarda ni diez segundos en volver. Lo hace corriendo, atrayendo por lo menos treinta pares de miradas. Luego se acuclilla delante de mi silla, me gira hacia él con una facilidad pasmosa y, delante de mis rodillas, vuelve a sostener mi mano mientras abre el botiquín.

Casi no me da tiempo a asimilar todo lo que está sucediendo. El tiempo vuela. Una mano se posa sobre mi cintura cuando abre de nuevo mi palma con su otra mano. La de la cintura, entonces, se separa y coge una gasa para limpiarme la herida. Lo hace con la precisión y la pulcritud de un cirujano. Luego, otra gasa, esta vez para cubrir la herida. Me venda con el esparadrapo. Y en medio de este remolino de emociones, mi piel completamente erizada, encendida, cálida.

Entonces, ya con el botiquín cerrado, me mira y los segundos vuelven a ir despacio; tan tan despacio que el paso del tiempo parece interrumpirse. Olvido las miradas, la herida, las rosas. De repente no me importa su reacción desproporcionada, la gasa tremenda que me ha puesto para una herida tan insignificante, cómo ha corrido. Ignoro que Franz está a mi lado, ignoro su cámara de fotos. Mi mano está entre las suyas, él arrodillado delante de mi cuerpo, mis ojos incapaces de apartarse de los suyos.

Y de repente, un *flash* sobre nosotros. Ambos nos giramos, ya con el paso del tiempo normalizado, y vemos cómo nuestro amigo nos ha fotografiado y mira la pantalla de su cámara con una sonrisa. Entretanto, la cafetería vuelve al rumor de siempre.

–¿De dónde carajo sales tú? –entona un Ulises casi molesto. Ni siquiera se había dado cuenta de que Franz estaba aquí.

–Eso no importa –responde–. Lo que importa es que creo que ya sé quién va a ganar el concurso de redes sociales de mañana.

Cuando se va, casi un minuto más tarde, Ulises y yo continuamos con las manos unidas.

Carraspeo, me levanto y señalo a la cafetera.

–Creo que… Creo que alguien ha pedido un trozo de bizcocho. Me llevaré el…

Él asiente y me tiende el botiquín, ya sin mirarme.

–Claro. Ve.

Delante de la cafetera, cuando nadie mira ya, sonrío como una completa idiota.

Capítulo 42
Ulises

19 de diciembre

Después del día de ayer, que hoy volvamos a descansar es un bálsamo para mi salud mental. No puedo permitirme enamorarme de ella si esto no va a llegar a ningún lado. De hecho, necesito empezar a retroceder ya.

Algo que, cuando miro la pantalla del móvil, sé que me va a costar.

«Joder, Franz».

Ha creado un grupo de WhatsApp. Él, ella y yo. Acto seguido, ha enviado un único mensaje:

> **Franz**
> Creo que deberíais mirar Instagram... 😊

El emoji me hace temblar. He estado evitando entrar en redes sociales desde ayer. En cuanto mi amigo –¿debería continuar llamándolo así?– dijo eso, supe que haría alguna de las suyas.

Un minuto más tarde, descubro que temblaba con razón.

Como la última vez, todas las personas que hayan acudido a un evento del calendario pueden participar. Esa vez, sin embargo, no es Franz quien elige al ganador, sino nuestra propia audiencia.

Y la audiencia va decidiendo que ganemos Ivette y yo. Ella, con la mirada fija en mis ojos; yo, arrodillado ante ella con su mano entre las mías. La distancia inexistente entre nuestras pieles, ese contraste que tanto me cuesta olvidar.

Es una foto preciosa, maldita sea.

Igual que la mujer que ahora escribe en el grupo.

> **Ivette**
> Oh... Pero si gana esa foto tendremos que pensar algo para el premio. No podemos llevarnos nosotros el brunch y la corona de Navidad. Nos acusarían de tongo... 😄

Y... ahí está. Otra salida por la tangente que corrobora que lo de ayer no fue nada.

Cómo me jode tener razón.

Por la noche decido hacer un solomillo Wellington para cenar. No es que sea demasiado fan de las cenas copiosas, y tampoco es que se me dé especialmente bien este plato. De hecho, es bastante probable que lo queme, teniendo en cuenta que tengo la cabeza en otra parte, pero necesitaba distraerme.

Casi me tiro la fuente del horno encima cuando el teléfono vuelve a sonar.

> **Franz**
> Tenemos ganadores. 😄

Bufo y miro la condenada red social.

—Joder.

Tenemos trescientos me gusta. Trescientos. Y, por si eso fuese poco, la cuenta del Café Navidad no para de crecer. Desde la última vez que he mirado, hemos ganado más de doscientos seguidores.

Me parece oír un chillido de sorpresa en la casa de al lado. No me extraña lo más mínimo. Vuelvo al grupo y escribo:

> **Ulises**
> ¿Qué narices ha pasado?

> **Franz**
> Mi nueva campaña de *marketing*... ¿Qué os parece? 😊

Cabreadísimo, abro la conversación privada con mi amigo y, tras citar su mensaje, digo:

> **Ulises**
> Una metedura de pata monumental.
> ¿Qué coño crees que has hecho?

> **Franz**
> Un empujoncito. ¿Has visto cómo te mira?

> **Ulises**
> Una foto no significa nada. La hiciste bien, eso es todo. Enhorabuena, eres un fotógrafo cojonudo. ¿Y sabes qué más eres? Un jodido metomentodo. No dejas de meter las narices en los asuntos de los demás jugando a ser Cupido.

> **Franz**
> Creo que deberías relajarte.

> **Ulises**
> No quiero.

Franz
Ulises, en serio, respira. 😵

Ulises
Tampoco quiero.

Entretanto, el móvil ha continuado vibrando, pero yo estaba demasiado ocupado echándole la bronca a mi cuñado como para darme cuenta.

Es él quien me avisa cuando ve que vuelvo a escribir.

Franz
Querido dickköpfig, antes de seguir escribiendo, te recomiendo que mires el grupo.

Cambio de conversación de morros, pero entonces… Bueno. Nada que no esperara, otra salida por la tangente.

Ivette
Guau… Pero, entonces, ¿qué haremos con el premio? ¿La gente no se quejará?

Franz
¿Alguno de vosotros dos ha mirado el pie de foto que escribí para anunciar el concurso?

Ivette
…culpable. 😅

Franz
Fíjate también en el primer comentario. 😏

Antes de seguir leyendo, viajo a Instagram de nuevo con la esperanza de no tener que entrar muchas veces más. Y lo comprendo.

Franz subió nuestra foto con la misma intención que la última vez: anunciar el concurso y explicar las bases. Y abajo del todo, al final del texto, puso: «Como los protagonistas de esta fotografía son los dueños de la cafetería y la floristería, de resultar ganadora, el premio se entregará a la segunda foto con más me gusta». Y podríamos pensar que su estrategia al subirla solo pasaba por hacer que Ivette y yo miráramos la foto y nos diéramos cuenta de que nuestra historia de amor es inevitable, algo que ella ha dejado claro que no es así. Pero no. Hay una persona más involucrada en el complot.

Eda
¡Me encanta! ¿Soy la única que piensa que hacen una pareja preciosa? Ojalá esta fuera una de esas historias de Internet que acaban con una primera cita de película... 🖤

Bajo el comentario de mi sobrina, decenas de personas validan su malísima y romántica idea. Cuando leo la quinta validación, decido que lo mejor es apagar el teléfono y marcharme a cenar. Al fin y al cabo, ninguna de las personas que han respondido a Eda me importan en absoluto.

«Pero hay una que sí te gustaría saber qué opina, ¿verdad?», suena una voz pícara.

«Dara, ahora no».

«Mira el grupo, Ulises, no pierdes nada».

«¿Para recibir otro golpe de realidad? Paso».

Suspiro y niego con la cabeza. El problema es que, cuando lo hago, veo cómo alguien en el salón de la casa que tengo al lado está acurrucada en el sofá, móvil en mano, observando la pantalla con una ilusión desbordante mientras se mordisquea las uñas.

«Eso no puede ser por el grupo –pienso–, estará hablando con alguien más».

«Compruébalo».

Cierro los ojos y, vencido, abro el móvil de nuevo con rapidez.

> **Franz**
> Reconócelo, Ivette. Es una estrategia brillante para que los negocios sigan creciendo. Además, el cliente siempre tiene la razón, ¿no? Y vuestros clientes se mueren por ver esa cita. Una historia de Insta, al menos. 😁

Sin embargo, no hay más respuestas. Tampoco Franz escribe más. Niego con la cabeza y decido decirle por privado que no sea más insistente. Luego vuelvo a la cocina y saco el solomillo del horno.

> **Ulises**
> No la presiones, Franz. Déjalo ya.

El único problema es que, cuando me quiero dar cuenta, he pulsado de nuevo nuestro grupo y lo he enviado allí. Ese, y que cuando veo el error ya hay un mensaje más bajo el mío.

Ivette
No, de hecho me parece muy buena idea.
Si tú quieres, claro.

«Te lo dije…», canturrea Dara.

Me quedo tan pillado que tardo tres minutos en reaccionar. Al cuarto, una euforia impulsiva se apodera de mí y hace que abra el chat privado con Ivette. Necesito asegurarme sin Franz por medio.

Ulises
No tienes por qué hacerlo si no quieres, Ivette, no le hagas ni caso.

Ivette
No, no. De verdad creo que es una buena idea.

Sonrío como un besugo. Luego carraspeo para centrarme, me doy un tortazo en la mejilla para espabilarme y me coloco cerca de la ventana para ver su reacción.

Ulises
Vale. Pero tienes que prometerme algo.

Ulises
Esta vez no huirás.

Ulises
Ninguno de los dos lo haremos.

Sonríe y se coloca otro mechón tras la oreja. Después se muerde el labio inferior, un movimiento que me marea. Por último, escribe:

Ivette
Te prometo que lo intentaré.

Ivette
¿Hablamos mañana?

Ulises
Hecho, princesa Disney.

Capítulo 43
Ulises

Esa misma noche

Estoy lavándome los dientes cuando oigo algo a través de las paredes de papel de fumar del edificio.

—Croqueta, el agua de la ducha no, que tiene jabón. ¡Croqueta! —Se ríe.

Es Ivette. Ella también debe de estar en su cuarto de baño. Y tal vez debería marcharme, dejar que hablara con su perra con calma sin que nadie escuchara al otro lado, pero... necesito lavarme los dientes un poco más. El solomillo Wellington es peleón, y la higiene bucal es importante.

«Eres un cotilla», me regaña mi hermana.

«Tú también quieres saber qué dice, no seas hipócrita».

«Vale», se ríe.

Entonces vuelve a hablar, y lo que oigo hace que me quede petrificado.

—No puedo evitarlo, Croqueta. Te prometo que no puedo. Y si pudiera lo haría, no creo que sea sano pensar en la misma persona veinticuatro horas al día. Pero me gusta. Me gusta un montón. —Resopla—. Me gusta como no me ha gustado nadie en muchísimos años. Y es un lío, ¿sabes? Porque la última vez que alguien me gustó así, terminó rompiéndome el corazón, pero algo me dice que él no es así. Que él no me lo rompería. Al menos, no adrede. Que si me tiene que rechazar lo hará con delicadeza, ¿verdad que tú piensas lo mismo? Sí, ya lo sé. Sé que Ulises te gusta desde el primer día. A mí también. ¿Debería decírselo en la cita?

«Sí. Deberías. Hazlo», pienso.

—Buf, no, olvídalo —continúa hablando—. Es una malísima idea. Esa cita ni siquiera será real. Solo ha aceptado por el bien de los negocios.

Quiero atravesar la pared y decirle que no, que se equivoca, que estoy loco por tener esa cita con ella y que es lo más real que he tenido en mucho tiempo. El problema es que si atravieso la pared probablemente la vea ducharse, y…

Joder, otra vez el puñetero bulto en la entrepierna.

—Bueno, da igual. Déjame pensar que no. Que de verdad quiere quedar conmigo y que vamos a tener una cita bonita y que acabará acompañándome a casa y que… Dios, qué idiota, vivimos en el mismo edificio. —Se ríe. Yo también lo hago, aunque en silencio—. Pero ¿te imaginas un beso en el portal?

«Puede».

—Qué tonta soy. —Pausa—. ¡Croqueta, deja de beber agua con jabón!

A partir de ahí, no habla más. Solo canta. Una voz preciosa y dulce bajo una ducha en la que no puedo pensar si no quiero acabar tocando a su puerta.

Cuando salgo del baño, antes de ir a dormir, abro Whats-App por última vez.

Se lo debo a alguien.

> **Ulises**
> Nunca pensé que te diría esto, pero gracias, Franz.

> **Franz**
> ¿Por qué?

> **Ulises**
> Por ser un metomentodo. Te quiero.

Franz
Oh, me halagas... Pero lamento decirte que continúo enamorado de tu hermana. Ella y nuestra hija serán siempre los amores de mi vida.

Ulises
No sabes cuánto me alegro de leer eso.

Ulises
Buenas noches.

Franz
Gute Nacht. 😴

Capítulo 44
Ivette

20 de diciembre

No se me da bien disimular. Es un hecho. Un hecho que yo ya sabía, debo decir, y que aun así me he empeñado en demostrar hoy.

Ulises me ha pillado como veinte veces mirándole mientras impartía el taller. Y sé que eso significa que él también me mira a mí –por algún motivo que no alcanzo a comprender–, pero él no se pone rígido como una tabla de surf cada vez que me mira, sino que actúa con normalidad, tranquilo, como si no fuera gran cosa.

Claro que él está acostumbrado. Es el típico hombre que logra que la gente se pare a mirarle cuando camina por la calle. Puede que tenga que ver con que su apariencia isleña sea un bien escaso en Alemania –aquí casi todo el mundo es más blanco y rubio que una mancha de lejía, y me incluyo–, pero estoy segura de que se debe más a esa mirada de ojos verdes que proyecta que el mundo no es suficientemente interesante, esa forma de caminar pausada y segura, esos músculos haciendo acto de presencia bajo la ropa, esa manera sobria y elegante de vestir.

Todo en él es… Uf. Eso es: uf. Si hay una forma mejor para definirlo, la desconozco.

Y yo me tengo que acostumbrar de una puñetera vez si quiero dejar de parecer una colegiala estúpida. De modo que me armo de valor y hago lo que cualquier colegiala no estúpida haría: escribirle una notita.

Aprovecho que se aleja de la barra, donde estaba bebiéndose un café con Franz, para ir a ayudar al club de

Calceteras Intensas. Hoy han decidido venir todas, y también han decidido acaparar a Ulises por orden de Helga porque, según ella, «Ese muchacho desagradable nunca trabaja, todo lo hace mi chica. Porque un día haga algo no le va a pasar nada».

–¡Helga! Eso no es cierto. Acaba de explicar cómo hacer el taller.

La he regañado cuando la he oído. Lo ha dicho justo cuando les llevaba los cafés y las galletas de jengibre a ella y sus amigas.

–Google también te explica cómo meter flores muertas en una bola. –Enarco una ceja ante su comentario–. ¿Qué? Si no invierte el tiempo en algo realmente útil, que venga a hacer nuestro trabajo. Nosotras, a diferencia de él, nos pasamos el día dando el callo.

–Ligar con señoras jubiladas en Tinder no es trabajar, Helga Müller.

–Protesto. Me paso ocho horas haciéndolo, eso es una jornada laboral.

–No estás ante ningún juez, dramática. –Me río–. Pero, bien, ilumíname: ¿qué es algo «realmente útil», si se puede saber? Se lo comunicaré a Ulises. Estoy segura de que colaborará.

–Comerte los morros en la cocina –responde con una sonrisa ladina.

–¡Helga!

Después me he ido, y aquí estoy. Evidentemente, eso no es lo que le pongo en el papel, y tampoco es algo que le vaya a comunicar. No quiero ni saber cómo reaccionaría. Lo que pongo en su lugar es:

¿Qué crees que deberíamos hacer?

Cuando llega a la barra y ve la nota, me mira desde abajo con media sonrisa, interesante. Yo embebo los labios.

Mientras lo hago, no soy capaz de esconder una risita. De repente me parece bastante ridícula la táctica de la notita, pero me divierte ver cómo se acerca a mí, coge un bolígrafo junto a la máquina registradora y, sin separarse, escribe sobre mi mismo papel y me lo tiende.

Mira a Franz distraído y habla con él cuando lo cojo, pero continúa aquí, tan cerca de mí que puedo olerle. Huele a menta y chocolate. Y yo tiemblo como un flan de huevo al que le gustan la menta y el chocolate.

¿Y tú?

Vuelvo a escribir. Él no tarda en coger el papel para leerme.

¿Qué tal un café? Podríamos quedar aquí e ir preparando el evento del día siguiente.

Enarca una ceja, me mira y sacude la cabeza sin una palabra. A mí me sube el corazón a la garganta. Cuando me devuelve el papel, casi creo que se me va a salir por la boca.

¿Esa es tu primera cita ideal? Vamos, Pinterest, hasta yo soy más romántico.

Tengo que leer cinco veces el mensaje para comprobar que pone lo que creo haber leído. Luego, con las manos temblando, escribo:

¿Quieres hacer algo romántico?

Y responde:

Bueno, habrá que darle a la audiencia lo que quiere, ¿no?

Me aclaro la garganta, pero me tiemblan tanto las manos que no soy capaz de escribir nada más. Solo miro a Ulises, asiento como puedo y pregunto:

–¿Cuándo quieres…?

–Mañana –se adelanta.

–¿Mañana? ¿No prefieres esperar?

–¿A qué?

–No lo sé. Puedo buscar planes en Internet. Cosas que le llamen la atención a nuestra… –«audiencia», planeaba decir, pero su mano frena la mía sobre la barra, de modo que me callo y mis ojos se encuentran con los suyos.

Él niega con la cabeza lentamente. Luego, con la voz ronca y segura, dice:

–Me importa un carajo nuestra audiencia, Ivette. No pienso dejar en manos de Internet nuestra primera cita. Lo del papel solo era una excusa. –Cuando ve que no me sale la voz, dice–: Déjamelo a mí, ¿quieres?

Asiento mientras noto cómo un millón de calambres me recorren el estómago.

–Vale –digo con un hilo de voz.

Esta noche no voy a dormir.

Quizá nunca más lo haga.

Capítulo 45
Ivette

21 de diciembre

Pese a ser jueves por la mañana, la cafetería está a rebosar de adolescentes. Chicas y chicos de entre catorce y quince años pidiendo cafés y batidos a primera hora de la mañana y haciéndole a Croqueta más caricias y fotos de las que le he hecho yo en un mes. Y yo le hago muchas de ambas, pero los adolescentes lo viven todo así, con esa intensidad explosiva.

Sobre todo hoy.

—No sé si debería servirles café. Son muy jóvenes para tomar cafeína.

Franz se ríe a mi lado y continúa cortando bizcocho.

—Relájate, Ivette, no les estás dando Jagger.

Bufo.

—¿Y si se los sirvo descafeinados?

Me mira y sonríe.

—¿Y si me dejas a mí la terrible carga moral de servir cafés a chavales de metro noventa y mientras tanto tú cortas bizcocho?

—Te lo agradecería. Creo que si sirvo un solo café más no dormiré. Pero ¿no te importa? Es el primer día de vacaciones de Eda y apareces para ayudarme a mí. Que no es que no lo agradezca, no me malinterpretes, es solo que… No sé, Franz.

—¿Tampoco te sientes bien con eso?

—No. —Encojo un hombro.

Su expresión despreocupada acaba consiguiendo que sonría.

Unos minutos más tarde, antes de suspirar por quinta vez, decido cambiar de tema:

–Oye, ¿el grupo que dijiste que habías contratado tardará mucho en llegar? Temo que…

–¿Los adolescentes pidan un segundo café? –Se carcajea.

–No, tonto. –Me río–. Que no encuentren el sitio.

–Descuida. Conocen bien la ubicación.

Lo dice tan tranquilo que incluso la parte más desconfiada que hay en mí le cree ciegamente.

Media hora más tarde, entiendo su tranquilidad.

–¿Perdona? –Abro tanto la boca que creo que se me va a dar de sí–. ¿Eda?

La cafetería vitorea bajo la tarima de las flores cuando la hija de Franz se sube con una guitarra acústica. Su padre también. A continuación, nuestra pequeña artista sonríe y afina la guitarra antes de colocarla delante de un micrófono de ambiente.

Una tercera voz se une a la conversación:

–¿No se lo habías dicho?

Ulises mira a Franz con una ceja enarcada, pero no está enfadado. De hecho, parece divertido. También está todo lo tranquilo que yo no estoy, teniendo en cuenta que en cuanto cerremos el local a mediodía nos iremos.

Nuestra primera cita.

De acuerdo, sé que no es una primera cita de verdad, que, pese a lo que hablamos, es por el bien de los negocios, y que en realidad solo vamos a salir a hacer un par de historias de Instagram y poco más, pero eso no quita que haya rebuscado en mi armario hasta encontrar los mejores vaqueros que tengo. Y las mejores bragas; las mejores bragas también.

Menuda ilusa. Ulises jamás me verá en bragas. Excepto aquel día que me vio bailando con las peores que tenía encima del sofá, claro. Debería corregirlo: Ulises jamás me verá con unas bragas decentes.

–No. Nuestra chica está muy guapa cuando se sorprende, ¿no te parece?

La respuesta de Franz me deja fuera de combate. La dice de un modo tan dulce, tan fraternal cuando me pasa una mano por encima del hombro, que derrite esa parte de mi corazón que se congeló cuando pensaba que nunca tendría a un amigo de verdad.

Solo reacciono cuando me doy cuenta de que Ulises también me está mirando, preparado para responder:

–Desde luego.

Repaso la conversación.

Parpadeo.

Me atraganto con mi propia saliva.

«Nuestra chica está muy guapa».

«Nuestra». «Guapa».

«Desde luego».

Ah. ¡Ah!

Creo que estoy a punto de hacerme pis de los nervios. Para colmo, no me quita la mirada de encima, y yo tampoco soy humanamente capaz de apartar mis ojos de los suyos. De modo que aquí estoy, incapaz de moverme cuando quiero salir corriendo al baño para ponerme a gritar.

–Gracias, pero no soy vuestra chica. –La voz de Helga me rescata de más maneras de las que nunca comprenderá, y no sabe cuánto agradezco que fuera ella quien ha hecho sonar la campanilla hace escasos segundos–. Y ahora salid de la barra, quiero servirme un carajillo de los que solo me sirvo yo.

–Helga… –Todavía sonrojada, sonrío y desvío la mirada de forma casi artificial, pero sigo agradeciéndoselo, así que salgo por patas y huyo de Ulises, que seguía con sus ojos sobre los míos, por algún incomprensible motivo–. Pórtate bien, ¿quieres?

–Nunca. Vamos, venga. –Hace aspavientos para terminar de echarme–. Ve a disfrutar del concierto.

Asiento y me cuelo entre los adolescentes hasta perder de vista a mis amigos.

«Nuestra chica», me repito. «Su chica», añado después. Nunca algo me había sonado tan bien.

Capítulo 46
Ulises

Todo el mundo observa a Eda mientras brilla sobre la tarima. Lleva un rato tocando canciones famosas como si no tuviera delante a medio centenar de personas. Es exacta a Dara: su diversión y atrevimiento al enfrentarse al mundo, su tesón, su sonrisa. Si no fuera más blanca que el azúcar y tuviera ese pelo de princesa de las nieves que heredó de su padre, sería un calco de mi hermana.

«Pero tú no estás mirando a mi niña», suena su voz dentro de mí.

«No, tienes razón». Sonrío.

Yo no puedo quitarle la mirada de encima a Ivette. Corea a mi sobrina en primera fila y es la primera en correr a por un mechero a la cocina cuando Eda anuncia que va a tocar un par de baladas. Cuando trae un soplete enorme y rosa chillón, me río en voz alta.

Unos minutos más tarde, Franz aparece, me dice algo al oído y yo ni siquiera intento hacerme el difícil. Asiento, sonrío y le doy las gracias antes de ir hacia Ivette.

Cuando me acerco a ella, Eda y las primeras filas están cantando *99 Luftballons*. El público hace bailar las llamas de los mecheros. Ivette mueve en el aire su soplete.

Me coloco detrás de ella e, ignorando la mirada emocionada de Eda, le susurro al oído:

—Eres un peligro.

«Y no sabes hasta qué punto», pienso también.

Puedo ver con claridad cómo se le eriza la piel. Se encoge y guarda el soplete tras la espalda antes de mirarme. Le sonrío.

—Yo… Eso era…

—Un jodido soplete. –Me carcajeo.

Eda repite una y otra vez el estribillo. No creo que nadie más se haya dado cuenta, pero nos está dando tiempo.

—No. Qué va.

Aprieto los labios en una sonrisa.

—Ivette, llevo diez minutos mirándote. Era un soplete.

Se me tensa la mandíbula cuando me oigo a mí mismo. Ella deja caer los brazos a los lados. Me fijo en su mano y, tras decidir que no voy a corregir lo que he dicho, ladeo la cabeza como si lo que acabo de confesar no fuese suficientemente revelador.

—¿Ves?

Miro el soplete. Ella también. Lo hace pausada, con cautela. Lo observa y, estoy seguro, estudia una respuesta.

—Oh. –Me mira. Toma mucho aire. Asiente concentrada, el ceño fruncido–. No tengo ni idea de quién lo ha puesto ahí.

No soy capaz de contener una carcajada. Luego, más relajado gracias a ella, digo:

—Franz y Helga dicen que se ocupan de todo. ¿Nos vamos?

Parpadea.

—¿Quieres irte ya?

«He querido sacarte de aquí en cuanto te he visto».

—Creo que podríamos aprovechar que nos cubren para salir temprano. Rara vez hace este sol en Blumenfluss, y no me iría mal un poco de vitamina D, estoy perdiendo mi moreno natural.

Se ríe. Punto para mí.

—Pero ¿a Eda no le importará?

Cierro los ojos y sonrío.

—Lo dudo mucho. Entonces, ¿le digo que sí a Franz?

Reacciona cuando todo el mundo empieza a aplaudir a Eda. Asiente con prisa mientras se quita el delantal.

—Claro. Vale. Voy a… –Señala hacia atrás y deja la frase sin terminar.

Luego se gira hacia Eda y se despide con la mano.

Mi sobrina le lanza un beso. Yo trago saliva mirando al suelo y me digo a mí mismo que no estoy tan nervioso.

Mentira.

Ivette mira la carta con recelo. Yo la imito. En parte, porque estoy histérico y no sé ni cómo colocar las manos si no es para sostener el cartoncito, y muy en parte porque no quiero que se apresure para decidir algo así en nuestra primera cita oficial. Como las últimas veces, me gustaría que sienta que está en un espacio seguro. Aun así, no digo nada, no quiero asumir que está en medio de una discusión mental horrorosa consigo misma, quizá solo duda entre el salado y el dulce y quien se está comiendo la cabeza soy yo.

Pero muy a mi pesar, tras decirme que pida yo primero, termina pidiéndose una ensalada verde para el desayuno de media mañana.

Cuando el camarero se la trae, ella le mira y sonríe cortés. Yo contengo un bufido y el impulso de decirle que él o quienquiera que haya ideado la carta es un gilipollas. Debería estar prohibido servir ensaladas en un sitio de *brunch*. Especialmente, ensaladas como esa: seca, vieja y sin aliño. No se merece llamarse ensalada verde. Estoy seguro de que en la basura las hay con más color.

No soporto ver cómo disimula en silencio cuando va a dar el segundo bocado.

—Te juro que no soy ningún negacionista de las verduras y que una buena ensalada me gusta como al que más, pero como ese tenedor toque tu boca pienso ponerme a llorar.

Se detiene a medio camino. Tiene los ojos como platos y, con la boca abierta, dice:

—¿Eh?

Es cómico, no lo voy a negar. Pero no la he traído aquí para reírme, la he traído para que disfrute.

–Si me dices que me equivoco, prometo no volver a comerme una lechuga que no tenga ese tono grisáceo y mortecino. Pero si tengo razón y está tan mala como parece, por favor, aparta ese plato y pidamos otra cosa.

Mira el tenedor. Cierra la boca. Traga saliva. Me mira a mí. Acaba ahogando una carcajada y riéndose mientras aparta el plato.

–Es lo peor que me he comido en mucho tiempo. Pero me da una vergüenza tremenda decírselo al camarero.

Suspiro de puro alivio y sonrío con ella.

–Se lo digo yo.

–No –reacciona con rapidez–. Insistirá en traerme otra.

–Puedes pedir otra cosa.

–Es que ese era el último bollo –musita.

Yo miro mi plato. Observo el expositor vacío. «Menudo imbécil, Ulises».

Unos segundos más tarde, parto mi napolitana por la mitad y le tiendo la parte que no he tocado.

–No te preocupes.

Niega con la cabeza.

–Insisto. –Mantengo el brazo en alto. La mira. Tiene una pinta increíble–. Está aún más buena de lo que parece.

Resopla y me mira suplicante.

–¿No te importa?

Sonrío victorioso.

–Al contrario. –La coge y se la mete en la boca–. Estoy deseando compartir mi orgasmo gastronómico contigo.

Estoy a punto de pedirle perdón cuando una carcajada inesperada sale de su boca.

Así debe sonar el paraíso.

Si quieres conocer de verdad a una lectora, llévala a una librería. Mira en qué estanterías se para, con qué sinopsis sonríe, cuánto tiempo se detiene delante de un libro o lo tiene entre las manos. Y si tienes suerte y te mete en su burbuja para contarte algo sobre alguna historia en particular, escúchala como si te estuviera desvelando los secretos del universo, porque en parte lo está haciendo.

Puede que esté reflexivo de más, pero estoy seguro de que cualquiera que viera cómo Ivette recorre con los ojos las estanterías lo comprendería sin una palabra.

Nunca pensé que ver cómo la persona que te gusta hojea un libro pudiera ser tan íntimo.

«La palabra que buscas es "sexi"». Curvo las comisuras cuando escucho la voz de mi hermana.

«Has estado más callada de lo habitual últimamente».

«Buena señal».

«¿Qué quieres decir?».

«Que estás superando todo esto. Ya no me necesitas; no a esta versión imaginaria de mí que te dice lo que no te atreves a decirte a ti mismo».

Se me forma un nudo en la garganta. Continúo observando cómo Ivette se pasea por la librería, ajena a mis pensamientos sobre ella, sobre mi hermana, sobre la soledad, sobre no saber soltar.

«No estoy preparado para dejar de necesitarte. No, si eso significa que te vayas del todo».

«Idiota». Sé que Dara sonreiría.

«Vaya, gracias». Intento deshacer el nudo de la garganta, pero solo consigo que descienda hasta el pecho. Aun así, igual que sé que sonreiría y me llamaría idiota, también sé exactamente qué y cómo me respondería:

«Tú sabes que nunca me iré del todo. No, mientras no me olvides. Mientras haya una parte pequeña de ese corazón que se acuerde de cómo jugábamos al pillapilla de pequeños, pintábamos mapas del tesoro en las paredes sin que se enteraran mamá y papá y nos aliábamos para llegar al chocolate en los estantes altos de la cocina, no me iré. Además, Franz no te lo permitiría. Te habla de mí una media de veintisiete veces al día. Tampoco tú se lo permitirías a él».

Ahora soy yo el que sonríe.

«Lo que sucede es que ahora ya no te sientes vacío –añade–. Al fin has entendido que no necesitas llenar los huecos del alma con quienes ya no están. Puedes hacerlo con momentos del presente y con personas nuevas y preciosas como la chica que tienes delante. Y no por eso me olvidarás. Solo dejarás de sentir la necesidad de inventarme».

Miro a Ivette. Repaso su silueta bajo el jersey blanco de lana, los vaqueros, las zapatillas impolutas.

«Quizá tengas razón. Pero ¿significa eso que estos momentos se van a terminar?», planteo.

«Creo que ya sabes la respuesta a esa pregunta».

Suspiro. Tenía que pasar antes o después. Asiento autoconvenciéndome.

«Eh, ¡eh! Ni se te ocurra colgar aún. –Enarco una ceja ante su interrupción–. Tienes que dejarme ir y terminar el duelo, sí, vale. Pero yo quiero saber cómo termina esta historia».

Me río en voz baja.

«¿Y cuándo piensas dejarme a solas con ella?», pregunto.

«Después del primer beso, lo juro. Pero eso no me lo quiero perder».

«Nunca te tuve por ninguna *voyeur*».

«Vamos, cállate. Tú no te quedaste tranquilo con Franz hasta que viajamos aquellas Navidades a casa de papá y mamá. Prácticamente le hiciste un examen. Fuiste un capullo hasta que le diste el aprobado».

«Disiento. Se llevó un 4,9, pero te pusiste tan pesada con que le dejara en paz que le permití pasar de curso».

«Franz es un 10», replica.

«Ivette es un 100», respondo.

En mi cabeza, mi hermana sonríe. Yo también. Continúo observando a Ivette.

«Y ahora haz el favor de ir a comprarle ese libro. Lleva diez minutos hojeándolo y se ha aprendido la sinopsis de memoria».

Frunzo el ceño y me fijo. Le sonríe a una novela de la sección de comedia romántica con los labios apretados. Tras unos segundos, sin embargo, suspira y se pone de puntillas para volverlo a dejar donde estaba. Yo me acerco despacio, con las manos en los bolsillos, hasta estar detrás de ella. Observo unos segundos más el espectáculo sabiendo que no se ha dado cuenta.

Y entonces, a escasos milímetros de su oído, susurro:

–Hola.

«Me vuelve loco cómo se te eriza la piel cada vez que hago esto. No pienso parar. Jamás», querría añadir, pero no lo hago. Solo espero a que responda como suele hacerlo, con su representativo hilo de voz.

Sin embargo, esta vez me sorprende. Coloca el libro en un sitio de la estantería que no le pertenece –algo por lo que probablemente se castigará después– y se gira hacia mí, quedando a escasos centímetros de mi cuerpo, sus ojos bajo los míos, su nariz a la altura de mi pecho.

–Ulises, hola. Estaba… –Sacude la cabeza–. ¿Has visto algo que te guste?

No puedo evitar sonreír.

–Desde luego.

Cuando dirige la vista a mis manos desnudas, sin ningún libro, espero con fiereza que entienda que me refiero a ella. Y juraría que lo hace, que una parte de la mujer que tengo delante quiere imaginar que es a ella a quien me refiero. Que también quiere que la apoye sobre la estantería y descubra a qué sabe su piel.

Quizá eso sería un poco exhibicionista.

–¿Y tú?

Se encoge de hombros y aparta la mirada.

–Solo miraba.

Decido que, si no quiere contarme qué tipo de libros le gustan, no insistiré. Sé que tengo mucha responsabilidad en esto; yo fui quien la acusó de ser un maldito cliché.

Qué patán.

Carraspeo y llevo a cabo mi plan:

–No sé si lo has visto, pero hay unos músicos callejeros tocando fuera, justo al lado de la librería, bajo una muy instagrameable puesta de sol. Quizá sería un buen momento para hacer la historia. La haría yo, pero solo pensar en abrir las redes sociales me genera ardor de estómago. ¿Puedes hacerlo por mí?

Al principio parece algo descolocada, pero enseguida asiente y saca el teléfono.

–Claro.

Luego sonríe, asiente de nuevo y, cuando prometo reunirme con ella en un par de minutos, se marcha sin mirar atrás.

Nada más atraviesa la puerta, rescato el libro mal colocado de la estantería, miro el título y sonrío.

«Sigues siendo un cliché. Mi favorito, me temo».

Capítulo 47
Ivette

Ulises sale de la librería solo unos minutos más tarde con una pequeña bolsa. Dentro hay un libro envuelto. Guardo el teléfono, ya lleno de vídeos y fotos de los pequeños abetos y flores de Pascua, el millón de luces navideñas, los miles de litros de vino especiado, la tonelada de galletas de jengibre bajo la puesta de sol…, y le sonrío. Una sonrisa sincera.

Ya no me da miedo sonreír delante de él.

—¿El libro que te había gustado?

Me devuelve el gesto. Su expresión es preciosa, calmada. Relajo los hombros y me fijo en las motas verdes de sus ojos.

—Algo así.

—¿Puedo preguntar cuál es?

—Puedes.

Me río. Él emprende el paso con seguridad.

—Vale. ¿Cuál es?

—Uno de… Kafka. Para Franz.

Me mira desde arriba. Yo le miro divertida y ladeo la cabeza.

—¿Uno de Franz Kafka para Franz?

—Una coña que tenemos entre nosotros —responde.

Miro al suelo y continúo caminando.

—Tenéis una relación preciosa.

—Sí.

—Supongo que es bonito tener a alguien así.

Encojo un hombro.

—¿Es que tú no tienes a nadie así?

Hago un mohín. Cuando le miro, veo que está frunciendo el ceño.

–¿Helga y tu sobrina cuentan? –Frena en seco y me mira con intensidad. Añado rápidamente–: Lo siento, no te quiero aburrir con mis dramas.

Pero él solo niega con la cabeza ligeramente.

–¿De verdad crees que me aburres?

Aparto la mirada.

–Creo que podría dormir a un café. Lo cual es bastante arriesgado, teniendo en cuenta que regento una cafetería.

Mi ansiedad monta una fiesta dentro de mí cuando veo que no se ríe de mi broma.

Pese a eso, un instante más tarde, Ulises se acerca unos centímetros más a mí y me mira detenidamente, con todo el tiempo del mundo. Después sacude la cabeza de nuevo. Sus ojos viajan de los míos a mis labios, luego a mi mejilla, a algún punto inconcreto entre mi hombro y mi nuca, por último. Y alza la mano con cuidado y lentitud.

Mi respiración se descontrola.

Mi corazón, mi pecho, mis manos tiemblan.

Entonces, tal y como estuvo a punto de suceder aquella vez en la cafetería, rescata un mechón rebelde que se ha escapado de mi coleta y lo lleva tras mi oreja. Los músicos callejeros tocan una versión acústica y romántica de *Underneath the Tree*.

–Tienes que dejar de hacer eso, Pinterest –dice en voz muy muy baja.

–¿Hacer… qué?

–Infravalorarte. Lo haces todo el tiempo.

Su mano se desliza poco a poco, suelta mi mechón y baja por el costado de mi brazo, cubierto por la gabardina blanca que me he puesto al salir. Cuando lo deja caer del todo, sus dedos se quedan suspendidos en el aire, rozando los míos.

Trago saliva.

–Solo digo la verdad –musito.

–Pues tu verdad y la mía no pueden estar más alejadas.

Entreabro los labios y un vaho cálido sale como lo haría de una chimenea. Él lo observa. Yo noto cómo se me enfría la punta de la nariz.

—¿No? —susurro.

Niega con la cabeza. A continuación, un copo de nieve, el primero de muchos, se posa sobre su piel y todo empieza a teñirse de blanco. La calle se empieza a llenar de gente mirando hacia arriba, al cielo. Y probablemente sea la puesta de sol más hermosa de la historia, pero yo no puedo apartar mis ojos de los suyos.

—Eres la mujer más divertida que he conocido en mi vida.

Bajo la mirada al mismo tiempo que el alma me baja a los pies. Rozo la *friendzone* con la punta de los dedos una vez más. «Divertida». «Amiga». «Graciosa». Es mi lugar, supongo. Trato de sonreír agradecida, pero no me sale.

—Sí, bueno, gracias. Me lo han dicho muchas veces.

Aún estoy terminando la frase cuando da un paso más en mi dirección. Su abrigo negro roza mi gabardina. Dos de sus dedos se colocan bajo mi mentón. Un instante más tarde, con mi mirada puesta en la suya, pregunta:

—¿Y cuántas te han dicho que eres la más preciosa?

—¿Qué? —musito.

Toma aire y su pecho roza el mío. Me pregunto una y otra vez si esto es real. Trato de pensar con claridad. Continúo esperando a que responda, pero no lo hace. Solo se queda ahí, su ropa tocando la mía, su mirada intensa sobre mí.

—Mis amigos no me decían eso —añado.

—¿Eran miopes?

Niego con la cabeza.

—Entonces simplemente eran idiotas.

—¿Ulises?

—¿Ivette?

Su voz suena ronca, candente de un modo acogedor. Cuando me doy cuenta, su mano se está enlazando con la mía, y yo me dejo hacer, dejo que sus dedos abracen los míos, que su piel me dé calor. Dejo de temblar cuando me sostiene con firmeza.

—¿No es una broma? —susurro.

Él sonríe y niega con la cabeza.

—¿A estas alturas de la película aún no sabes que yo no bromeo?

Respiro nerviosa y abro la boca para responder, pero no puedo, no me sale ni una sola palabra. Miro sus labios y no puedo reprimir un suspiro. «¿Y si…? No, es impensable, no puedo besarle». Me doy cuenta de que lo está viendo. Alzo la vista hacia sus ojos y cierro la boca. Trago saliva. Antes de que me reprenda a mí misma mentalmente, su mano me atrae hacia él. La otra suelta la bolsa, se posa con cuidado sobre mi cadera y me abraza como si lo hubiera hecho toda la vida. Cuando eso sucede, me siento como si, de algún modo, mi cuerpo estuviera hecho a medida del suyo y hubiera vivido durante años entre sus brazos.

—Respóndeme una cosa —susurra sobre mi oído—: ¿te gusta la Navidad?

Trago saliva, le miro. Sus ojos resplandecen bajo el cielo rosa y gris. Hay niños riéndose y música y gente charlando en la calle como si la nieve fuese lo más extraño que hubiese aquí. No saben que mi pecho está a punto de reventar de felicidad.

—Ajá —respondo veloz y espero a su siguiente movimiento.

Él eso ya lo sabe, es evidente que viene algo más, o eso deseo.

Sonríe. La mano del mentón viaja tras mi nuca y la guía hasta su pecho. Dejo que apoye mi mejilla sobre él. Oigo su corazón; el culpable de que el mío lata más fuerte últimamente.

—Yo la odiaba. Odiaba la Navidad con todas mis fuerzas. Odiaba los regalos, el consumismo, las tradiciones y las mesas con comidas y cenas copiosas llenas de gente. Pero entonces apareciste tú. –Me mira con intensidad–. Llegaste sin pedir permiso, y algo dentro de mí quiso empezar a participar en esa orgía comercial de papel de regalo y turrón de precio abusivo. Llegaste e hiciste que la época del año que yo daba por muerta desde mi adolescencia se llenara de vida. Y… Maldita sea, esto es más difícil de lo que esperaba. –Mira al cielo, nervioso. Yo lo hago con él–. Me has llenado de vida a mí.

Boqueo. No hay nada que pueda decir ante eso. Nada en absoluto.

–Pero aún hay muchas cosas que no sé de la Navidad. –Sus ojos buscan los míos.

–¿Como cuáles? –susurro.

Él sonríe y se humedece los labios.

–No sé si es mejor poner jamón o langostinos en el aperitivo.

–Ambos –contesto rápida. Quiero que siga hablando.

–Ni cuándo quitar las luces del árbol.

–Después de Reyes –respondo más segura, ilusionada.

Él sonríe. Sus párpados se entornan, sus dedos aprietan mi gabardina y mi corazón va más y más deprisa con cada movimiento suyo.

–Ni si necesito muérdago para besarte o puedo hacerlo ya.

Entreabro los labios, le miro y parpadeo. Él continúa con esa sonrisa cálida, de hogar. Yo tomo aire torpemente y observo su boca, el calor que mana de dentro. Él coloca su mano libre sobre una de mis mejillas y la acaricia.

Me está acariciando a mí.

–¿Estás seguro de que no te estás equivocando de mujer? –me aseguro, aunque todo su cuerpo proyecta seguridad.

–Al cien por cien.

Trago y asiento.

–Vale. Creo… Yo… Creo que no necesitas musgo.

Se ríe. Una risa gutural, seria.

—Bien, porque no tengo musgo. ¿Muérdago tampoco?

—Oh.

Me doy cuenta de la tontería que acabo de decir y trago saliva por millonésima vez, pero, sorprendentemente, no me echo atrás. Quizá porque su abrazo hace que me sienta en casa, bailando en bragas encima de un sofá antiguo. Tal vez porque su sonrisa solo transmite verdad.

Niego enérgica y añado:

—No. Rotundamente. No necesitas muérdago. Ni musgo. Ni césped. Ni nada. No necesitas nada. Puedes hacerlo sin eso. Puedes... Dios, ¿puedes hacerlo antes de que siga diciendo chorradas?

—Me encanta que digas chorradas —susurra, sus labios cada vez más cerca.

—¿Sí...?

Me recreo en su arco de cupido. Él asiente. Mis manos viajan a su pecho, al cuello de su abrigo, lo aprieto como si me fuera la vida en ello, me pego al hombre que hay ante mí y a este momento en el tiempo para no dejarlo ir jamás.

—Sí —responde.

—Vale.

—Vale.

—Bien...

Antes de que termine de entonar mi última palabra, su boca se funde con la mía y un millón de estrellas nacen justo en el centro de mi pecho. Me sacude una corriente de calor, una ráfaga que me recorre desde las puntas de los dedos hasta la raíz del pelo y fluye entre notas dulces, tostadas y especiadas. Emergemos para respirar, nos miramos, cierro los ojos de nuevo y su boca reclama la mía con más urgencia, como si hubiera estado esperándome demasiado.

Un centenar de pensamientos intrusivos tocan a mi puerta y amenazan con entrar, pero él da un portazo cuando su

232

lengua ahonda con lentitud buscando la mía. La encuentra. Nos saboreamos. Nuestros dientes se chocan alguna vez, pero sonreímos.

Y yo siento que nunca he pertenecido tanto a un lugar como ahora a sus brazos. Que no he tenido jamás tanto calor como bajo esta nieve. Que en ningún momento ha habido tanta luz dentro de mí como en medio de este atardecer.

Solo paramos cuando el rumor de la gente se apaga ligeramente. Ahora la nieve cae con más fuerza. Su mentón afeitado gotea.

–Tal vez deberíamos irnos.

Él sonríe. Yo asiento.

–Tal vez.

Cuando me da la mano con fuerza y la pasa por encima de mi cuerpo para rodearme la cintura antes de caminar, me siento ligera, capaz de volar.

Una parte inmensa de mi pasado ha dejado de pesar dentro de mí.

Capítulo 48
Ulises

Cuando llegamos al edificio, la nieve ha empezado a cuajar y cae con algo más de fuerza. Nada fuera de lo normal, pese a que hace unos días hiciera sol. Sin embargo, Ivette está calada hasta los huesos. Su gabardina está empapada, y estoy seguro de que está deseando quitársela.

Abro la puerta del portal con prisa y la invito a entrar. Ella corre hacia dentro, la sonrisa en los labios. Una sonrisa increíble que yo imito. Sin desdibujarlas, subimos por las escaleras, ya más despacio, y nos detenemos en el descansillo, entre su puerta y la mía.

—Bueno —susurra mirando al suelo.

—Bueno.

Me planteo si preguntarle si quiere quedar más tarde, pero no quiero presionarla. Sé que con ella ir deprisa sería un error.

—Ha sido… Ha estado muy bien. —Sonríe.

Juraría que el colorete de sus mejillas no es solo culpa del frío, pero me acerco y la ayudo a quitarse la gabardina mojada. Me mira desde abajo y la coge musitando un «gracias» dulce y suave. Yo me limito a mirarla, a observar cómo saca las llaves y trata de acertar en la cerradura.

Cuando lleva tres intentos, acerco mi cuerpo al suyo por detrás, envuelvo con lentitud su mano con la mía y la ayudo a abrir. Ella se deja llevar, me mira desde delante y se retira un mechón empapado de la cara. Luego sonríe de nuevo, un gesto tímido, cuidadoso, que me vuelve completamente loco. Mi chica de las sonrisas.

—Gracias.

—No hay de qué, Pinter…

No puedo terminar la frase. Las palabras se atraviesan en mi garganta, incapaces de salir, cuando noto sus labios helados sobre mi mejilla y su mano sobre la mía.

Luego se separa, su respiración agitada como si acabara de correr una maratón, y me mira una última vez antes de disponerse a soltarme. Algo para lo que no estoy preparado.

Tiro de su mano hacia mí para atraerla a mi cuerpo. Las llaves, la gabardina y mi bolsa caen al suelo, y me descubro pegado a ella, su cuerpo apoyado en la pared y unos labios apretados que sonríen incrédulos delante de mí.

–¿Ulises…?

–Perdón. Lo he hecho absolutamente a propósito.

Se ríe.

–Y esto también lo voy a hacer a propósito.

Inclino su mentón y me dispongo a besarla otra vez antes de dejarla ir.

Sin embargo, alguien nos interrumpe. Un conjunto de jadeos y lametones y patitas arañándome el vaquero en cuanto nuestros labios se rozan.

–¡Croqueta! –gruñe Ivette.

Yo me río y miro a la perra. Luego le doy la mano a la dueña y me acuclillo para saludar al animal.

–¿Me dejas despedirme de tu madre?

Croqueta salta y me da un lametón en la cara.

–Genial… –la oigo decir.

–Espero que esto no te disuada de besarme otra vez.

Embebe los labios y se pone aún más roja, pero niega con la cabeza.

–Bien.

Me levanto, aunque Croqueta continúa rascándome y se pone a ladrar. Ivette se pinza el puente de la nariz.

–Quiere salir. –Me mira con pesadumbre–. Lo siento, tengo que sacarla de paseo.

Asiento y le doy espacio para que le ponga el arnés y la

correa, pero luego, por una vez en mi vida, pienso algo inteligente, así que la freno antes de que se ponga la gabardina de nuevo.

–Déjamelo a mí. –Cojo la correa–. Tú ve a darte una ducha caliente, estás empapada.

–¿No te importa?

–En absoluto.

Toma aire hondo y asiente.

–Vale. Dejaré la puerta abierta para cuando terminéis.

Sonrío y doy un paso atrás. Ella da otro. Yo otro más. Y entonces...

Entonces cierra la puerta que ha dicho que dejaría abierta. Y se da cuenta. Y grita:

–¡Dios, qué estúpida!

Cuando abre de nuevo, yo ya voy escaleras abajo riéndome.

Quince minutos y una perra con las necesidades básicas cubiertas más tarde, subo de nuevo con Croqueta. Imagino que Ivette seguirá en la ducha, algo en lo que evito pensar demasiado para no marearme, pero cuando me acuclillo para quitarle la correa y el arnés, me la encuentro delante de mí. Lleva un pijama de franela blanco con renos y el pelo recién secado, rubio y suelto.

–Guau. –Sacudo la cabeza y trato de no parecer imbécil–. ¿Siempre te das tanta prisa?

Encoge un hombro.

–Otras cosas las hago más despacio.

Un silencio cargado llena la entrada de su piso. La miro. Respiro con pesadez. Tomo aire y asiento lentamente con la cabeza. Carraspeo.

–¡Ah! ¡No me refería a...!

Me río.

–¿A...?

Cierra los ojos y sonríe.

—A eso. No me tires de la lengua —musita.

—Eso ya lo he hecho antes —me río y doy un paso adelante, aunque no termino de entrar; me quedo en el marco y me apoyo en la parte superior para observarla con seguridad. No negaré que busqué en Google qué gestos hacían los protagonistas de las novelas románticas para gustar tanto a las lectoras, y este es uno de ellos. Al parecer las vuelve locas. Luego señalo su pijama con la mirada y añado—: Creo que este me gusta incluso más que el camisón.

Abre la boca.

—¿Perdón?

—Dejas las cortinas descorridas demasiadas veces. Y yo tengo muy poco autocontrol cuando se trata de mirar a través de la mía.

—Dios mío. Qué mal.

Me carcajeo con calma.

—Para nada. Una de las ventajas competitivas de este edificio son las vistas.

—Al menos no solo me has visto en bragas y con una camiseta vieja.

Se ríe mirando al suelo.

Me encanta cada vez que hace eso. Luego levanta la cabeza y deja de reírse, pero no pierde la sonrisa.

—Tú también deberías entrar a ducharte —dice acercándose a mí.

—Qué atrevida —susurro.

Pone los ojos en blanco como si no tuviera remedio, pero está tranquila, y eso me alivia de un modo exagerado.

—En tu ducha.

—Lástima. —Pone los ojos en blanco y yo apunto mentalmente lo guapa que se pone cuando se siente segura—: Bien, Pinterest, me marcho. Te veré mañana en el trabajo.

Asiente y doy un paso atrás. Y otro. Y otro más… Hasta que me llama y freno en seco.

–¡Ulises! –Atiendo. Ella coge algo de detrás de la puerta–. Te dejas el libro de Franz. Para Franz. El libro de Franz para Franz –explica finalmente de corrido.

Yo espabilo y lo cojo. A continuación me doy la vuelta y me dispongo a irme de una vez pensando que menos mal que he pedido que me lo envolvieran.

Lo que me recuerda…

–Ivette.

Me giro. Sigue ahí, apoyada en la pared, mirándome. Da un saltito y se incorpora.

–¿Sí?

Trago saliva.

–¿Haces algo en Nochebuena?

Se queda bloqueada y empieza a boquear.

–Yo, eh… Pensaba… –Se arma de valor y me mira. Me diga lo que me diga, después de la tarde de hoy le pienso decir que me parece estupendo. O eso pienso hasta que termina la frase–: Este año pensaba descansar. Después del calendario de Adviento necesito un respiro. Supongo que… pondré algo en Netflix y me sepultaré debajo de un millón de edredones con Croqueta. –Mira a la perra, que de repente parece más un salvoconducto que un animal.

Me quedo unos segundos cortado y pensando en qué decir, qué hacer, cómo moverme. Había planteado un millón de posibles respuestas, pero esta no estaba entre ellas ni remotamente. Ha dejado claro que no quiere compañía.

Tal debe ser mi cara que, pese a que asiento y me despido normal, antes de atravesar el umbral de mi piso Ivette sale del suyo, viene corriendo descalza hacia mí y me da la mano.

La miro sorprendido y espero a que diga algo.

Pero no lo hace. No dice nada. Solo me mira, se acerca, se pone de puntillas y, tras llevar su mirada a mis ojos, a mis labios y a mis ojos de nuevo, asegurándose, empuja su cuerpo hacia el mío y me da un beso suave, sencillo, delicado. Un beso que reza que todo está bien.

Luego, dice:

—Pero otro día podemos cenar. Quizá el 26. Y el 27. Y todos los que vengan después de Navidad —susurra.

Yo asiento, sonrío y la beso de nuevo, un beso que espero que le sepa como me ha sabido a mí el suyo.

Entonces la creo, recapacito y me doy cuenta de que a lo mejor la estaba presionando y necesita algo más de tiempo. Seamos sinceros, por más que a alguien le guste la Navidad, es normal que se sature después de tantos eventos y emociones como estamos viviendo nosotros. De modo que respondo:

—Cuando quieras. Tómate tu tiempo. Yo estaré justo aquí, mientras mi casera no me eche.

—No creo que te eche. —Aparta la mirada—. Es posible que le gustes.

—Qué alivio.

—¿Sí? ¿Por qué?

—Porque es posible que ella a mí me encante.

Le pellizco el mentón. Ella me mira otra vez, sonríe y, tras otro beso fugaz, se le tiñen las mejillas de rojo ilusión y corre hacia su piso de nuevo.

Luego entro en el salón, observo el pequeño árbol decorado que pedí antes de ayer en Amazon y dejo el libro justo debajo de las luces estridentes y horrorosas con las que venía.

Capítulo 49
Ivette

Croqueta danza por el salón como si nada cuando cierro la puerta. Ignora lo que ha pasado hace escasos segundos. Para ella, que acabe de besar a Ulises es algo tan normal como tener el cuenco de pienso lleno.

Solo que no lo es. No lo es para nada.

«Acabo de besarle», me repito, y repaso también todo lo sucedido durante la tarde. Hemos compartido una napolitana, hemos paseado juntos por una librería, se ha encontrado conmigo bajo la nieve y… Madre mía.

¿De verdad ha pasado todo lo que recuerdo que ha pasado?

Aprieto los labios, compruebo que la cortina está echada y me pongo a saltar ahogando un grito sobre mi mano. Luego me sereno, tomo aire hondo y lo suelto del tirón, pero ya no pierdo la sonrisa. No creo que la pierda jamás.

Lo único que me fastidia es no haber podido acceder a quedar con él en Nochebuena. Nada me hubiera hecho más ilusión que compartir esa noche con él y descubrir qué más puede pasar entre nosotros, qué somos y qué podemos llegar a ser. Pero mis padres van a estar aquí y, desde luego, no son el tipo de padres que estaría cómoda presentando al hombre que me vuelve loca.

Y al que aparentemente también le gusto. Dios, ¡sería tan, pero tan bonito!

Sin embargo, las personas que me engendraron no solo tienen el oro en gordofobia olímpica; también defienden con orgullo sus títulos de clasismo y aporofobia. Si no regentas un negocio famoso, tienes más de seis ceros en la cuenta del banco o las dos a la vez, para ellos no eres nadie que merezca su respeto.

Así que sí, definitivamente, lo mejor es que no cenemos juntos esa noche. No soportaría que le hiciesen daño con cualquier comentario hiriente sobre la floristería o los eventos que con tanto cariño estamos llevando a cabo.

A él no.

22 *de diciembre*

La cafetería está más calmada de lo normal esta mañana. El frío ha disuadido a la mayoría de los clientes habituales, y más allá de una banda sonora de villancicos acústicos sonando por los altavoces, además de una adorable pareja de ancianos que siempre desayuna café con leche descafeinado y un trozo de bizcocho para compartir, lo único que oigo es el ruido de mis pensamientos.

Hasta que la campanilla de la entrada suena. Cuando lo hace y mis ojos se encuentran con los del hombre que acaba de entrar, el silencio se instala dentro de mí y puedo oír los latidos de mi propio corazón.

Claro que ayuda que la canción se termine y pasen unos segundos hasta que se empiece a reproducir la siguiente. Los mismos segundos que Ulises tarda en llegar a mí.

–Buenos días. –Sonríe y se apoya con despreocupación en la barra.

–Buenos días. –Le devuelvo la sonrisa.

Mucho antes de que pueda decir algo más, la campanilla vuelve a sonar y un Franz con más energía que una placa solar en agosto entra canturreando:

–¡Buenos días! –Alcanza a Ulises y le pone ambas manos sobre los hombros. Luego le da un beso rápido en la coronilla, un gesto que a mí me hace reír. Ulises cierra los ojos y resopla–. ¿Cómo está mi futuro matrimonio… empresarial favorito? –Y arquea las cejas.

–Estábamos más tranquilos hace diez segundos –masculla Ulises.

–Ah, pero yo hace diez segundos me aburría mucho. Así mejor. –Sonríe y se sienta a su lado. Luego se dirige a mí y pregunta–: ¿Puedes hacerme un café con leche con un dibujo bonito encima, Ivette?

Ulises le fulmina con la mirada.

–Y si quieres también te baila la jota. ¿Cuándo has visto tú aquí dibujos en el café?

Me río mientras preparo la máquina. Franz le responde:

–Querido *dickköpfig,* ¿tan en las nubes te tuvo tu cita de ayer que has olvidado que esta tarde hay un taller de decoración de espuma?

Resopla. Yo me pongo tan nerviosa que tiro el portafiltro del café al suelo. Enseguida me agacho a recogerlo, pero cuando me levanto, intentando disimular, ambos me miran. Ulises, con media sonrisa sutil sobre la comisura.

–¡Perdón!

Franz va a decir algo. Algo pícaro, intuyo, pero Ulises le tapa la boca y continúa con la conversación de antes:

–¿Has olvidado tú que viene una barista a impartir el taller? Ella no tiene por qué decorar nada.

Franz me mira y me pone ojitos de cachorrito abandonado. Entretanto, se zafa de la mano de Ulises.

–Pero tengo que promocionarlo en redes. De verdad necesito un dibujo.

Sonrío y caliento la leche.

–No te preocupes, Franz. Haré lo que pueda.

–Madre mía –masculla Ulises–. Esperad aquí.

Ambos fruncimos el ceño cuando atraviesa la puerta, pero solo unos instantes más tarde regresa con una bolsita de flores diminutas. Luego estampa la bolsa delante de su amigo.

–¿Eso qué es?

–Flores.

–¡Ostras, no fastidies! –Franz se ríe divertidísimo. Yo termino de servir su café con leche y uno solo para Ulises mientras me río con él–. ¿Y de qué me…?

–Son comestibles –me adelanto, abro la bolsita y coloco unas pocas con cuidado sobre ambos cafés–. Mira.

Ulises sonríe de medio lado, orgulloso. Franz observa las tazas boquiabierto. Finalmente, susurra:

–Es perfecto… –Mira el café de su amigo y lo coge justo antes de que Ulises pueda probarlo–. Trae.

–¿Tío?

–Un segundo. Cállate.

Yo, sin poder borrar la sonrisa, me giro a limpiar la cafetera. Sin embargo, solo unos minutos más tarde vuelvo a centrar mi atención en los dos amigos.

–Bueno, ya está. –Sonríe, le devuelve el café a Ulises y se toma el suyo de un solo trago. Después nos mira alternativamente–. ¿Y bien? ¿Qué tal fue la cita?

–¿Y a ti qué coño te importa? –le responde.

–Oh… –Le frota la espalda–. ¿No hubo beso en el portal? Lo siento.

Ulises y yo nos miramos medio segundo. El siguiente medio hemos apartado la mirada y yo estoy limpiando la barra mientras carraspeo. Veo en el reflejo de la máquina cómo Franz frunce el ceño y ladea la cabeza hacia su amigo, pero él levanta la mano para que se calle mucho antes de que pueda preguntar nada. Luego se aclara la garganta y dice:

–Bueno, debéis saber que la historia que subió Ivette fue un éxito.

–¿Sí?

–¿Cómo sabes que fue ella? –pregunta Ulises.

Yo me pongo más nerviosa cada vez que se refiere a mí. No me acostumbro a estar todo el día en su boca. O sea, no me importaría acostumbrarme, pero…

De acuerdo, estoy empezando a pensar en cosas con un grado de indecencia preocupante para la hora que es, así que será mejor que pare.

—Porque está bien grabada, evidentemente. Tú habrías hecho el vídeo en horizontal o habrías metido el dedo delante de la cámara —responde radiante.

Ulises lo fulmina con la mirada.

—Que te jodan.

—El caso —continúa— es que la gente esperaba una historia de vosotros dos. Juntos. Y un montón de gente me está acribillando a preguntas en redes. Quieren ver a la parejita favorita de Blumenfluss.

—Pero no nos hicimos ninguna foto… —explico.

—No pasa nada. —Franz hace un ademán y sonríe convencido—. Os hago una ahora y digo que no tuvisteis suficiente, así que habéis vuelto a quedar y…

Ulises pone los ojos en blanco.

—¿Si nos haces la condenada foto, te callarás?

Franz asiente angelical.

—Me meteré un trozo de *bizchocho* tan grande en la boca que no me oirás durante quince minutos.

—Bizcocho —corregimos a la vez, las mejillas apretadas de aguantar una carcajada.

—Eso he dicho, *bizchocho*.

Aparto la mirada y me río.

—Claro que sí, campeón. —Ulises le da una palmada y se levanta.

—¿Salgo? —pregunto.

—No, ya voy yo. A ti ya te hemos molestado suficiente esta mañana.

«Nada más lejos de la realidad», pienso. Pero no me quejo cuando Ulises aparece tras la barra y se coloca a mi lado, pegado a mí.

Ni mucho menos cuando, sin que Franz se percate, sube su mano izquierda hacia mi cintura, la posa encima y me pellizca con suavidad y un cariño que traspasa el cárdigan que me he puesto esta mañana.

Entonces, ajeno a lo que está pasando tras la barra y lo nerviosa que estoy, un Franz de lo más satisfecho hace la foto y se pone a teclear en el teléfono.

Media hora más tarde, ellos se van a hacer un par de cosas antes del taller y yo la veo en Instagram. Él sonríe con la mezcla justa de seriedad y dulzura, y yo le miro como si estuviera completamente colgada por él.

Que es exactamente lo que sucede.

Capítulo 50
Ivette

Quedan escasos minutos para que empiece el taller. La barista ha repartido material en todas las mesas y los asistentes tienen también la merienda delante. Yo espero tras la barra en silencio. Junto a mí hay un hombre taciturno mirando al frente. Lo que nadie sabe es que ese mismo hombre, de cuando en cuando, me acaricia con la mano que tiene sobre mi cadera. Lo que nadie ve es que yo me estremezco cada vez. Lo que nadie oye es que él, casi inaudiblemente, se ríe. Es una risa suave, preciosa, y es solo para mí.

Que nadie me pellizque.

Sin embargo, todo eso se detiene cuando Helga entra en la cafetería agitando el móvil, una mano en alto; la otra, señalando la pantalla.

—¡Detened la boda!

Doy un salto y me incorporo. Ulises, siguiendo esa regla no escrita de no mostrar en público todavía lo que sea que hay entre nosotros, se separa también. Helga continúa agitando las manos mientras se acerca a nosotros.

Por suerte, a nadie parece sorprenderle su actitud. Ella siempre anuncia su llegada a lo grande. Pero si sigue gritando así es posible que eso cambie.

—¡Que la novia se fugue!

—¿La demencia bien, señora?

Algunas miradas de la cafetería se giran alarmadas hacia Ulises, aunque Helga suelta una carcajada y yo no me sorprendo: a estas alturas estoy más que acostumbrada a la dinámica de su relación. De hecho, me da la sensación de que a ellos les divierte generar esa reacción en la gente. Sea como sea, detengo la conversación antes de que vaya a más:

–¿Qué sucede, Helga? El evento está a punto de empezar.

–No para nosotras. –Sonríe con amplitud. Un instante después, nos tiende su teléfono–. Tenemos algo que celebrar.

Ulises y yo miramos la pantalla confundidos, luego al otro, y por último a Helga otra vez. Sobre su iPhone, el chat de una aplicación de ventas de segunda mano nos saluda.

–¿Hay que celebrar que has aprendido a utilizar Wallapop? –pregunta Ulises.

Helga suspira hastiada.

–Sabía utilizar Wallapop mucho antes de que tú existieras.

–Desconocía que ya hubiera móviles en el Paleozoico.

–Y yo que la privación de orgasmos te volviera un mentecato.

–Eres un encanto.

Ulises finge desinterés, aunque a estas alturas de la película no engaña a nadie. Internamente, lo sé, la adora. Los dos lo hacen.

–Lo sé. –Helga me mira a mí–. El chico del chat acaba de comprarme un vinilo.

–Y vas a contarnos cuál para que retrasemos más el evento –masculla Ulises.

–Correcto. El *Life After Death* de Iron Maiden firmado por el grupo. Lo conseguí en una de sus giras.

–¡Helga! –exclamo–. ¡Tú adoras ese álbum!

–Yo adoro muchas cosas: ese disco, a mi perra, mi vibrador...

–¡Helga! –Me río.

–Pero también me gusta tener más dinero para disfrutar de lo que me queda de vida. –Mira a Ulises, que enarca una ceja–. ¿Qué? Hace siglos que no le doy uso al toca-discos, me da pereza. Utilizo Spotify.

–Pero era una reliquia –agrego.

–Una reliquia que ahora tendrá un lugar privilegiado en casa de ese chaval. Él será muy feliz con su nueva adquisición, y yo también con el dineral que me ha pagado. Lo comprenderéis cuando os queden diez años para morir y tengáis la casa plagada de cosas que a nadie le interesa heredar.

–De acuerdo, ¿cuánto te ha pagado ese pobre desgraciado? –pregunta Ulises.

–Dos mil.

–Joder, ¡¿dos mil euros?! –Me tapo la boca nada más me oigo gritar.

Ulises me observa y parpadea. Le devuelvo la mirada.

–¿Tan sorprendido estás? –le pregunta ella meneando las cejas.

–Pero no por el dinero. –Me señala–. Lo que me sorprende es que tú digas tacos.

Embebo los labios.

–¿Y qué si los dice? ¿Es que las mujeres no podemos decir palabrotas? Mira, ¡eh! ¡Mira! Capullo, zurullo, barullo.

–Barullo no es una palabrota, abuela.

–Niñato.

La siguiente que habla soy yo. La barista está terminando de preparar los bártulos y necesitamos avanzar:

–¿Y qué vas a hacer con el dinero, Helga?

La septuagenaria me sonríe orgullosa.

–Un día de chicas.

–¿Vas a salir con las Calceteras Intensas? –Le devuelvo la sonrisa.

Pese a desconocer la sensación de salir con un grupo de amigas, nunca me ha entristecido ver que alguien más la puede disfrutar. Me gusta ver a la gente feliz, le da otro color a la vida.

–He dicho chicas, no chismosas –explica–. Adoro a esas mujeres, pero se pasan el día cotilleando sobre las prácticas sexuales pasadas de moda de sus maridos como si hubiesen descubierto la pólvora. Me aburren soberanamente. ¿Te puedes creer que lo más innovador que hacen es el misionero? ¡Por favor!

–Como si tú no cotillearas –mascula Ulises.

Yo suelto una risita: sí que lo hace.

–El caso –le fulmina con la mirada– es que voy a ir con mis chicas. Con estas chicas. –A continuación, coloca una mano sobre la mía y con la otra llama a Eda, que se acerca a nosotras junto a su padre. Luego, Helga explica–: Había pensado que podríamos ir a comer juntas, comprarnos algún modelito y hacernos las uñas. Por eso he propuesto que la novia –me señala con la cabeza– se fugara.

Eda contiene un gritito emocionado y mira a su padre. Yo siento que la ilusión me revienta dentro del pecho y lo llena por completo.

–¿Puedo, papá?

–Claro, *Meine Liebe*.

Después todos me miran a mí. Y estoy a puntísimo de decir que sí, pero repaso mentalmente el plan de Helga, miro la cafetería, a la barista, a Ulises…

–Yo no voy a poder, chicas. Hoy vamos a terminar un poco más tarde, y…

–Ivette.

Su voz se cuela en la cuenca de mi oído. A la vez, su mano vuelve a mi cintura. Una caricia suave y lenta que ignora que estamos acompañados. Yo trago saliva y le miro.

–¿Sí?

–Ve.

Parpadeo.

–Pero la cafetería…

Ahora es Franz quien habla:

–Nosotros nos ocupamos.

–¿Seguro?

Ulises le lanza una mirada a Franz. Y no sé qué clase de superpoder ocular acabarán de compartir, pero esa mirada es suficiente como para que nuestro amigo aparte un momento a Helga y Eda y nos dejen solos. Entonces, Ulises me gira hacia él y me mira directamente a los ojos. Es certero, tanto como para dejarme sin respiración. Por último, coloca la otra mano sobre mi otro costado y dice:

–Ve y disfruta. Yo me ocuparé de todo aquí. Te lo debo.

Frunzo el ceño.

–¿Me lo debes? ¿Por qué?

Sonríe culpable.

–¿Recuerdas aquellos dos días en los que desaparecí? Te dije que te los compensaría.

Aprieto los labios en una sonrisa comprensiva y me encojo de hombros.

–Te encontrabas mal. No me dejaste sola para irte de compras y a hacerte las uñas. No es lo mismo. –Sacudo la cabeza.

Él sonríe, una sonrisa seria y preciosa.

–No soy muy dado a hacerme las uñas.

–Ya me entiendes. –Me río.

Sin embargo, la risa se me corta tan pronto como noto que me acerca a él, me acaricia la mano y susurra sobre mi oído:

–Pero puede que la idea de las tuyas acariciando ciertas superficies me resulte… interesante.

Me quedo sin respiración. Sin habla. Mi capacidad de razonamiento se ve reducida a cenizas y mi gesto refleja todo eso a la vez.

¿De verdad le gusto así? ¿Acaba de sugerirme…?

Entreabro los labios, pero no sé qué responder y los vuelvo a cerrar mientras le clavo la mirada. Después, paulatinamente, sus manos van abandonando mi cuerpo. Y justo antes de que su aliento se aleje del todo de mi piel y dé un paso atrás, sus labios rozan casi imperceptiblemente mi mejilla, de nuevo ignorando que estamos rodeados de gente, y lo sé.

Tengo la certeza absoluta de que este hombre va a volverme loca.

Capítulo 51
Ivette

Tras dejar a los chicos en el Blumenkaffee, no sin antes darle cien millones de directrices a Franz –he sido completamente incapaz de decirle nada más a Ulises tras su frase–, me dirijo al centro comercial con Helga y Eda.

Y resulta fresco y divertido y cómodo, todo a la vez. Sobre todo, cuando la gente nos observa, sonríe familiar y Helga grita que no es nuestra abuela, sino nuestra mejor amiga. Eda se ríe escandalosamente cada vez, y yo, tras la cuarta, dejo de sonrojarme y empiezo a reírme con ella.

Lo primero que hacemos es entrar en una tienda donde venden modelitos para las fiestas. Al principio me niego a probarme nada. En primer lugar, porque no lo necesito; en segundo, porque odio los probadores de las tiendas. En sitios así, me zarandean demasiados recuerdos a los que no me apetece dar asilo un día como hoy, un día alegre. Las chicas no me presionan, y eso me sienta bien. Pese a ello, cuando veo cómo Helga y Eda desfilan como si estuvieran en la semana de la moda, un cosquilleo tontorrón me nace en la boca del estómago y los «Y si…» empiezan a sobrevolar mi cabeza.

Me apetece.

Sacudo la cabeza para olvidarme, pero me quedo embobada mirando un vestido. Negro, de satén, largo hasta los tobillos con una abertura de escándalo en la pierna, tirantes y escote corazón. Va con un grueso y maravilloso abrigo negro. Un conjunto precioso, pero no es para mí.

–¡Dios mío, Ivette, ese modelito lleva tu nombre!

Cuando me giro, veo que Eda se ha fijado en el mismo

vestido y se acerca corriendo. Luego lo separa del abrigo, lo coge, me mira, lo vuelve a mirar.

–Quizá… Quizá no te lo tengas que probar aquí. A lo mejor puedes llevártelo a casa y probártelo allí tranquilamente. Si no te gusta, venimos y lo devolvemos.

Sonrío agradecida, pero me levanto.

–En realidad, sí que me apetece probármelo. Me apetece un montón. Aquí y ahora.

Veo por el rabillo del ojo cómo Helga sonríe orgullosa, y eso me da aún más fuerzas.

Acabo buscando unos tacones negros de corte de salón y metiéndome en un probador con la joya de la corona de la tienda. Me desvisto, me lo pongo, me miro al espejo y, por primera vez en mucho tiempo, el espejo me devuelve una imagen que me gusta, como me gusta imaginarme a Ulises detrás diciéndome lo guapa que estoy.

Pero, lo que es más importante, me gusto a mí misma.

Cuando salgo, tampoco hay malas caras ni resoplidos. Al contrario, Helga y Eda prácticamente me vitorean, lo que hace que me tape con la cortina, abrumada y entre risas, y les advierta:

–Chicas, controlaos, me va a mirar toda el mundo.

–¡Estás como para que te miren! ¡Menudo pibón! ¡Qué escotazo! Vuelve a salir.

–¡Tiene razón! –Se ríe Eda–. Estás espectacular. Mi tío se va a caer de culo.

Aprieto los labios conteniendo una carcajada.

Finalmente, las tres nos llevamos algo a la caja. Eda, un conjunto de traje rojo alegre y original. Helga, un vestido corto de lentejuelas rosas y un abrigo con *animal print* de leopardo que solo ella sabría vestir así de bien. Yo, el conjunto con el que de verdad espero que Ulises se caiga de culo algún día.

Después de pelearme con Helga en la caja para que no lo pagara todo y perder estrepitosamente, buscamos un sitio para comer. Blumenfluss, pese a ser un pueblo pequeño, tiene una variedad de restaurantes envidiable para dar respuesta al turismo, y eso nos lo pone muy difícil: todo tiene buena pinta, especialmente en estas fechas. Los restaurantes decorados con motivos navideños apetecen todavía más. Las luces intermitentes y la calidez de las decoraciones rojas, blancas, doradas, hacen que todo parezca más mágico. Finalmente, establecemos nuestro campamento base en un pequeño restaurante familiar, todo de madera, donde sirven salchichas, codillo y puré de patatas como único menú. Pedimos un codillo con puré cada una y tres refrescos, y la comida pasa entre bromas y risas y alusiones a mi vestido de pibón de nuevo.

Me siento maravillosamente bien. Incluso cuando Eda saca cierto tema que hace que se me cierre el estómago.

–¿Qué plan tenéis para Nochebuena?

Eda cuenta que la pasará con su padre. Cada año, desde que su madre murió hace diez, organizan un banquete en el que ponen tres platos. En los suyos hay comida; sobre el de Dara colocan una fotografía suya, pero siempre una sonriente. Luego ven una película navideña, y por último siguen la tradición del *Jólabókaflód*, que consiste en regalarse libros y pasar el resto de la noche leyendo, hasta que se van a dormir. Nos cuenta que, aunque no tienen ningún lazo con Islandia, su madre propuso hacerlo un año, cuando ella aún era muy muy pequeña, y desde entonces siempre ha sido así. Los mantiene unidos, a los tres. Acompañan la tradición con mantas, chocolate caliente y turrones frente a la chimenea. Y me parece una fantasía.

Helga nos cuenta que, como cada año, cenará en el McDonald's e invitará a una hamburguesa a los trabajadores que tengan turno esa noche. Eda y yo sonreímos antes de preguntarle por qué allí, y nos cuenta orgullosa que su primera cita con su marido fue en ese restaurante, muchos años atrás. Otra tradición hermosa.

–Mi plan no es tan bonito –explico.

Confieso que mis padres vienen a verme por Nochebuena, que probablemente son las personas más prejuiciosas e insoportables que conozco y que estoy deseando que se vayan al día siguiente para poder continuar con mi vida.

Por suerte, tras un par de críticas divertidas lanzadas al aire que le quitan hierro al asunto, zanjamos el tema y nos dirigimos hacia nuestro plan de la tarde: hacernos las uñas más bonitas que Blumenfluss haya visto jamás.

Sigo sin poder sacarme de la cabeza la frase de Ulises mientras decido el diseño de las mías.

–¿Qué color habéis elegido?

–Morado feminista –dice Helga.

Las dos le chocamos los cinco.

–Yo blanco. Con brillo. Así voy como Papá Noel. –Se ríe Eda después.

–Yo no sé qué hacer… –lloriqueo–. Y ya nos toca.

Helga aprieta los labios y se acerca a las muestras de uñas.

–Estas. –Señala unas rojo pasión–. Y una así. –Purpurina por todas partes.

Eda las mira y abre la boca en una «o» perfecta.

–¿Estáis locas? –cacareo–. Es demasiado.

–Dijo la que montó un *Adventskalender* para todo el pueblo –tercia Helga.

Eda se limita a reírse y asentir, y yo no puedo sino darles la razón.

–Aun así…

Eda me coge de las manos.

–¿Te gustan, Ivette?

La miro desde abajo. Sonrío. Asiento y a ella se le ilumina la mirada por milésima vez.

–Entonces no se diga más.

El final del día está cerca cuando miro el reloj. Hace una hora que el evento ha terminado, y es posible que Ulises haya cerrado ya la cafetería y esté en casa. Por eso y por lo bien que me siento, cuando estamos volviendo, ni siquiera me lo pienso cuando abro el móvil y le escribo:

> **Ivette**
> Hemos desaparecido más tiempo del que tenía previsto... ¿Qué tal todo?

Ulises
Todo en orden, Pinterest. La cafetería limpia y cerrada, Croqueta feliz después de su paseo y Franz callado y en su casa. Solo hay algo que podría ir mejor.

> **Ivette**
> Dios mío, ¿el qué? ¿Ha pasado algo?

Ulises
Podrías estar aquí.

Sonrío como una boba.

> **Ivette**
> Si sigues diciéndome cosas así, voy a acabar creyéndome que te gusto.

Ulises
Bien.

Ulises
Porque me vuelves absolutamente loco.

Ivette
¿De verdad...?

Ulises
¿Crees que llamo princesa a todas
las mujeres con las que me cruzo?

Ivette
No lo sé, ¿lo haces?

Ulises
¿Tengo pinta de hacerlo?

Ivette
No...

Ulises
¿Y crees que les digo a todas que
me resulta interesante pensar en sus uñas?

Ivette
Espero que no.

Ivette
Porque yo tampoco me las hago pensando
en que le gusten a todo el mundo.

⊘ *Se eliminó este mensaje.*

⊘ *Se eliminó este mensaje.*

Ulises
Tarde.

Ulises
¿Voy a poder verlas antes de mañana?

Embebo los labios. ¿Está pidiéndome que vaya a verle?

Ivette
¿Qué quieres decir?

Ulises
Quiero que vengas, Ivette.

Ivette
¿De verdad?

Ulises
Desde el primer día que te vi, aunque me negara a reconocerlo. No me bastan las miradas que conectan la floristería y la cafetería. No me bastan las caricias detrás de la barra. No me bastó ese beso en el portal.

Ulises
Quiero más.

Ivette
¿Cuánto más?

Ulises
Todo.

Consigo ahogar un grito en lo más hondo de mi garganta, pero se me escapa un pataleo en el suelo del coche y mis amigas me miran, aunque se limitan a sonreír y continuar con su conversación.

> **Ulises**
> Mira, sé que mañana trabajamos temprano y que estás cansada, pero si por lo que fuera quieres que improvisemos una cena rápida hoy, para ti estoy disponible.

Eso es todo lo que dice.
Y esto todo lo que digo yo:

> **Ivette**
> Sí.

El resto del camino lo hago con las mariposas taladrándome el estómago.

Capítulo 52
Ulises

Antes de correr a abrir la puerta cuando suena el timbre, respiro hondo y cuento hasta tres delante del espejo. Me repito que estoy bien, que no hay motivos para estar nervioso, que ella es mi espacio seguro.

Hasta que abro y me doy cuenta de que, ahora que la verdad está sobre la mesa, verla hace que se me acelere el corazón.

–Hola.

La escaneo con la mirada. Ha pasado por casa a dejar las bolsas y cambiarse. Y está guapa, joder, lo está. Lleva unos vaqueros de talle medio, un jersey gris de escote sencillo, el pelo suelto, ondulado de manera natural, y un maquillaje suave, algo desgastado después de todo el día. El modelito más normal del universo, y consigue que le quede espectacular.

Parpadeo antes de volver en mí y responder:

–Consigues que parezca imbécil con solo mirarte. –Ella se ríe. Una risa tímida, delicada–. ¿Pasas?

Antes de que lo haga, sin embargo, Croqueta sale despedida a darle la bienvenida a su dueña.

–¡Croqueta! ¿Te has portado bien?

Se ríe y se pone de cuclillas para saludarla. Yo las observo y sonrío.

Es bonito. Sobre todo, cuando se pone a susurrar. No me sorprende que hable con su perra, es algo que ya he visto antes; lo que me hace gracia es que lo haga como si yo no estuviera delante:

–Yo también me alegro de verte –añade–, pero esta noche mamá tiene una cita. No tardaré mucho, ¿vale?

Enseguida estaré contigo. Puedes aprovechar para acaparar mi lado del sofá mientras no estoy.

Luego me pide que la excuse un momento, deja a la perra en su casa y vuelve a estar delante de mí.

Y yo no puedo evitar preguntar:

—¿Así que mamá tiene una cita?

Sonrío ladino desde arriba y me apoyo en la pared. A ella se le encienden las mejillas. Luego intenta decir algo, pero no le sale la voz, y acaba frotándose la boca.

Entonces le veo las uñas y quien se queda sin habla soy yo.

El sonido ambiental se apaga y el mundo vuelve a ir a cámara lenta. Doy un paso, le tiendo la mano, ella la mira y acaba posando la suya sobre la mía. La atraigo hacia mí, sus ojos fijos sobre los míos. La apoyo en la pared y observo sus uñas con detenimiento. Evito pensar que quiero verla únicamente con esas uñas puestas, nada más, pero no puedo ir tan deprisa. Beso con cuidado cada uno de sus dedos y noto cómo su respiración empieza a agitarse. Continúo bajando hacia su muñeca. Su aire y el mío se entremezclan y algún jadeo delata el estado de nervios saliendo de su garganta.

—Ivette —susurro mientras apoyo mi frente sobre la suya.

Después cierro los ojos un instante y dejo que su perfume de limón me inunde por completo. Al siguiente, la vuelvo a mirar. Ella no dice nada en respuesta, se limita a observarme desde abajo y controlar su respiración como puede. A mí tampoco se me da demasiado bien.

Sin embargo, al cabo de unos segundos, cuando nuestros cuerpos empiezan a subir el volumen por nosotros, una de sus manos, la que no le sostengo, trepa hasta mi camisa, a la altura de mi corazón, y se detiene para oír lo rápido que me late el corazón.

—Estás nervioso —dice, como si le costara creerlo.

—Estoy histérico —admito.

–Tú nunca estás así.

Una respiración profunda y compartida después, confieso:

–Puede que en las distancias cortas se me dé algo peor disimular.

Sonríe.

–El otro día no lo parecía.

–El otro día nevaba. Siempre podía decirte que temblaba por el frío.

–¿Era por el frío?

Niego con la cabeza lentamente.

–Iba bien abrigado. Hoy no hay abrigo que oculte cómo me tiembla el corazón.

Embebe los labios y me observa. Luego mira al suelo. Mi cordura amenaza con abandonarme por momentos.

–Eso es bonito –susurra.

–Tú eres bonita.

Me vuelve a mirar.

–Me cuesta creerlo, ¿sabes?

Me acerco más a ella. Mis manos envuelven su cintura y apoyo la barbilla sobre su cabeza. Nos abrazamos. Un abrazo largo, sin tiempo.

–¿Qué te cuesta creer? –pregunto.

–Que todo esto sea por mí. Que tú estés así por mí.

Ahora soy yo quien sonríe.

–Yo, en cambio, lo veo lógico. –Me separo ligeramente de ella, lo justo como para pasarle un mechón tras la oreja. Adoro ese movimiento, la hace suspirar todas y cada una de las veces–. Nunca había tenido algo tan bonito entre las manos. –Acaricio su mejilla.

–Probablemente, tampoco tan frágil. –Se ríe nerviosa y, tras una pausa, traga saliva–. ¿De verdad me ves así? ¿De verdad quieres tener esto?

Todo mi cuerpo reacciona como un imán hacia el suyo cuando me mira como lo está haciendo ahora, con esa inseguridad. Le acaricio el pelo hasta colocárselo por detrás de los hombros. Fijo la mirada en su cuello, incapaz de alzar la mirada de su piel.

–No hay nada que desee más.

–¿Nada?

–En absoluto.

Su pecho sube y baja y se encuentra con el mío. Me acerco a su cuello y mi boca, poco a poco, va a parar a su piel. Entonces todo se convierte en respiraciones enredadas, dos manos que me buscan torpemente, mi boca reclamándola despacio, sus suspiros convirtiéndose en jadeos mientras la beso. Poder saborearla, notar cómo se le eriza la piel bajo los labios, es superlativo, y el calor que desprende, la humedad de mi lengua encontrándose con él, superior.

Unos minutos más tarde sigue nerviosa, pero no deja de abrazarme. Y yo mentiría si dijera que no sigo atacado, pero pugno por calmarme cuando inquiero:

–¿Puedo preguntarte si es la primera vez que…?

No pide más explicación. Sabe perfectamente a qué me refiero. Nuestros cuerpos gritan qué quieren por nosotros. Sin embargo, creo, y pienso que no me equivoco, que nuestros corazones necesitan algo más. Ivette me ha contado un centenar de veces de formas diferentes que la gente no se ha comportado como debía con su cuerpo, y no quiero suponer que ha hecho ciertas cosas o que se siente segura haciéndolas, tengamos la edad que tengamos. Siempre me ha parecido un error gravísimo conjeturar esas cosas sin preguntar.

–Como si lo fuera. Las anteriores no han sido las mejores experiencias –reconoce, abriéndose ante mí.

Yo aprieto su espalda con cuidado para abrazarla y la escucho.

–¿Quieres contármelo? No tienes por qué, si no quieres. Pero tienes toda mi atención.

Tiembla con suavidad entre mis brazos. Cuando pienso que está a punto de decir que no, sin embargo, lanza un largo suspiro y explica:

—No puedo evitar pensar que vas a buscar el interruptor más cercano en cuanto me quite una sola pieza de ropa. Ni que de pronto dejarás de besarme y tus labios pasarán a ser solo un recuerdo. Ni que de repente estaré mirando al frente porque no será necesaria más que una parte de mi cuerpo para que todo esto ocurra.

La aprieto con necesidad y lucho por contener la rabia. Ahora mismo no me importaría encerrar a todos los hombres que la han tratado así, que la han roto en pedazos, y destruirlos uno a uno lentamente hasta que descubran cómo la han hecho sentir.

Ella lo nota y añade:

—Pero no pasa na…

—Sí pasa —me adelanto y la miro, con los ojos y el corazón encendidos—. Y no se me pasaría por la cabeza. Ni buscar un interruptor, ni dejar de besarte, ni absolutamente nada de lo que acabas de decir.

Entreabre los labios.

—Ulises, yo…

—Déjame enseñarte cómo te mereces que te traten.

Traga saliva. Me mira. Parpadea y asiente.

—¿Hoy?

—Todos los días de tu vida desde hoy.

Boquea, aunque una sonrisa débil, frágil, esperanzadora, asoma a sus labios.

—Eso son muchos días.

—Y aun así siento que se me acabará el tiempo sin haber sido capaz de transmitir cuánto me gustas.

Un segundo.

Dos.

Tres…

Ahora es ella quien se lanza a mis labios y los reclama

en un arranque de necesidad: busca lo que le ha faltado y yo se lo entrego sin reservas. La beso, aprieto su cintura hasta que el límite entre su cuerpo y el mío se difumina y siento que, de no ser por la ropa, nuestra piel ya se habría fundido y habríamos pasado a ser uno solo.

Deja de besarme un instante. Solo uno, como si quisiera comprobar con una mirada que todo esto está bien.

Yo asiento. El siguiente empezamos a arder.

Me mira, la miro y siento que nos entendemos sin una palabra. Sonrío y disfruto cuando ella corresponde mi sonrisa con otra. Entonces la levanto, mis brazos se cuelan bajo sus piernas y aprietan su cintura contra mí al tiempo que ella ahoga una exclamación. Continúo besándola. Ella se aferra a mi espalda como si fuera a dejarla caer.

La llevo al sofá. Deshago la maraña de mantas dentro de la que siempre estoy solo. La tumbo con cuidado y tiro de la estufa para acercarla. Me inclino sobre su cuerpo y la vuelvo a besar.

Pasa cerca de media hora entre besos, caricias, jadeos, risas, miradas que anudan nuestras vidas cada vez un poco más. Luego me planteo si no estoy acaparándola demasiado, si no necesitará un respiro, y ella se muerde el labio y desvía la mirada, nerviosa.

—Desembucha. —Le beso la mejilla.

Ivette lucha por no sonreír.

—Te tomas tu tiempo. Es bonito. Y raro.

Me río como hacía tiempo que no lo hacía; como solo me siento capaz de hacerlo con ella. Y la vuelvo a besar, esta vez bajo la oreja, y se estremece.

—No tengo prisa. De ahora en adelante, tengo todo el tiempo del mundo para ti. Todos y cada uno de mis segundos son tuyos, con cada uno de ellos puedes hacer lo que quieras. Solo pide y te daré.

Tarda unos segundos en responder. El silencio que los envuelve, sin embargo, no es incómodo en absoluto.

–Tal vez no crea que tengo el derecho de pedir algunas cosas.

–Tú puedes pedirme lo que quieras –sonrío sobre la cuenca de su oído–, princesa.

Se ríe, y yo aprovecho y la vuelvo a besar. Lo hago hasta que todas su inseguridades se convierten en sonrisas y deja de haber espacio para el miedo.

Nos sobreviene un momento de calma casi inesperado y nos miramos infinitamente. Justo después hago que mi mano recorra su vientre hacia abajo con roces estudiados, lentos, mientras analizo cada una de sus expresiones para no pensar que es una carretera que hace siglos que no transito. Llevo tanto tiempo rebozándome en la tristeza que había olvidado que estas ganas también existen.

Justo antes de cruzar la frontera entre la tela y la piel, pregunto:

–¿Puedo?

Asiente con rapidez, cierra los ojos y yo, mucho más nervioso que al principio, me hago hueco lentamente por debajo de la cintura de su pantalón. Alcanzo su ropa interior y poso la mano despacio. Un segundo para que se aclimate. Dos. Tres. La miro. Asiente, la respiración errática. Sonrío y la vuelvo a besar mientras continúo bajando.

Un instante después, sin embargo, hace que me detenga. Coloca una de sus manos sobre la mía y me frena antes de que pueda continuar. Paro y, aunque no me retira, estoy prácticamente seguro de que me va a decir que lo dejemos aquí.

–Si has cambiado de opinión, solo tienes que decirlo –susurro y trato de normalizar mi respiración.

Pero ella me sorprende negando suavemente con la cabeza.

–No es eso. –Sonríe–. No voy a decirte que no estoy atacada. Ahora mismo tengo tal nivel de nervios encima que tiemblo como un vibrador.

Enarco una ceja y dibujo media sonrisa.

—Muy oportuno.

Se tapa la boca cuando se da cuenta de lo que acaba de decir. Yo apoyo la frente sobre su hombro para reírme.

—Perdón.

—No pidas perdón por ser divertida. —Sonrío—. Entonces, ¿qué sucede?

Mira al techo, abre la boca y la vuelve a cerrar. Luego infla los mofletes, me mira, toma aire hondo y dice de corrido:

—Yo también quiero hacerlo. Hacértelo. A ti, quiero decir. Lo que sea que vayas a hacerme tú, pero con lo tuyo. O sea, con tu cuerpo. Con tu… Dios, en las novelas es más fácil. El caso es que creo que me ayudaría a no sentir que soy el centro de atención y que en cualquier momento puedo hacer algo bochornoso, algún ruidito, por ejemplo, y como los dos estaremos centrados en mí será todavía más bochornoso y…

Deja la frase a medias tan pronto como, mirándola a los ojos, me levanto, me deshago el botón del vaquero y dejo que caiga al suelo. Y continúo tan inquieto como antes, pero su cara cuando ve cuánto me pone es suficiente para que me sobreponga.

«Aquí me tienes».

—Uy.

—Mis ojos están más arriba —bromeo por una vez cuando veo cómo me mira el paquete.

Ella sube la mirada y se sonroja aún más, pero por primera vez creo que ve que estoy de coña, lo cual es fantástico. Porque no balbucea ni cierra los ojos ni se esconde bajo las mantas del sofá, solo suelta una risita y luego dice:

—Perdón. Otra vez.

—Estoy tan ofendido… —Me río mientras me la como con la mirada y me quito la camiseta.

Ella se incorpora hasta sentarse y traga saliva. Después

me siento a su lado, acaricio su cuello y lo atraigo hacia mí para volverla a besar. Se estremece. Sonrío sobre su hombro y me relamo.

A continuación, su mano repta despacio hasta mi pierna tanteándome, la mía viaja de nuevo hasta la tira de sus bragas y una corriente de calor se adueña de mi cuerpo.

—Entonces… —empiezo.

—Entra.

Justo después de oírla, la aprieto entre mis dedos y la atraigo más a mí.

Y entonces descoloco la tira, acaricio sus labios por primera vez de abajo arriba con lentitud, arquea la espalda y oigo el gemido más increíblemente bonito que he tenido el placer de escuchar.

—Lo que viene ahora va a ser brutal.

Capítulo 53
Ivette

No voy a dármelas de diosa del sexo. Me siento torpe y novata con cada centímetro de piel que rozo. Sin embargo, también cómoda y segura. Y sorprendentemente empoderada cuando descubro que Ulises quiere tocarme.

¡Desea hacerlo! Y lo demuestra, no está fingiendo para llegar al clímax sin más. Lo hace con cada movimiento, con cada frase, con cada beso, con el sexo rígido, palpitante, pidiéndome que me acerque a él, aunque mi mano no termine de decidir cómo hacerlo por más que quiera y se quede en algún punto entre sus rodillas y su ropa interior porque no sé qué hacer para que él también se sienta igual que yo.

Me doy cuenta de que estoy resoplando cuando frena, sale y pregunta:

—¿Estás segura de que estás bien? ¿Estoy haciendo algo que no…?

Vale, me ha pillado. Estoy bloqueada.

—No, no, no —me apresuro a responder—. Estoy mejor que bien con lo que haces —digo con apenas un hilo de voz. Siento tal agitación que temo hablar más alto de lo normal y que me salga un gallo—. Pero no sé cómo empezar a hacer que tú estés mejor, y…

Sonríe, sus labios buscan los míos con calma y me besa. Un beso durante el cual los segundos dejan de correr. A continuación, con lentitud, entona:

—Tranquila.

—Eso solo consigue ponerme más nerviosa. —Me río.

Ulises busca mi mano, enlaza sus dedos a los míos y me

acaricia con el pulgar durante unos segundos. Solo su mano con la mía y nada más. Su otra mano continúa en mi cintura, apretándome contra su cuerpo. Es reconfortante, cálido. Me gusta.

–¿Y esto?

–Esto está bien.

Deja de acariciarme y su mano guía a la mía con suavidad hacia su cadera. Contengo la respiración.

–¿Y esto...?

Trago saliva cuando llego a la tira superior de su bóxer negro.

–También está bien. –Sonrío–. Pero siento que estoy siendo muy muy egoísta. Tú también estás nervioso y yo estoy aquí contándote mis problemas como si fuera la consulta del...

–Vaya, cariño, si querías jugar a los médicos solo tenías que pedirlo.

–No es eso lo que iba a decir.

Suelto una carcajada, pero él se acerca y, con hambre y la respiración pesada, me muerde el labio inferior, lo que me eriza toda la piel otra vez.

Después se inclina más sobre mí, hasta que acabo recostada de nuevo sobre el reposabrazos del sofá y su cuerpo me rodea. Mi mano baja unos milímetros y rozo el vello que salpica los pliegues de su pelvis. Tomo aire, cierro los ojos y, a duras penas, continúo notando cómo sus ojos me recorren.

Decido que expresarme es mucho mejor que bloquearme otra vez:

–El caso es que esto no es justo. Y yo quiero ser justa.

–Princesa, esto no es ninguna cuestión de justicia. Yo estoy más que satisfecho teniéndote entre mis brazos, pero si te va a hacer sentir mejor, me parece bien. –Ahora me mordisquea el lóbulo. Y después, con esa voz grave, profunda, agrega–: Se me ocurren muchas cosas que harían que fueses más «justa». Podrías empezar por quitarte algo.

–¿Por quitarme algo? –pregunto.

Noto el calor que desprende su ropa interior.

–Me facilitaría el trabajo.

Introduce un dedo y vuelve a sacarlo. Lo hace tan despacio que creo que podría aprenderse cada pliegue de mi cuerpo.

Jadeo, delirante de placer.

–Tampoco voy a negar que me muero por arrancarte el jersey.

Me río y abrazo el placer, los ojos aún cerrados.

–¿No te parece un jersey bonito? –me atrevo al fin a responder.

Lo observa. Juguetea con él. Me besa a la altura del escote y murmura:

–Cuando has entrado por la puerta me ha parecido el jersey más bonito que había visto jamás. –Continúa tocándome. Lento, dulce, delicioso–. Ahora me parece un jersey horrible y engorroso cuyo único propósito es joderme. Me cae mal.

–¿Te cae mal mi jersey?

–Tu ropa interior también. Me caería mejor en el suelo.

–¿Y qué haría en el suelo?

Me mira, sonríe lobuno y, tras humedecerse los labios una vez más, responde:

–Aprender cómo tratar el tesoro que escondes entre las piernas.

Pocos minutos más tarde ya no hay lugar para las dudas. Se han desvanecido con la ropa, conforme Ulises me desnudaba con una pasión incandescente. Todo eran manos, risas, besos apresurados, calor. No he podido evitar comparar este ritmo con el que hemos tenido en la puerta, la puerta con el beso del portal, el beso del portal con el de la librería. Y me he sorprendido a mí misma sintiéndome increíble en todos esos instantes. Instantes aparentemente diminutos e insignificantes, si los comparas con toda una vida de supuestos grandes logros, pero que en realidad han constituido momentos de una importancia gigantesca; momentos que lo han cambiado todo y han pasado a formar parte de las imágenes que veré cuando mi vida pase ante mis ojos antes de morir.

Me he sentido válida, merecedora, feliz desde la primera hasta la última letra.

Ahora estoy algo más que feliz. Y tengo ganas de experimentarlo también. De sentir cómo es estar mojada y desinhibida y completamente desnuda delante de un hombre que me mira como si fuera una obra de arte. Que no teme mirar mi cuerpo y consigue que hasta yo tenga ganas de hacerlo. Que, antes de volver a tocarme, se acurruca a mi lado en el sofá y nos tapa con una manta. Luego, según sus dedos bajan de nuevo hacia mi clítoris, susurra:

—Eres jodidamente perfecta.

—No será para tan…

No termino la frase. Me besa con necesidad y comienza a masturbarme de nuevo, cada vez de un modo distinto, buscando la manera más delirante, más febril de hacerme estallar. Yo gimo, lo hago un poco más segura cada vez que compruebo cuánto le gusta.

Es cuando al fin pierdo el miedo a buscarle, alcanzo el límite de su bóxer y se lo bajo entre espasmos y exclamaciones ahogadas. Nos miramos fijamente, nos besamos de nuevo y, de algún modo, termino completamente debajo de él, su pecho sobre el mío, el tronco de su pene, rígido y grueso, entre mis dedos, yo comenzando a tocarlo como si lo hubiera hecho durante años mientras me aprendo sus gemidos, su expresión de placer, cualquier gesto que me dé una pista de qué le gusta más.

Rápidamente, mis movimientos se vuelven erráticos. Intento seguirle el ritmo, pero me resulta imposible cuando noto cómo alcanza mi punto débil. Él se muerde el labio y aparta con suavidad su miembro de mi mano para que me abandone al placer por completo. Trago saliva y me siento culpable, pero me advierte con la mirada antes de que pueda pedir disculpas por algo que, en el fondo lo sé, no debo pedirlas. Tampoco debería sentirme así, pero la costumbre de todas las veces que he sido poco más que un objeto es superior a toda lógica.

–¿Te parece si nos centramos un poco en ti? A mí también me irá bien un descanso.

Agradecida por cómo sabe leerme y la tregua que eso me da, asiento, y tan pronto como lo hago, él acelera. Entonces, una vorágine de sensaciones se arremolina en mi bajo vientre, y dejo de ver y de oír y siento con la piel, con las uñas sobre su espalda, con su lengua reclamándome dentro de la boca.

–Córrete, Ivette –dice tras unos instantes, tal y como lo soñé una vez.

Y tal y como ya hice, obedezco. Solo que esta vez me abandono al orgasmo sin un ápice de culpabilidad ni dolores del pasado. No hay sitio para nada de eso cuando estoy con él.

Capítulo 54
Ulises

23 de diciembre

El rumor de la alarma suena estridente como en una mañana de resaca. Estoy en el salón, a medio tapar, bajo la manta donde nos tocamos hasta que no pudimos más. Bajo la manta de donde salí quejándome del frío para alcanzar el móvil y pedir una pizza a domicilio. Bajo la manta a la que volvimos tan pronto como sacamos a Croqueta. No hicimos el amor de todas las formas. Pero está bien, porque cuando acabamos nos miramos como si no hubiera mundo más allá de estas paredes, y supe que solo era el principio.

Además, la idea de que para acostarte con alguien tiene que haber penetración empieza a oler a rancio.

Estábamos tan agotados después de todo el día que, sin movernos del sofá, dejamos que nuestra cita improvisada terminara besándonos perezosamente con un programa de fondo en la televisión al que ninguno de los dos prestó atención. Exhaustos y calmados.

Y por lo que a mí respecta, enamorado.

Joder, muy enamorado.

Aunque me hubiera encantado que se quedara, se fue al terminar el programa para comprobar que Croqueta estaba bien, y aunque hoy me habría encantado esperarla para ir con ella hacia el trabajo, salgo antes de casa. Oigo más allá de las paredes de papel del edificio cómo se tropieza con quién sabe qué en su cocina, pero, por más que me gustaría, no puedo pararme a escuchar. Debo ir a preparar el material del penúltimo día del calendario de Adviento. Parece mentira que mañana ya se acabe todo, como también lo parece que haga escasos dos meses que conozco a esta mujer, pero supongo que así son las relaciones: unas tardan años en fraguarse, otras se rompen mucho antes de dar comienzo a algo que merezca la pena y algunas llegan, te sacuden como una tormenta de verano arrasa un campo estéril y, cuando menos te lo esperas, te das cuenta de que ha brotado algo por primera vez sin siquiera buscarlo.

Tal vez por eso Franz me mira así, como si estuviera mal de la cabeza, cuando entra por la puerta de la floristería y me ve.

–Uy, ¿qué es esa sonrisita?

–Métete en tus asuntos –espeto.

Pero él se acerca y, tras observarme unos segundos con detenimiento, olfatea el aire, se acerca a mí y luego grita:

–¡Tú has hecho paella!

«Tócate los cojones», pienso, pero no puedo contener una risotada.

–En primer lugar, la frase es «Tú has hecho arroz». Y, en segundo, ¿cómo narices sabes que…?

Antes de que acabe, se apoya sobre el mostrador con chulería y suelta:

–Hueles a Ivette.

Me huelo a mí mismo. Tiene razón: su perfume de limón está por todas partes. Carraspeo.

–Podría haber cambiado de colonia.

–¿*Eau de toivette*?

No puedo ocultarlo más. La sonrisa emerge sola de mi boca ante su juego de palabras, rodeo el mostrador y ambos nos apoyamos mirando hacia la calle de brazos cruzados. En cualquier momento, ella pasará.

–No pienso contarte los detalles.

–No los necesito. –Me mira y me da una palmada sobre

el hombro–. Solo quiero saber que mi mejor amigo es feliz.

Miro al suelo y después a él. Sonrío.

–Lo soy, tío.

Me abraza como hacía años que no lo hacía.

Pero entonces, como siempre en mi vida cuando me confío y creo que todo va a ir bien, Franz abre la boca y pregunta:

–Entonces, ¿estás listo para mañana?

Miro a mi amigo con confusión y siento la tensión en la boca del estómago, como si otra tormenta estuviera a punto de llegar para arrancar el brote de mi campo de raíz.

–¿Qué pasa mañana?

–La visita de tus suegros. ¿No es mañana?

Me da un codazo amistoso. Desconoce que me cuesta hasta tragar saliva.

–Perdona, ¿cómo dices?

–¿No estás bromeando?

Ni siquiera respondo. Al fin, más consciente de que pasa algo, frunce el ceño.

–Mañana por la noche cenáis con ellos, ¿no? Eda me comentó que vienen los padres de Ivette. He supuesto que, como ahora estáis juntos, te los presentaría.

Pero yo me adelanto y pongo un metro de distancia entre ambos. Estoy resquebrajándome por momentos, solo me queda ponerme la coraza otra vez.

El problema es que ella hizo añicos esa misma coraza, y ahora no sé cómo protegerme del dolor.

–Ni cenamos ni estamos juntos –tercio.

Él me mira preocupado.

–Un momento. Ulises, ¿tú no sabías que…?

–Yo no sé nada, Franz. Yo nunca he sabido nada. Me dijo que mañana por la noche necesitaba descansar, se ve que reconocer que no quería presentarme a sus padres porque se avergüenza de mí era demasiado trabajo. Y yo me lo tragué.

–Ey, eso no es… –intenta hablar, pero le interrumpo.

–Pero no es que no me quiera presentar lo que me jode. Podría haberlo entendido, en serio, es pronto. Lo que me jode es que no haya tenido la confianza de decirme la verdad –explico mientras me quito el delantal de trabajo y lo lanzo sobre el mostrador.

–Quizá ella no pensó que te *godería* –vuelve a intentarlo en vano.

–Es que el puto problema no es ella, tío. Soy yo. Yo, que he sido tan estúpido como para creerme esa mentira absurda de que quería descansar, tan hipócrita como para pensar que tengo el derecho de sentirme molesto y tan idiota como para enamorarme de ella.

Franz entreabre los labios y niega con la cabeza. Yo suspiro con fuerza y busco las llaves de casa, mi abrigo y el material que he preparado para el taller de esta tarde.

–¿Te has enamorado de ella? –pregunta con un hilo de voz.

–Hasta el último milímetro de mi corazón se ha enamorado de esa mujer. –Suspiro y le entrego el material–. Mira, tú solo… dale esto. Es lo que necesita para las guirnaldas. El taller no necesita explicación.

Y voy hacia la puerta.

–¡Eh! Eh, eh, espera. –Me alcanza–. ¿No vas a venir?

–No. Me piro a casa. Tengo que poner lavadoras.

–Ulises, tío.

–No lo intentes, Franz.

Suspira cabizbajo. Yo vuelvo a girarme.

–¿Y si pregunta por ti? –oigo a mis espaldas.

Esta vez no me giro para responderle. No puedo cuando veo cómo ella llega, corre hacia la cafetería y abre apresuradamente mientras se disculpa con un par de clientes habituales que estaban esperando para tomarse un café.

Está preciosa, radiante y recién duchada. Cuando la veo, los ojos me escuecen y me arde la piel.

–No va a preguntar nada, Franz. Pero, si lo hace, tú solo di que volveré luego.

Y entonces atravieso la puerta y me voy.

Capítulo 55
Ivette

Lo primero que hago cuando Franz entra por la puerta con las flores para las guirnaldas es preguntar por Ulises. No está con él, y cuando me asomo por encima de su hombro para ver si viene detrás, descubro que la floristería tiene las luces apagadas. No lo comprendo.

–Buenos días. ¿Ha ido a hacer algún recado?

Sonríe forzadamente y me entrega las flores.

–Sí, volverá luego. Pero quería que te dejara esto ya aquí. Es para el taller.

–Claro. Las guardo ahora mismo. Gracias, Franz. –Tomo aire y aprieto los labios mientras las pongo junto al material de la papelería. Y no voy a decirle a mi amigo que empezar la mañana así después de la noche que hemos pasado sea un jarro de agua fría, pero sí me atrevo a decir–: Qué pena.

–¿Mmm?

Miro a Franz, que me observa confundido.

–Ya sabes, que no esté aún. –Y me explico–: Me he ido acostumbrando a tomarme el café del desayuno con vosotros. Es algo así como una tradición. Te parecerá una tontería...

Franz sonríe cabizbajo.

–¿Y él lo sabe?

–¿Eh?

Me mira y un destello de pena cruza sus ojos, pero me digo a mí misma que no lo habré entendido bien; demasiadas emociones en muy poco tiempo, supongo.

–¿*Dickköpfig* sabe que te gusta tomarte el café con él?

–No. Bueno, no creo. No se lo he dicho.

Asiente.

—Quizá estaría bien.

Nerviosa, me muerdo el labio inferior mientras sonrío y desvío el tema pidiéndole que corte los bizcochos porque sé que, si continúo con esta conversación, acabaré hablando de Ulises como una adolescente enamorada, y desconozco hasta qué punto quiere contar él, de modo que lo mejor es cerrar la boca. Pero sí, tal vez se lo diga.

De hecho, tan pronto como Franz se centra en el bizcocho, yo abro WhatsApp y escribo:

> **Ivette**
> Buenos días. Tu café solo te espera con ansia.

> **Ivette**
> (Y yo también).

Sonrío y guardo el teléfono en el delantal.

Sin embargo, pese a desbloquear la pantalla varias veces durante la siguiente hora, no llega nada. Tampoco a lo largo de la mañana ni al mediodía. No hay respuesta. Nada. Lo único que se ilumina en nuestro chat es un doble *check*.

—Oye, Franz —le llamo antes de empezar el taller. Él me mira y enarca ambas cejas—. ¿Puedes mandarme un mensaje? Me gustaría comprobar que me va bien el teléfono.

Actúa raro, inquieto, aunque de nuevo me digo que puede deberse a que hay bastante afluencia en la cafetería y le tengo trabajando a toda máquina. Franz y toda la ayuda que me brinda es una bendición. Una que acaba asintiendo y escribiéndome entre porción y porción.

El mensaje llega enseguida. Lo que hace que trague saliva

con fuerza y tenga que esforzarme más de la cuenta para lograr sonreír.

–Gracias.

–No es nada.

Él hace un ademán y se centra de nuevo en el bizcocho, pero no pasa mucho hasta que le vuelvo a molestar.

–¿Sabes algo de él?

Parpadea.

–¿De quién?

Entrecierro los ojos. Empiezo a pensar que no son solo imaginaciones mías.

–De Ulises. –Con una risita nerviosa, añado–: ¿De quién si no?

Niega enérgicamente, casi diría que más de lo normal. Luego corre a llevar dos trozos de bizcocho a la última mesa que queda por servir y veo cómo teclea compulsivamente en su teléfono. Estoy a punto de preguntarle si le pasa algo cuando me llega un mensaje y me olvido por completo de Franz.

«Al fin», pienso y corro a rescatar el teléfono.

Pero pierdo la sonrisa en cuanto lo leo.

> **Ulises**
> Hola, Pinterest. Lo siento, pero no voy a poder ir hoy al taller. Se me ha complicado la tarde.

Aunque debería estar subiéndome a la tarima, le pido a Franz que me dé un minuto. Ahora soy yo quien teclea a toda prisa.

> **Ivette**
> ¿Estás bien? ¿Ha pasado algo?

Ulises

Estoy bien, tranquila. Solo necesito un poco de tiempo para hacer gestiones. Probablemente no nos veamos hasta mañana por la tarde.

Contengo la respiración.

Ivette

¿Seguro que no hay nada que pueda hacer por ti?

Ulises

¿Disfrutar por los dos del taller te sirve?

«No».

Ivette

No será lo mismo sin ti, pero cuenta con ello.

No vuelve a responder.

Capítulo 56
Ulises

Evito pensar en el mensaje de Franz para no perder aún más la razón.

> **Franz**
> Ivette no hace más que preguntarme por ti,
> lo ha hecho nada más he entrado y no ha parado
> en toda la tarde. Te quiero y respeto que necesites
> tiempo, pero si no lo solucionas pienso contárselo
> todo. Está preocupada de verdad.

«Quizá deberías dejar que se lo dijera y ver qué hace», oigo una voz en mi interior.

«Pensaba que te habías marchado».

«Y lo había hecho. ¿Me has oído desde aquel romántico primer beso bajo la nieve?».

«No –refunfuño–. Pero si es así como funciona, ponte cómoda. No va a volver».

Imagino cómo pone los ojos en blanco.

«No me quiere», explico.

«¿Cómo lo sabes?».

«¿Has oído que me dijera "te quiero"?».

«¿Acaso se lo has dicho tú?», replica.

«Creo haberlo demostrado».

«Ah, sí. Dejarla sola en vuestro penúltimo evento es una gran demostración de amor».

«Sabes que no me refiero a eso», me defiendo.

«Has hecho exactamente lo mismo que ella».

«Solo que yo no le he mentido».

La voz de Dara, por algún motivo, suena mucho más firme que mis respuestas.

«Sabes tan bien como yo que lo que te ha contado Franz esta mañana no te encaja».

«Es la única versión que tengo».

«No has dejado que ella te explique la suya».

Bufo y sacudo la cabeza para dejar de pensar, pero es inútil.

«Sigo aquí…», canturrea.

«Ya, pues yo no. Voy a echarme a dormir».

«Qué maduro. ¿Y también vas a dejarla sin respuesta?».

Cierro los ojos con fuerza, agarro el móvil y leo su último mensaje.

Ivette
No será lo mismo sin ti, pero cuenta con ello.

«Lo siento, princesa. Nochebuena sin ti tampoco», me gustaría responder.

Pese a lo que me duele, la dejo en leído.

Mi hermana bufa y me siento aún peor.

No sé qué hora es cuando me levanto de la cama, pero sí que no es una hora demasiado decorosa para levantarse de la siesta.

Quizá tampoco para llamar a la puerta de tu vecino, pero mi timbre acaba de sonar.

«¿No vas a abrir?», pregunta Dara.

«¿No vas a dejarme en paz ni un segundo?».

«No. Podría ser Amazon».

Solo que Amazon tocaría antes al telefonillo, y solo hay una persona en mi vida que, además de tener las llaves del bloque, toca la puerta así, tan delicadamente, como si le susurrara a la madera con los nudillos.

La única persona a la que no soy capaz de ver. Y no solo por lo que ha sucedido. Claro que su mentira me escuece como una herida cubierta de sal, pero tampoco estoy orgulloso de cómo he actuado yo. Debería haber dado la cara y hablado con ella, pero no he sido capaz.

Igual que tampoco soy capaz de abrir ahora. Doy media vuelta y el edredón y yo nos hacemos uno hasta media hora más tarde. Pasado ese tiempo, no me aguanto a mí mismo. Un pelotón de preguntas marcha en la boca de mi estómago mientras doy vueltas dentro de la cama.

¿Y si ha sido todo un malentendido? ¿Y si solo quería esperar para contármelo? ¿Y si no, a qué venía?

Gruño cuando me levanto de la cama empujando el edredón. Al salir de la habitación, observo la puerta de la entrada y bufo. Ahora nunca lo sabré. Emprendo el paso de nuevo y entro en la cocina; no tengo hambre, pero el reloj indica que es hora de cenar, y me niego a una bronca imaginaria de mi hermana.

Una vez allí, ignoro el teléfono en modo avión sobre la encimera donde me he tomado el café y rebusco en la nevera. Desganado, rescato las sobras de menestra del otro día. Ni siquiera me molesto en ponerla en un plato, cojo un tenedor y voy directo al salón, convencido de que la comida empujará mejor el nudo de mi garganta si hay algo de fondo en la tele.

Entonces veo su ventana.

La misma ventana que esta tarde permanecía con las cortinas cerradas. La ventana a través de la que la he visto bailar, cantar, sonreír, huir.

Tiene las cortinas descorridas.

Ivette duerme en el sofá con el camisón que le comenté, bajo una bata larga, el móvil sobre el pecho, a la altura del corazón, y las manos en él. Por la postura del aparato, salta a la vista que no planeaba quedarse dormida. Pero ahí está: con el maquillaje aún puesto, una coleta ladeada improvisada y los párpados cerrados bajo la luz tenue del salón. Preciosa, si bien una ligera expresión de preocupación se refleja en su ceño fruncido. Cuando lo veo, me fijo en que sus manos tampoco están relajadas: aprietan el móvil.

Una posibilidad cruza mi mente y vuelvo a toda prisa a por mi teléfono. Lo desbloqueo. Corro a nuestro chat ignorando el millón de mensajes y llamadas perdidas de Franz.

Deslizo.

Pulso.

Leo.

Y descubro que no me equivocaba y la posibilidad que es real: me escribió varias veces más.

> **Ivette**
> ¿Cómo estás?

> **Ivette**
> Por aquí está yendo todo bien.
> Todo lo bien que puede ir sin ti, claro.

> **Ivette**
> ¡Quiero decir que contigo podría ir mejor!
> No que sin ti esté yendo lo máximo de bien que puede ir. Me entiendes, ¿verdad? Aquí... Mira, lo voy a decir, y si por lo que sea luego pienso que soy una desvergonzada, editaré el mensaje. 😊

Pero no hay ningún mensaje editado. Solo un montón de mensajes sinceros, sin apenas tiempo entre unos y otros, enviados a la primera, que hacen que me sienta fatal por no haber tenido esa maldita conversación para aclarar las cosas, porque si de algo estoy seguro es de que Ivette no ocultaría algo así por casualidad.

Ivette
Bueno, en vista de que mi incontinencia verbal ha entrado en el chat, voy a soltarlo: creo que tiene algo que ver que me haya acostumbrado a tu mano en mi cadera. Hace frío sin ti. Y tenemos los radiadores puestos.

Ivette
Supongo que ya te habrás dado cuenta de que toda la parafernalia anterior simplemente quiere decir que te echo de menos.

Ivette
Todos te echamos de menos.

Ivette
Dios mío, acabo de ver la cantidad de mensajes que te he enviado. Y acabo de releerlos. ¿Te he enviado demasiados? ¿Alguno está fuera de lugar? Aún no sé cómo gestionar todo esto. La gente dice que la repostería es difícil, pero es mucho más fácil hacer bizcochos que hablar con el chico que te gusta.
Si están mal, solo dilo y haré como que estos mensajes jamás han existido. Luego invertiré todos mis ahorros en pelucas y gafas de sol de colores y me iré a vivir a... no sé, ¿Japón está suficientemente lejos?

A continuación, una pequeña pausa. Tiempo que supongo la habrá mantenido entretenida, atareada, hasta arriba de trabajo. Intento no sentirme demasiado culpable, pero no funciona. Una hora y media después vuelve a haber registro de sus mensajes y yo me siento aún peor:

> **Ivette**
> He pensado que, si te apetece, puedo llevar algo para que cenemos juntos. Imagino que no tendrás muchas ganas de cocinar si has estado todo el día liado.

> **Ivette**
> Solo si quieres, claro. No quiero que sientas que te estoy forzando a avanzar con la relación ni nada por el estilo.

> **Ivette**
> Tampoco digo que tengamos una relación. Ni que no la tengamos. Ni que tengamos que saber si la tenemos o no. Si quieres, solo somos adultos que disfrutan de otros adultos en su tiempo libre. Y si no quieres lo podemos discutir con sushi a domicilio.

> **Ivette**
> Por favor, cuando leas estos mensajes, no creas que estoy como una regadera. Solo... me apetecía verte hoy.

Los tres últimos mensajes, de hace solo tres cuartos de hora, son los que me dejan fuera de combate:

Ivette

No puedo deshacerme de la sensación de que ayer hice algo mal y por eso no respondes. Algo que quizá no te gustó. O tal vez fue algo que no hice, que no dije, que no pensé. Tal vez querías que me quedara contigo, o tal vez me fui demasiado pronto de tu casa. O a lo mejor solo fue una frase en el momento equivocado, eso me pasa mucho. Si es así, si hice o no hice algo, lo lamento. Si lo he vuelto a hacer a lo largo de estos mensajes, lo siento también. Puede que te resulte ridículo que una mujer de veintimuchos te diga que está aprendiendo, pero es exactamente lo que estoy haciendo. Y debes saber que siempre he sido, soy y seré de las que aprenden tras cometer el mismo error una y otra vez. Soy la representación de la torpeza, y no solo porque me pelee con las estufas eléctricas sin siquiera quitarles el freno o te tire el café encima, también soy verbal y emocionalmente torpe. Pero intentaría serlo un poco menos por ti.

Ivette

Por cierto, te he guardado sushi.
Lo tienes delante de la puerta.

Ivette

Que descanses.

Tomo aire hondo, mi mirada atraviesa el patio de luces una última vez y, con el corazón encogido, envío:

Ulises

Desconocía que a las personas únicas ahora se las llamara torpes. En todo caso, si es así, lo torpe me parece maravilloso. No se te ocurra dejar de serlo por mí.

Ulises

Mañana hablamos.

Capítulo 57
Ivette

24 de diciembre

No sé qué sucede, pero me va a estallar el corazón.
   Pese a los mensajes de Ulises que he visto esta mañana, a diez minutos del último evento del *Adventskalender* aún no ha dado señales de vida. Por la mañana no ha estado en la floristería, y al mediodía no ha aparecido para comer con todos, como quedamos hace unos días.
   Para colmo, mi madre no ha dejado de bombardear mi WhatsApp con la cena de hoy:

> **Otilia**
> Hola, Ivy. Recuerdas que venimos, ¿verdad?

> **Ivette**
> Claro, cómo olvidarlo.

> **Otilia**
> Bien. El avión llega a las ocho de la tarde.
> A las nueve estaremos allí.

> **Ivette**
> De acuerdo, mamá.

> **Otilia**
> ¿Has pensado ya qué cenaremos?

Ivette
Sí, no os preocupéis, está todo pensado.

Otilia
Vale, hija.

Otilia
Solo por asegurarme, no planeas pedir Just Eat o alguna guarrería así, ¿verdad?

Evito explicarle que las empresas como Just Eat no son «guarrerías» en sí, sino empresas de *riders* que te pueden traer esas «guarrerías» de las que habla, pero también otras muchas variedades de comida. No tengo tanto tiempo. En su lugar, solo digo:

Ivette
No, tranquila. Todo comida casera superfit.

Otilia
Fabuloso.

Eso ha sido hace media hora, y ya me ha puesto completamente histérica. Cada vez que el teléfono vibraba, corría para ver si era él, si necesitaba algo, si no iba a llegar. De acuerdo, no es ningún evento que requiera su presencia para que salga bien, como ha sucedido con otros talleres, pero es el último, el cierre de una etapa, el adiós definitivo a la experiencia que ha enredado nuestras vidas. Es especial.

Por eso, cuando ahora mi teléfono vuelve a vibrar y veo que es mi madre otra vez, me pongo de los nervios, me meto en la cocina y contengo un grito. Luego desbloqueo el aparatito diabólico y aporreo el teclado.

Sin embargo, me detengo tan pronto como unas manos cálidas y grandes me envuelven desde la cintura, abrazándome por detrás.

—Hola, Pinterest —susurra.

Por poco se me cae el móvil al suelo cuando oigo la voz de Ulises sobre mí.

—Empezaba a pensar que no ibas a venir —reconozco en voz muy baja. Luego me giro, todo el cuerpo erizado. Él recoloca sus dedos en la parte inferior de mi espalda y tamborilea con calma. Yo no sé dónde poner las manos, así que las dejo colgando en el aire—. Cuando la gente desaparece, nunca sé si va a volver.

Cierra los ojos, suspira y apoya su frente sobre la mía. Cualquier otro me diría que no es así, que estoy equivocada con él, que son percepciones mías. Pero él sabe que ha pasado, y Ulises no es de esas personas que hagan luz de gas a los demás para tapar sus errores. Se ha ido varias veces, igual que lo he hecho yo. Y la expresión de su cara indica que no ha sido por cualquier banalidad: le pasa algo. Algo serio que le tiene agotado y triste y muchas cosas más.

Sin embargo, acaba asintiendo mientras dice:

—Lo siento. —Me sorprende dándome un beso breve, rápido, sobre la frente. El tipo de besos a los que te quieres acostumbrar. Luego me retira un mechón con pausa, un gesto muy suyo, y, sin retirar su mirada de la mía, dice—: Honestamente, ayer yo tampoco sabía si vendría. Tenía demasiados frentes abiertos. Pero después leí tus mensajes y comprendí que nada era tan importante como estar aquí.

Sonrío con tristeza. Mi corazón bombea con fuerza cuando me doy cuenta de que me ha puesto como prioridad. Bueno, quizá no a mí, pero a esto. Y esto es nuestro, de los dos.

–Era importante si hizo que necesitaras estar solo –contesto.

Pero no hace más referencia al día de ayer. En su lugar, dice:

–Voy a proponerte algo, Ivette. –Asiento–. A partir de ahora, siempre voy a estar disponible para ti. No porque sienta que debo compensártelo como dije aquella vez, sino porque quiero. Eso no significa que siempre vaya a poder estar a tu lado. A veces tendremos que estar separados, y eso está bien. Pero, si no puedo acercarme, te llamaré; si no puedo llamarte, te escribiré; y si no puedo hacer ninguna de esas cosas, ten por seguro que estaré pensando en ti.

–No sé si entiendo a qué te refieres –reconozco.

–Me refiero a que habrá momentos en los que no quieras estar conmigo. –Voy a replicar, pero continúa hablando antes de que sea capaz–: Y es completamente normal. No pretendo entrar en tu vida como una bola de demolición y llevarme por delante tus momentos de soledad. O los que quieras estar con otras personas. Lo único que espero es que llegue un tiempo en el que sientas la tranquilidad de decírmelo, un momento en el que sepas que no tienes por qué esconder nada, porque todo lo que decidas estará bien.

Aunque continúo algo compungida, sonrío. La sencillez de esa frase reúne todo lo que he buscado durante mi vida.

–No siento que tenga que esconderte nada. Me siento bien contigo, tranquila, en casa. ¿Por qué me dices todo esto? –insisto.

Mientras lo hago, me atrevo a llevar los dedos hasta el nacimiento de su pelo.

–Porque sé que no soy la persona más sencilla de entender del mundo. Probablemente sea todo lo contrario, pero hasta que eso pase y me entiendas, trataré de ponértelo fácil. Si veo que quieres calor, me acercaré; si veo que necesitas tiempo, me apartaré sin más. Pero equivocarme se me da muy bien. De modo que, si ves que eso ocurre, ven y dame un tirón de orejas, ¿vale?

Acaba con una sonrisa preciosa. La traca final de unos fuegos artificiales de ensueño: unos que ves acompañada, coloridos, silenciosos.

Sin embargo…

—No has hecho nada. No necesito tiempo, no quiero que te apartes ni siento que te hayas equivocado. Compartir estos últimos días contigo es de lo mejor que me ha pasado últimamente, por eso no entiendo por qué sientes la necesidad de decirme todo esto.

Encoge un hombro.

—Solo lo siento —dice.

Yo ladeo la cabeza. Me han mentido muchas veces en mi vida. Mentiras piadosas, pequeñas e insignificantes, pero también terriblemente dolorosas y grandes. Y esta no la sé catalogar, pero sí estoy segura de que es una de ellas.

¿Y si lo de necesitar tiempo es una excusa para apartarse él de mí? ¿Y si se arrepintió pero no sabe cómo hacer que me aparte? ¿Y si solo quiere dejar que todo se enfríe poco a poco?

—Tampoco entiendo por qué estás aquí ahora.

Me separo unos centímetros lacerantes. Él observa el movimiento de mi cuerpo, pero no me sigue, no hace amago de quedarse pegado a mí.

Lo sabía.

—Podrías estar con cualquier mujer. Si solo dejaras ver qué hay más allá de todos los muros dentro de los que te encierras, tú… serías irresistible.

—Vaya. Yo creía que ya era irresistible. —Sonríe, pero ahora siento que cada palabra que sale de su boca es para hacer que no me sienta tan mal conmigo misma.

—Bueno. Eres un irresistible cascarrabias que amenaza a sus vecinas, les lanza miradas fulminantes y las espía a través de la ventana mientras bailan en bragas –intento seguirle el juego para ponérselo más fácil, pero acabo apartando la mirada.

–Una imagen fascinante.

Me besa la mejilla con una pausa infinita, gesto que me sobresalta. Vuelvo a mirarle y me toco la cara.

–¿Ha estado mal? –pregunta.

Yo sacudo la cabeza.

–¡No! No, qué va. Es que no me lo esperaba. Normalmente los hombres no te besan cuando les dices que podrían estar con cualquier mujer.

Frunce el ceño y estira su mano hacia la mía. Yo observo el gesto: los centímetros acortándose entre sus dedos y los míos, su índice buscando mi meñique, esa caricia con la que no titubea pero a mí me confunde cada vez más.

–No quiero a cualquier mujer. Te quiero a ti. Con tus tartamudeos, con tus plantas de plástico, con las canciones más románticas de Taylor Swift encabezando tus listas de reproducción.

–¿Incluso con mis inseguridades? –desvío la conversación justo a tiempo para no creerme que ese «Te quiero» significa algo que no es–. Porque tengo muchas, ¿sabes? Y no solo hablo de la celulitis y de no saberme hacer el *skincare*. Esas son las que tiene todo el mundo. Hablo de levantarme por la mañana y no saber si vas a querer seguir estando conmigo porque, bueno, es posible que te des cuenta de que no soy lo que esperabas y decidas que quieres que esto se enfríe poco a poco y empieces a desaparecer y a no contestar a mis mensajes y…

Antes de darme cuenta, estoy verbalizando todo lo que ha amenazado con derrumbarme desde que ha entrado en la cocina.

–No eres lo que esperaba, Ivette.

Me callo de súbito y trago saliva con dificultad. Su frase me llega como un mazazo directo al corazón. De repente es tan directo, tan mordaz a pesar de decirlo con calma, que me destruye.

Hasta que añade:

—Eres infinitamente mejor.

Entonces soy yo la que, sin contener el impulso por una vez en mi vida, le rodeo con los brazos y me pego a él para abrazarle. Un abrazo que me levanta del suelo, literal y metafóricamente.

—Y tu celulitis y tus nulas dotes para el *skincare* también me gustan —añade—. Me gusta todo de ti, se me hace imposible no quererte.

Me tapo la boca con una mano y se me escapa un sollozo.

—¿Qué acabas de decir?

Sostiene mi mentón con una mano. La otra destapa mi boca con suavidad.

—Que te quiero. A ti y a todo lo que representas, sin reservas y sin peros.

—Cállate o me lo creeré.

Me vuelve a mirar como antes, ese cóctel de ternura y seguridad.

—Entonces no me callaré nunca.

Pero entonces quien le besa soy yo. Le beso una vez por cada una que le doy las gracias.

—Gracias, gracias, gracias…

—¿Por qué?

«Por demostrarme una vez más que mis inseguridades no deberían seguir viviendo sin pagar el alquiler en mi cabeza. Por demostrarme que eres un espacio seguro donde puedo ser yo misma. Porque cada vez que creo que no me merezco a alguien como tú, haces que sienta que estamos hechos a medida el uno para el otro».

—Porque vives cada día rodeado de flores preciosas y, aun así, consigues que me sienta la más bonita de todas.

—Da igual cuántas flores vea a lo largo de mi vida. Nunca he visto ni volveré a ver a ninguna que me guste más que tú.

La fiesta es un éxito. Un tardeo divertido, de recapitu-
lación, de brindis, de vídeos y robados de Franz y de miradas furtivas. En cuanto a Ulises y a mí, no dejamos de
buscarnos en toda la tarde.

Hasta que se va el último invitado y se queda solo el
Comité Cañero de Papá Noel, cuyos miembros parecen
querer acampar en la cafetería un rato más. A Helga, Eda
y Franz no hay quien los eche. Bueno, eso no es verdad.
Ulises es muy capaz de echarlos.

El problema es que él no está. Ha desaparecido.

—¿Habéis visto a Ulises? —pregunto—. Hace rato que no
le veo.

Franz me mira sorprendido.

—¿No se ha despedido de ti? —responde.

—¿Es que de vosotros sí?

—Hace un rato. Ha dicho que tenía cosas que hacer —dice Eda.

Parpadeo atónita. No entiendo nada.

A los pocos segundos, Franz frunce el ceño y pregunta:

—Pensaba que habíais hablado en la cocina.

Me siento con ellos y dejo caer los brazos. Al poco, Croqueta y Maiden se tumban a nuestros pies. Noto que tengo
toda su atención cuando empiezo a hablar:

—Sí, hemos hablado y ha sido precioso, pero no me ha
dicho nada de que tuviera que irse.

Ladea la cabeza.

—Quizá se le ha olvidado —dice una Eda inocente.

—No se le ha olvidado —determina Franz—. Solo es bobo.

—¿Perdón? —pregunto.

—¿Es que tú sabes qué pasa? —le pregunta Helga.

Se pasa una mano por la cara antes de responder:

—Vale, se acabó: esta mañana me ha llamado para practi-
car el discurso ese de que te iba a dar espacio y tiempo y no

sé cuántas cosas más. Quería asegurarse de que no decía nada que pudiera malinterpretarse. Pero me da que se ha olvidado de una parte importante. –Para cuando me mira, tengo los ojos como platos e, inquieta, le apremio a hablar–. ¿Te ha dicho algo sobre no esconderos cosas?

Me sonrojo. Noto todas las miradas encima de mí. Incluso las perras me miran.

–Bueno, sí. Me ha dicho que…

No puedo terminar. Me sale una risita nerviosa.

–Si vas a contarnos que te quiere, querida, ahórratelo. Nos lo ha contado a los tres esta tarde.

Helga hace un ademán. Yo la miro sorprendida.

–Helga le ha arrinconado hasta que ha confesado lo que ha pasado ahí dentro. –Se ríe Eda–. Ha amenazado con acampar delante de la floristería porque pensaba que te había ido a recriminar algo, y el tío Ulises ha terminado diciendo que te quería y que se había confesado.

Termina con un suspiro de adolescente soñadora ante el que en cualquier otro momento sonreiría, pero ahora no me sale la voz.

Al menos, no hasta que Franz dice:

–Ivette, es posible que, tal y como él se ha olvidado de contarte que se iba, ¿tú también te hayas olvidado de decirle algo? ¿Algo como… que no fuiste sincera con él sobre tu plan de Nochebuena? Porque es posible que yo no supiera que era un secreto, y también es posible que le preguntara si iba a conocer a sus suegros, y también es posible que él haya creído que te avergüenzas de él, y también es posible que todo su discurso de darte espacio y de que sientas que le puedes contar las cosas fuera una manera de darte pie para confesar. –Carraspea.

Atónita, me levanto de la butaca con estruendo y me arranco el delantal mientras rebusco las llaves con urgencia.

–¡Mierda! ¡¿Y cómo sabes tú eso?!

—Yo se lo conté. ¿No podía? —responde una Eda de lo más confundida.

—¿Y tú cómo lo…?

De repente lo recuerdo todo: la tarde de chicas, las tres haciéndonos las uñas, yo tan relajada que no me di cuenta de que les daba una versión diferente a la de Ulises; la que me daba pánico reconocer por si pensaba que soy una mentirosa.

Dios mío, ¡es que soy una mentirosa! Vale, fue para que no le hicieran daño, y tampoco fue una mentira apoteósica, sino una piadosa, pequeñita. Pero ¿no son acaso estas las excusas que se ponen los mentirosos compulsivos? ¿No me estaba quejando yo hasta hace solo unas horas de las mentiras que me he tenido que tragar durante mi vida? ¿Soy una de esas mentirosas compulsivas de las que me quejo?

—Madre mía, tengo que arreglar esto.

Tras lo que me parece una eternidad, encuentro las llaves y corro a ponerle la correa a Croqueta.

—¿Podéis ocuparos de la cafetería?

—Sí, pero ¿adónde vas? —pregunta Helga.

—A buscarle. Voy a decirle que… —Ahogo un chillido—. ¡Dios! No sé ni qué le voy a decir. Pero todo lo que diga será la verdad, toda la verdad y nada más que la verdad. Lo juro por los bizcochos de mi abuela.

Eda sonríe y dice:

—Tal vez que tú también le quieres a él sería una buena manera de empezar.

—¿No le has correspondido cuando te lo ha dicho él?

Helga ladea la cabeza. Aprieto los labios.

—Es posible que… Uf. Es posible que le haya dado las gracias —reconozco.

—¡¿Las gracias?! —exclama Eda con incredulidad.

Franz se palmea la frente. La septuagenaria se ríe.

—¡Es que estaba agradecida! Pero lo voy a arreglar ahora.

Aunque me dará un infarto, así que cerrad bien la puerta para que no me entren a robar mientras me esté recuperando del bochorno. –Los miro–. ¿Me deseáis suerte?

Los tres sonríen y me la desean.

Y entonces termino de preparar a Croqueta y echamos a correr.

Toco a la puerta con toda la fuerza que me confiere la ansiedad, pero nadie responde. Tampoco ha respondido a ninguno de los muchos mensajes en los que le he preguntado dónde está y le he dicho que tenía que hablar con él. Que de verdad teníamos que hablar. Que por favor. Para más inri, mi madre no deja de bombardear mi WhatsApp. No para.

Resoplo sin dejar de tocar a la puerta y leo:

> **Otilia**
> Hola, Ivy, querida.

> **Otilia**
> Vamos a coger ahora el avión.

> **Otilia**
> Por cierto, no hará falta que cocines.
> Llevamos cena nosotros.

> **Ivette**
> ¿Qué? Pero si ya está todo cocinado.

Empiezo a teclear sin saludar ni dar crédito. Tengo el cordero preparado para dar un golpe de calor y servir, un millón de entrantes de calidad entre los que hay langostinos cocidos y jamón del bueno y un pastel de limón riquísimo que encargué en la pastelería de la esquina.

Sin embargo, no tengo tiempo para pensar en ese desplante. Estoy demasiado ocupada comiéndome la cabeza sobre por qué Ulises no responde.

«Tranquila –me digo–, quizá está en la ducha. Seguro que no ha desaparecido porque no le hayas contado la verdad aunque la supiera. Ni tampoco porque le hayas respondido a un "te quiero" con un "gracias". Él conoce tu torpeza emocional. Te conoce a ti. Te ve. Te quiere».

Me convenzo a mí misma pese a no oír ningún chorro de agua. Aun así, aprovecho para darme una ducha también, esta vez sin música, mientras pongo la oreja en la pared esperando el más mínimo indicio que me diga que está en casa. El baño es el sitio donde mejor puedo oír si llega.

«Mentirosa y *talker* –me regaño–. Lo tengo todo».

Sin embargo, llega un mensaje más. Leo a mi madre dibujando un mohín y corro a la ducha.

> **Otilia**
> Resulta que, antes de venir al aeropuerto,
> tu padre y yo hemos comido en un nuevo restaurante
> especialista en dietas adelgazantes, y nos ha gustado
> tanto que les hemos pedido que nos hicieran
> tres platos para llevar y los hemos facturado.

Espero con fiereza que extravíen sus maletas.

Capítulo 58
Ulises

Me quito los auriculares y los dejo sobre la mesa del taller. Luego voy hasta el mostrador y observo el resultado mientras lo termino con un lazo, tomo aire hondo esperando que le guste y repaso variaciones del discurso en mi cabeza una vez más para cuando, mañana por la mañana, toque a su puerta.

«Papá Noel ha llamado. Por lo visto ha habido una incidencia con mi regalo de Navidad, porque no estás debajo de mi árbol, y fuiste todo lo que pedí».

Buf. No. Ni de coña.

«Por la cantidad y el tono de los mensajes que me enviaste, intuyo que te importo, así que seguro que ayer tenías un motivo más que válido por el que no pudimos pasar la noche juntos. Quiero que sepas que no lo cuestiono, y tampoco es necesario que me lo cuentes si no te sientes preparada. Es más, lo entiendo y lo respeto y...».

Demasiada parafernalia. Además, me sentiría como un condenado hipócrita. Al fin y al cabo, lo sé todo.

«Franz se fue de la lengua y sé que ayer pasaste la noche con tus padres. No me malinterpretes, no soy ningún rarito que se crea con el derecho de presentarse ante sus suegros. Ni siquiera son mis suegros; no son ni serán nada para mí hasta que tú decidas qué somos, si es que quieres que seamos algo. No digo que tengamos que ser algo ya, ni siquiera tenemos por qué serlo si decides que...».

Joder, esto no se me da bien.

Me revuelvo el pelo y cojo el ramo para observarlo. Gerberas de un rosa pálido y paniculatas blancas unidas a la altura de los tallos por el mencionado lazo rosa. Este ramo es ella, pero empiezo a plantearme si es demasiado cursi cuando alguien arrolla la puerta de la floristería y entra sin llamar.

Alzo la vista y la veo.

—Ivette.

Me levanto de súbito. Está justo delante de mí.

—¿Has estado aquí todo este tiempo? —pregunta agitada—. ¿Al lado de la cafetería?

Parpadeo y la repaso con la mirada una vez más. Necesito respirar aire hondo un par de veces antes de ser capaz de decir algo. Está espectacular: lleva un vestido negro de satén de tirantes, el pelo ondulado, aún ligeramente mojado, los ojos ahumados, los labios rojos y unos tacones de vértigo.

—Sí.

Es todo lo que me sale.

Ella asiente, da un paso y cierra la puerta. Luego se frota los brazos y se dirige hacia mí con premura. Es cuando me doy cuenta de que no lleva abrigo, y me apresuro a acercarme y ponerle mi chaqueta por encima.

—¡¿Cómo se te ocurre venir sin…?!

No puedo terminar de formular la pregunta. Sus brazos envuelven mi cuello y estampa sus labios sobre los míos como si hiciera tres años que no me ve. Mi chaqueta va directa al suelo. Yo viajo con las manos hasta su cintura y la pego a mí. No entiendo nada, pero no me hace falta para saber que viene con algo importante que decir.

Acojo su beso apresurado, su respiración agitada, su forma de aferrarse a mi jersey. Ladea la cabeza y la mía hace lo propio antes de que sus labios se entreabran, su lengua me busque y ella me reclame con una urgencia que no he experimentado antes y ya estoy deseando volver a probar. Luego se separa de mí, me mira, toma aire muy rápidamente y empieza a hablar:

—No sé cuál de los escenarios me daba más miedo: si

uno en el que oyeras algún comentario vomitivo de mis padres que provocara que te levantaras, te fueses dando un portazo y no volvieras jamás a mi vida o uno en el que te hicieran ver que no soy digna de ti en absoluto, pero no podía arriesgarme a comprobarlo, y por eso no te dije la verdad. Estuvo mal. Fatal. Tendría que haber confiado en ti en lugar de inventarme la primera chorrada que se me pasó por la cabeza. Por Dios, ¡que quería descansar ni siquiera es creíble! Soy adicta al trabajo, y es probable que también lo sea un poquito a ti.

—Ivette, no tienes que disculparte.

Pero ella continúa como si no me hubiera oído:

—Además, ¡sorpresa! Somos vecinos y nuestras paredes son finísimas. Ibas a oír a mis padres, que para colmo son unos charlatanes que no dejan de relatar lo bien que les va en los negocios a ellos y a mi perfecta hermana. Quizá hasta te encontrarías con ellos en el descansillo. Y entonces yo no habría sabido disimular y tú te habrías montado igual una película en la que crees que no eres suficiente para mí o que me avergüenzo de ti y por eso no te he invitado a la cena de hoy, lo cual no puede ser más absurdo, porque eres el hombre más absolutamente increíble que he conocido en mi vida.

—¿Que soy qué? —No quería interrumpir, pero esa última frase me ha cogido por sorpresa.

Aun así, ella continúa con el discurso, de modo que me callo y prometo no volver a abrir la boca hasta que termine. De todos modos, dudo que me oiga. Apuesto a que sus pensamientos ahora mismo suenan mucho más alto que cualquier cosa que yo pueda decir.

—¡Y ese es precisamente el problema! No puedo permitir que el hombre más absolutamente increíble que he conocido en mi vida salga huyendo. Al menos, no antes de que te diga que todas las canciones de amor me recuerdan a ti, que todos los protagonistas de mis novelas románticas me parecen absurdamente poco elocuentes a tu lado y que, por primera vez en mi vida, me entristece pensar que empieza la Navidad porque significa que vamos a dejar de trabajar juntos. Que no es más que una manera muy muy tonta de decirte que yo también te quiero. –Sacude la cabeza–. No, es más que eso: estoy enamorada de ti.

Un segundo.

Dos.

Tres.

–Perdona, ¿acabas de decir «enamorada»? –me aseguro cuando ha terminado.

Por primera vez, sus ojos se posan en los míos y parpadea lentamente con los labios entreabiertos. Hasta ahora ha estado mirando a todas partes: el suelo, una maceta, las vigas del techo. Pero ahora solo a mí, y permanece quieta, como si no estuviera segura de cómo corroborar esa información.

Tras un siglo, responde:

–Digamos que, si el Eras Tour se repitiera y consiguiera una entrada, pero tuviera que elegir entre ir o quedarme contigo, la regalaría y te elegiría a ti sin pensarlo. Espero que seas consciente de la magnitud de lo que acabo de decir, porque yo misma me cancelaría si me oyera decirlo.

Sonrío ante su forma de explicarlo. A mí también me costó horrores reconocerlo en voz alta. En ocasiones, aquellas cosas que más ganas tenemos de gritar son también las que más se nos atascan en la garganta.

–Eso no será necesario en absoluto.

–¿Por qué?

Se separa ligeramente y embebe los labios con preocupación.

–Porque no permitiría que renunciaras a algo así. Por ti iría a ese *tour*. Me aprendería todas las canciones de todos los álbumes y las cantaría hasta quedarme sin aire.

–Ulises –susurra, los ojos vidriosos. Yo sonrío y la

animo a hablar–. Acabas de reventar todos mis estándares. Es lo más romántico que he oído jamás.

Me río.

–Y eso que no me lo he preparado. Después de las fiestas tenía pensado decirte que me mudaría contigo a un mundo lleno de cafés con sirope y tazas irregulares pintadas con florecitas.

–¡Eso, sigue! –Se le escapa una lágrima, pero sonríe más–. Yo entro y te suelto esa batería de cosas con las que me quedo a la altura del betún y tú respondes siendo el pretendiente perfecto. Me dejas fatal.

–No me importan las demás cosas. –Aprieto su cintura entre mis dedos–. Me importa lo último. –Bajo las manos hasta su zona lumbar y enlazo los dedos con cariño–. Y aunque me ha quedado bastante claro con esa declaración por la que probablemente te sientas la fan más impostora del mundo, me encantaría volver a oírlo.

Sus mejillas se tiñen de un rojo chillón y aparta la mirada.

–No esperes que repita que no iría al Eras.

Suelto una risa llena de aire antes de acercarme a su oído y susurrar:

–Vamos, mi amor, sabes que no me refiero a eso.

Me devuelve la mirada lentamente.

–Estoy enamorada de ti. Pero te mentí.

–Y yo a ti. ¿Cuando te dije que me encontraba mal? Mentira. ¿Cuando comenté que ayer tenía cosas que hacer? Mentira. Lo que pasaba era que no me sentía capaz de enfrentarme a ti porque me di cuenta de que… Bueno, de que yo también estaba perdidamente enamorado. Y, como tú, tampoco sentía que fuese suficiente.

–Espera, ¡¿acabas de corresponderme?!

Me río con suavidad. Ella continúa en estado de *shock*.

–Enamorado de ti –paladeo lento–. Absurdamente enamorado. Sería capaz de salir a gritarlo a la calle como hacen los tontos de las películas. A nadie le importa, pero salen y lo dicen igual. Y ahora los entiendo. Sería un tonto de película por ti. De hecho, si quieres, también voy y les digo a papá y mamá que su hija me vuelve loco. Y su vestido también.

Abre mucho los ojos. Yo ya no sé cómo dejar de sonreír, se me ha olvidado. A menudo me pasa con ella: es como si mi cabeza bloqueara el resentimiento, la amargura y el resto de las sensaciones desagradables que tengo de fábrica. Me hace mejor, como cuando le añades solo un poco de azúcar al café solo y te lo tomas con la cucharita antes de dar por terminado el vaso.

–¿Esa expresión es por lo que he dicho del vestido o de tus padres? –pregunto.

–Claramente, por lo de mis padres. ¿Estás seguro de que quieres venir? Ulises, no son, digamos, amantes de la filantropía, y no quiero que te hagan daño. No me lo perdonaría jamás.

–En primer lugar, princesa, yo tampoco soy precisamente un filántropo. Soy sociólogo, uno bastante cínico, si me lo permites. Sabré cómo llevarlos, solo déjame gestionarlo a mí. –La beso de nuevo. Ella traga saliva, pero se deja hacer y media sonrisa trémula aparece sobre su comisura–. Y en segundo lugar, muy pocas personas tienen el poder de hacerme daño. Tú, por ejemplo, ahora mismo me estás haciendo muchísimo con eso puesto.

–¿Yo? –Parpadea–. ¿Cómo? ¿Llevando qué?

Carraspeo mirando su vestido.

–Eso es un poquito filántropo por tu parte. –Se ríe.

–Eso no es filantropía, es hambre.

Embebe los labios en una sonrisa y echa un vistazo tras ella. Dos señales inequívocas de que quiere que pase algo. Yo sonrío y la dejo hacer. A continuación se gira, alcanza la varilla de las persianas y cierra para que no se vea nada desde el exterior, la tercera señal.

Me acerco despacio a su espalda y alcanzo su cremallera. Finalmente, susurro:

—Vamos a llevarnos muy bien, princesa.

—¿Tú crees…?

—Intensamente bien.

Antes de que siga desnudándola, sin embargo, su teléfono suena a todo volumen.

Su madre.

—No la soporto —masculla.

Le pellizco suavemente el costado y me aparto un poco.

—Hola, mamá. —Pausa—. ¿Ya habéis llegado? Pero ¿qué hora es? Dios mío. Vale. —Otra pausa—. No, mamá, ya os dije que no tengo coche en Alemania. Tendréis que pedir un Uber, lo siento. Os espero en casa.

Pasados unos segundos, cuelga, se gira hacia mí y, con cara de cachorrito abandonado, se abraza a mi pecho. Yo la acojo entre mis brazos y le subo la cremallera poco a poco.

—Espero que valores la tortura por la que estoy pasando.

—Nada comparado con la que estás a punto de vivir.

Levanto su mentón y la beso en los labios.

—Sobreviviremos… Bueno, tú solo sobrevivirás si te pones mi abrigo para salir. De lo contrario, es probable que llegues a casa con hipotermia y un ramo de flores.

Frunce el ceño. Yo me giro y cojo el ramo del mostrador. Lo ve por primera vez, abre los ojos y entreabre la boca con ilusión. Me mira.

—¿Son para mí?

—A no ser que decidas regalárselas a tu madre…

Hace un mohín y abraza el ramo.

—Ni de broma. Son para mí. Mías.

Suelto una carcajada, recojo la chaqueta del suelo y rescato un ramo cualquiera de flores secas.

—Bien. Entonces que se conforme con estas.

—Ese ramo también es precioso —susurra.

–¿Más que el tuyo?

–No. El mío es más precioso que ninguno.

–Qué casualidad. Eso es exactamente lo que pensé cuando te vi. Estabas rodeada de personas muy bien vestidas tomando café mientras ibas despeinada, corriendo y sin saber qué narices estabas haciendo con tu vida. Y sin embargo, de un segundo a otro, esa mujer despeinada y perdida me robó el corazón. Era más preciosa que ninguna, la más especial, y ni siquiera se daba cuenta.

–Al menos me daba cuenta de que seguía despeinada.

Sonríe con timidez y aparta la mirada. Sin embargo, me niego a que cada vez que recibe un cumplido sienta que no lo merece y se esconda, de modo que acaricio su mentón hasta hacer que me mire de nuevo y, con dulzura, replico:

–Pero vivías ajena a todo lo que despertabas en los demás. En mí.

Un beso lento y cálido más tarde, le pongo la chaqueta, le doy la mano y salimos de la floristería.

Su sonrisa es de otro mundo mientras corremos hacia casa, y la mía, tampoco voy a esconderlo, también. Son de un mundo al que no estoy acostumbrado, lleno de luces y copos de nieve y cursiladas navideñas.

Un mundo que me gusta, qué demonios.

Capítulo 59
Ivette

No dejo de morderme las uñas y caminar en círculos delante de la puerta. Croqueta me sigue preocupada. Ulises me mira apoyado en el respaldo del sofá, con los brazos cruzados dentro del increíble traje azul cobalto que se ha puesto antes de venir aquí a esperar al señor Rocabertí y la señora Schneider.

Hasta que se incorpora, se coloca detrás de mí, me abraza por la espalda y me envuelve entre sus brazos. Su calor y su calma contrastan con el frío y los nervios que tenía hasta hace un segundo. Me siento en casa.

–Tranquila, todo va a ir bien –susurra luego en mi oído.

–No es verdad –respondo.

Sus nariz se apoya sobre mi pómulo y me besa lentamente. Luego, tan despacio que siento que sus palabras están abrazándome también, dice:

–No pienso permitir que vaya mal.

Sonrío como puedo, pero no termina de salirme. Me giro hacia él y dejo que su calor disipe todo el frío que tengo dentro. Luego me besa la frente, los párpados, la nariz, el cuello. Le hago parar cuando noto un cosquilleo en un sitio donde ahora mismo no procede.

–No tenemos tiempo –susurro.

–¿Estás completamente segura?

Vuelve a besarme el cuello, esta vez con más intensidad.

Quiero responder que no y que me quite el vestido, pero solo me sale una risita débil.

Un instante más tarde suena el maldito telefonillo y se me pasan las ganas de reír.

–Los odio –gruño.

–Y yo.

Ulises me da un beso en la mejilla justo antes de que abra la puerta. Mis padres están al otro lado de la mirilla.

—En serio, todo va a ir bien —repite.

Y yo le quiero creer, pero no puedo.

Confirmo que esto es un error tan pronto como abro, le observan y sonríen con altanería, mirándole por encima del hombro. Él lleva un traje gris de Armani y el pelo cano engominado hacia atrás. Ella, un mono rojo pasión y un recogido que probablemente le estira el cerebro. Croqueta levanta la cabeza desde su camita del salón para ver quién es, pero, al reconocerlos, resopla y gruñe en voz baja. Luego se acurruca de nuevo los ignora deliberadamente. Ella tampoco los aguanta.

—Hola, mamá. Hola, papá.

Doy un paso para darles dos besos y evitar que continúen mirándole. Prefiero que me miren a mí.

O eso pienso hasta que mi madre abre la boca.

—Por el amor de Dios, hija, ¿qué llevas puesto?

Puedo ver por el rabillo del ojo cómo Ulises ladea la cabeza y frunce el ceño con confusión. A él este vestido le encanta.

—Un vestido de…

—¿Del mercadillo? —termina por mí y se ríe. Yo aprieto los labios. Al menos no me ha atacado directamente, o eso pienso hasta que añade—: Una ya no sabe cómo explicar que para disimular los kilitos de más hay que llevar ropa más vaporosa. De lo contrario pareces un embutido, cariño.

Mi madre, la más agradable.

Veo por el rabillo del ojo cómo Ulises va a abrir la boca, pero me adelanto:

—Gracias por el consejo, mamá, pero no era necesario.

Lo apunto en la lista de cosas por las que me sentiré mal después.

–Bueno. –Mira a Ulises, algo que lleva haciendo mi padre, el más disimulado, desde que he abierto la puerta–. No imaginé que estarías acompañada.

«No, claro, mamá, ¿cómo iba a querer alguien acompañarme a mí?».

Me muerdo la lengua para no responder mientras termino de saludar a mi padre. Pero él no tiene ojos para mí. Está muy ocupado escrutando a Ulises, que no se ha movido de mi lado y no es consciente de cuánto lo agradezco. Luego, con la misma mirada por encima del hombro –curioso, teniendo en cuenta que Ulises le saca una cabeza– suelta:

–No sabía que en Alemania el servicio fuera en traje.

–¡Dios mío, querido, tienes razón! –Sorprendida, abre la boca tanto como el bótox le permite–. Eso lo explica todo. ¿Al fin contrataste a un entrenador personal, Ivette?

–Perdona, ¿qué?

–Estoy orgullosa, hija –continúa–. Sabía que entrarías en razón, aunque no esperaba que llegaras al punto de traerle en Nochebuena. ¿O también eres su dietista? Desconocía que trabajarais a domicilio en fechas así.

Rechino los dientes hasta el punto de creer que me voy a partir una muela y me pongo rígida. Esta vez, mi acompañante se me adelanta:

–¿Cómo dice? –Lo hace calmado, con una sonrisa y la elegancia de la que ellos carecen.

–Sea como sea, hija, es un gran regalo de Navidad.

Él sonríe, da un paso adelante y, mientras les tiende la mano derecha para estrechársela, me acaricia a mí la parte baja de la espalda con la izquierda de manera disimulada. Pretende calmarme, y de alguna manera lo consigue. Pero la tensión sigue ahí, apretándome la mandíbula.

–Disculpen el malentendido, debería haberme presentado antes. Me llamo Ulises, y no trabajo para Ivette, sino con ella.

Mi padre achina los ojos, aunque termina por estrecharle la mano. Acto seguido, mi madre se la tiende también, aunque no puede ocultar su decepción cuando pregunta:

—Ah, entonces…, ¿eres el camarero de la cafetería?

Ulises suelta una risa airada.

—Algo así.

—Entonces esto será como una cena de empresa. Supongo que está bien.

No sé en qué mundo vive esta mujer, pero no es el mismo que el mío.

Y por más que Ulises sonríe ligeramente y le quita hierro al asunto, yo no me siento bien con todo esto. Me niego rotundamente a seguir actuando como si el hombre que está a mi lado no fuera nadie, así que doy un paso adelante y explico con firmeza:

—No. Ulises es florista. —Él aprovecha para regalarle el ramo a mi madre, que de repente parece halagada, como cada vez que alguien le presta más atención de la que merece—. Dice que trabaja conmigo porque su negocio está al lado del mío y nos hemos asociado estas Navidades para llevar a cabo unos eventos durante el mes de diciembre. No es mi camarero. Es mi socio.

Todos me atienden. Los tres. Mi madre, apretando los pómulos en una sonrisa incrédula que no se cree nadie. Mi padre va entrecerrando cada vez más los ojos; estoy segura de que pronto se le cerrarán. Él, confiando en mí, como siempre. Y sé que podría dejar aquí el discurso y le parecería bien, pero algo dentro de mí continuaría rasgándome el pecho, intentando salir, de modo que me armo de valor y, mirándole a los ojos, con la misma firmeza de antes, añado:

—Y mi pareja.

Un silencio incómodo envuelve el salón. Croqueta, en el mejor momento posible, se tira un pedete a discreción.

—De negocios, querrás decir —salta mi padre.

313

Niego tan vigorosamente como mis padres han estado mirándole de arriba abajo.

—Mi pareja sentimental, papá –corrijo. «Aunque te cueste creerlo».

Otro silencio incómodo. Esta vez, más largo. Más pesado. Más tenso. Ulises vuelve a mi lado y me aprieta la espalda de nuevo sin que lo vean. Y no sé si me está alentando o me pide que lo deje estar, que no pasa nada, que está bien.

Hasta que mi madre, que debe haber decidido que ya me avasallará más tarde –probablemente, cuando él no esté– con una extensa lista de motivos por los cuales su hija no debe salir con un hombre que no tendrá jamás la oportunidad de aparecer en la Forbes, y otra sobre por qué de todos modos yo no me merezco ser amada, exclama:

—Bueno, ¡pues qué suerte que hayamos pedido una ración más por si acaso! Pensé que quizá querrías repetir. Tú siempre repites. –Bufo y Ulises me mira preocupado, pero mis padres me ignoran y entran en el piso tirando de una maleta y haciendo aspavientos–. Venga, muéstrame la casa y saca la vajilla para servir. Vamos a cenar ya.

Cierro los ojos un segundo y tomo aire conforme mi madre me da órdenes. Solo espero que la noche pase rápido.

—Ya está en la mesa, mamá, junto al ventanal. Puesta con todos los entrantes. Podemos empezar a cenar y cuando nos los terminemos decidimos qué más servimos, ¿de acuerdo? Le he dado un golpe de calor al cordero, así que habrá dónde elegir.

Mi madre me observa con sutil desaprobación, pero cuando Ulises se coloca a mi lado, sonríe exagerada. Es la técnica de convertirse en muñeca de porcelana que utiliza cada vez que no quiere interactuar demasiado con alguien, y dice:

—Muy bien.

Capítulo 60
Ulises

Solo mi estómago sabe cómo agradezco que antes de que llegaran fuésemos previsores y sacáramos los entrantes. Los langostinos, canapés de salmón, croquetas y empanadillas van a salvarnos la vida cuando toque hincarle el diente a la comida de conejo que han traído guardada en *tuppers* desde el aeropuerto. Y no me refiero a que sea comida vegetariana, que me gusta. He probado platos vegetarianos y veganos fabulosos. El problema es que esta comida en particular es, de verdad, lo más parecido al heno.

En esa línea, un especial de Nochebuena de la televisión alemana nos salva también de continuar teniendo conversaciones incómodas. Ivette ha encendido la tele con el pretexto de ver el tiempo y ha empezado justo después. Gracias al cielo. Por cierto, se avecina tormenta. Espero que no se cancele ningún vuelo.

Sin embargo, noto el ambiente cargado, pesado. Aunque don Alfons Rocabertí es a mí a quien mira de reojo, doña Otilia no pierde detalle de todo lo que su hija se lleva a la boca.

Es desesperante.

Por eso, alzo la voz y pregunto:

—Bueno, ¿y a qué se dedican? Ivette me contó que tenían negocios.

Ivette me mira con los ojos muy abiertos. Yo sonrío y espero, y solo unos minutos más tarde me arrepiento fervientemente de haber preguntado.

Paso la siguiente media hora hablando sobre el sector del lujo, las criptomonedas y la bolsa con sus padres como si me importara y entendiera un mínimo. Hasta que, terminado el tema, el padre de Ivette, que parece complacido por mi reciente interés en su vida empresarial, dice:

—Debo reconocer que tienes una conversación interesante pese a... bueno, ya sabes.

—No, no sé. —Sonrío—. ¿Pese a qué?

—Regentar un negocio de mujeres.

Tengo que aguantarme la risa para que el langostino que tenía en la boca no salga disparado hacia su mujer. Ivette se pone roja como la *poinsettia* de su ventana.

«De mujeres». Me descojono.

—¡Papá!

—Era eso o una mercería. Pero ya había una en Blumenfluss que, además, alquilaba trajes a precios muy económicos. —Me señalo la ropa—. Este es de allí. Fue amor a primera vista.

Sonrío, aunque es mentira: es mío. Su madre me mira el traje escandalizada.

—Por favor, muchacho. Eso también es de mujeres, estás desaprovechando tu potencial masculino —continúa el padre enterrándose—. Para poder ser un hombre de alto valor debes actuar en consecuencia, y eso no es algo que puedas hacer en sitios así.

Lo peor es que no borra ni un poco ese tono de superioridad de su voz. Está convencido de que tiene razón y se expresa genial, y eso lo hace mucho más divertido.

—Pero ¡¿qué dices, papá?! Por Dios.

—Estoy siendo honesto con tu... —Me mira—. Con él.

Comprendo que no se atreva a decir que soy su pareja. A mí también me sorprende, la verdad. Pensaba que saldría por la tangente con cualquier excusa. Pero no lo ha hecho, ese no es el estilo de Ivette.

Y me ha encantado.

Pero ahora no voy a dejar que dé la cara por mí. Quiero

pasármelo bien, y sé exactamente por dónde ir para hacerlo.

–Gajes de ser bisexual, puedo tener lo mejor de los dos mundos: una pareja preciosa y un negocio de mujeres.

De ser verdad, tampoco sería ningún problema ni para Ivette ni para mí. Para ellos, en cambio, resultaría más sencillo oír que ha caído una bomba atómica. A su madre se le cae el tenedor al plato, aunque disimula carraspeando un poco. Su padre no es capaz: clava el cubierto en la porcelana y lo hace chirriar.

–¿Qué acabas de decir?

–¿Hay algún problema?

–Querido, suficiente –dice la madre en voz baja. Al menos un poco de cordura.

Tras otra sonrisa mía radiante, su padre vuelve a meterse en su plato. Y casi creo que vamos a tener el resto de la cena en paz, pero cinco minutos más tarde, las ganas de divertirme pasan a ser ganas de ver el mundo arder.

–Ivette, querida.

Otra vez, su madre le llama la atención en cuanto ve cómo Ivette alcanza un langostino del plato.

–¿Sí?

–No creo que debas pelar ese langostino.

Ella parpadea y entreabre los labios. Luego mira el langostino entre sus dedos. Y se siente mal, lo noto en su forma de moverse a partir de ahora. En la manera de cerrar la boca mientras piensa qué decir y qué hacer. Hasta en cómo respira.

No pienso pasar por ahí. Como deje el langostino en el plato, me va a dar algo.

–Tu madre tiene razón. –Me giro y le tiendo la mano–. Como te salpique vas a ponerte perdida, y sería un despropósito manchar ese vestido. Yo te lo pelaré.

La sonrisa que me dedica cuando cojo el langostino me da años de vida.

–Gracias –susurra.

Pero entonces sucede. Su padre se incorpora en la silla y suelta:

–Lo que Otilia quiere decir es que la niña ya está suficientemente gorda. No hace falta que coma nada más.

Ivette me da la mano para que me quede sentado, pero hace rato que he decidido que su manera de tratarla –de tratar al mundo en general, en realidad– es demasiado perturbadora. Lo ha sido nada más les ha abierto la puerta. Por eso, aunque tire de mí, me levanto arrastrando la silla y me inclino sobre la mesa.

–Ulises, no es necesario.

–Sí que lo es. –Y los miro, con una sonrisa cínica en la boca–: ¿Saben una cosa? Es posible que Ivette no sepa de finanzas o no tenga un MBA como ustedes, pero no le llegan a la suela del zapato en cuanto a educación. De hecho, no le llegan a la suela del zapato en absolutamente nada. Y es una verdadera lástima que no lo vean, porque tienen la suerte de tener la hija más espectacularmente cariñosa, detallista y preciosa. Una que no se merecen. Una mujer a la que adora todo el mundo excepto ustedes, parece ser.

–¿Disculpa? –dice el padre.

Me la trae floja. Sobre todo, cuando veo cómo Ivette empieza a sonreírme desde su silla. Me da la mano sin tratar de esconderlo y, con la fuerza extra que me da ese gesto, continúo:

–Pero no crean que no lo comprendo, desde luego que lo hago. No podrían adorar jamás a Ivette porque no se han tomado la molestia de conocerla. Están tan ocupados mirándose sus propios ombligos que no ven más allá y se la pierden. Una pena. –Estrecho más fuerte su mano dentro de la mía y continúo–. ¿Saben por qué lo sé? Porque yo sí la conozco, y si ustedes se molestaran solo un poquito en intentarlo, también podrían hacerlo.

Ivette le abre las puertas de su negocio y su vida a todo el mundo. A todos nos da una oportunidad. Incluso a quienes debería darnos por perdidos, como a ustedes o a mí. Pero no lo hace, porque además de ser cariñosa, detallista y preciosa, es buena. Tiene un corazón gigante, y lo tiene todo el día a pleno rendimiento amando a los demás. Algo que ustedes jamás experimentarán porque están podridos por dentro.

—¡No te consiento que hables así a mi mujer! —dice el padre, que parece no haberse dado por aludido. Y se levanta de la silla.

Me la sigue trayendo floja.

—De hecho —persisto—, si por ella fuera, podrían continuar toda la noche. Permitiría que perpetraran su lista de barbaridades solo por evitar un enfrentamiento porque son sus padres y cree que debe aguantarlos. Pero yo no, yo mantengo que no se la merecen, y no me temblará el pulso si se lo tengo que repetir. Yo no tengo el corazón de su hija. Yo tengo uno pequeño, escondido en un rincón, justo aquí, debajo del traje que tanta alergia les da porque creen que es de alquiler. Un corazón que le pertenece a ella y que no piensa permitir que continúen hablándole así a la mujer a la que ama.

La miro un instante, uno solo. Continúa sonriendo al tiempo que una lágrima se desliza por su mejilla. Su mano, poco a poco, agarra la mía con más firmeza.

—Es nuestra hija —interviene la madre, ya sin esa sonrisa de rica hipócrita—. Sabemos qué es lo mejor para ella.

—¿Y lo mejor para ella pasa por comerse un *tupper* adelgazante en Nochebuena?

—Lo mejor para ella será lo que nosotros consideremos —dice el padre.

Me río y estoy a punto de responder cuando noto cómo ella se levanta a mi lado, me giro y la veo: esa mirada otra vez. La que me dedicó a mí cuando se armó de seguridad y vino a decirme que debíamos hacer el calendario de Adviento. La de hace un rato, cuando ha aparecido en la floristería. La mirada con la que algún día se comerá el mundo.

—No. Vosotros jamás habéis sabido qué era lo mejor para mí. Únicamente habéis alimentado mis inseguridades revistiéndolas de falsa salud. —Mira a su madre—. Tú me prohibías ir a los cumpleaños de mis amigas para que no comiera tarta y nunca me dejaste patinar sobre hielo porque te daba vergüenza pensar que podía estropear la pista con mi peso. Lo decías entre risas con tus amigas, y me destrozabas. —Ahora se dirige a su padre—. Y tú se lo consentías absolutamente todo, y la noche que mi primer novio me rompió el corazón porque se fue con una chica más delgada y se lo conté a la abuela, nos oíste y luego le dijiste que no me consolara, porque él tenía razón y yo debía aprender cómo funcionaba el mundo para las chicas como yo. Gordas. O, como diría Nicola Coughlan, las mujeres de pechos perfectos.

Su madre se levanta completamente escandalizada, pero ella continúa:

—Y yo me callaba. Me callaba siempre. A veces, porque nos veíamos poco y no quería discutir. Otras, porque me daba miedo que pudierais hacerme aún más daño si en lugar de asentir y callar os decía lo que pensaba. —Alterna la mirada entre los dos—. Pero ya no. Ahora ya no me da miedo hablar. Porque desde que me fui he hablado mucho, con mucha gente y sin sentirme pequeña e insignificante, la «pobre» chica gorda, la hermana de la modelo. Me he vuelto a sentir suficiente y querida y válida y guapa sin importar mi talla. Porque he comprendido que ese mundo del que hablabas, mi mundo, es exactamente el mismo que el vuestro, ¡y no tengo que pedir perdón ni permiso parar vivir en él ni comportarme diferente! Puedo disfrutarlo, puedo enamorarme y puedo comerme ese último langostino si quiero. La abuela trató de decírmelo tantas veces cuando vivía…, pero luego llegabais vosotros y me anulabais. Y ¿sabéis qué? Que ya no tenéis ese poder sobre mí.

Sonríe y yo la imito, tan orgulloso que siento que el pecho me va a explotar.

Entonces es su madre quien se levanta y dice:

–¡Tu abuela no hacía más que meterte pájaros en la cabeza!

–En efecto, mamá, ¡y me metió tantos que me salieron alas y eché a volar!

Un silencio precioso corta el aire cuando Ivette se le encara y dice esa última frase. Yo la aprieto entre mis dedos. Si no estuviéramos dándonos la mano, aplaudiría.

En lugar de ello, sin embargo, la atraigo hacia mí, la beso en la boca mientras su padre se vuelve loco y, mientras su madre se pone a gritar junto a él, apoyo mi frente sobre la suya, ajeno al ruido, y digo:

–Esa es mi chica.

Y mi chica responde:

–Coge a Croqueta. Yo cogeré el cordero del horno.

Sonrío, asiento y nos ponemos en marcha.

–¡¿Adónde diablos vais?! –grita el padre.

–A casa –responde.

Una respuesta que me hace sonreír.

–¿Vas a dejar a tus padres solos por un… hombre al que acabas de conocer?

–¡Sí, papá!

–¡Y de bajo valor, nada menos!

Me carcajeo. Ella lo hace conmigo.

–¡Ivette! –exclama su madre.

Se gira una última vez en el marco de la puerta.

–¿Sí, mamá?

–No te reconozco, hija. Tú no eras así. Has cambiado –le recrimina.

Pero ella, lejos de parar y dudar, se cuadra, toma aire hondo y sonríe preciosa.

–¿Sabes, mamá? Es lo primero que dices en toda la noche con lo que estoy de acuerdo. Y cuánto, cuánto me alegro de haber abierto los ojos y ver más allá de vuestra…, ¿cómo lo llamaríais, educación? No, creo que no. En fin, dejaré que lo decidáis vosotros mientras cenáis ese apetitoso menú festivo. –Abre la puerta–. Recordad que tenéis papel higiénico bajo el mueble del baño. ¡Feliz Navidad!

El portazo posterior me sabe a gloria.

Y sus labios cuando entramos en mi casa, más aún.

–No me puedo creer lo que acaba de pasar.

Se carcajea.

–Yo sí. Será porque siempre he creído en ti.

Sonrío. Ella me besa emocionada.

–¿Y tú? Dios mío, ha sido fantástico. Les has dado hasta en el carné de identidad –susurra agitada al separarse de mí–. ¿Y ahora? ¿Qué hacemos?

–¿Tienes hambre? ¿Quieres cenar algo más? –pregunto.

–No –responde veloz. Mientras lo hace, no deja de moverse, inquieta y feliz–. Me he inflado a langostinos y croquetas porque no quería comerme el césped que traían mis padres. Tenía una pinta horrorosa.

Yo sonrío, la alzo en volandas y la apoyo contra la pared mientras retomo mis besos donde los dejé antes de que aparecieran.

–En ese caso, dejemos el cordero para mañana. Mi traje de alquiler y tu vestido del mercadillo están a punto de hacer el amor en el suelo de mi habitación. Y mientras ellos lo hacen salvajemente, yo voy a comerme el postre.

En cuanto termino de hablar, Croqueta se dirige al salón como si nos hubiera oído y rompemos a reír.

Capítulo 61
Ivette

De un momento a otro, nos convertimos en un montón de besos apresurados, dientes que se encuentran, risas compartidas y manos que leen en braille el cuerpo del otro.

Y me siento bien.

Claro que una parte de mí sigue susurrándome que no soy suficiente para él, que disto mucho de tener el cuerpo que se merece, que las palabras de mi madre tienen algo de razón. Sin embargo, esa parte se vuelve pequeñita por segundos, y amenaza con desaparecer cada vez que él me besa y recuerdo cómo hemos sido un equipo hace solo unos minutos.

Ha puesto mis inseguridades en peligro de extinción y me ha hecho darme cuenta de que nunca debieron existir.

—Como sigas así vas a desgastarme. —Me río.

—Tienes el cuerpo más absolutamente arrebatador que he tenido la oportunidad de ver, más tremendamente bonito que he tenido el gusto de tener entre mis brazos y más exageradamente apetecible que he tenido el placer de probar. No pienso echar el freno mientras tú quieras seguir.

De acuerdo, eso no lo he visto venir. Mi sonrisa se convierte en unos labios entreabiertos y confundidos. Trago saliva y parpadeo mientras le miro a los ojos, que no parecen mentir.

Y aun así…

—¿De verdad crees todo eso de mí? ¿De verdad te gusto así?

Se separa ligeramente, lleva las manos de mi espalda a mi cintura desnuda y, con seriedad, dice:

—«Gustar» se queda muy corto.

—Pero podrías estar con…

«Hola, somos tus complejos, ¿creías que nos habíamos ido del todo?».

—Ya te dije que no quería estar con cualquiera –interrumpe–. Quiero estar contigo. Lo dije, lo digo y lo diré de corazón tantas veces como haga falta.

—Ya. –Aprieto los labios, me encojo de hombros y miro al suelo–. Pero querer no va de la mano con desear. Yo… te quiero. Y te deseo. Todo a la vez. Sin embargo, entendería que tú no lo hicieses todo.

—Ey. –Dos de sus dedos alzan mi mentón hasta que nuestros ojos se vuelven a encontrar–. Me gustan todos y cada uno de tus milímetros, de tus curvas y de tu forma de moverlos. Y pensaba que a ti también te estaban empezando a gustar.

—Bueno, ahora no me disgusta tanto.

Trato de sonreír. Él también lo hace.

—Iremos poco a poco, cariño. Caricia a caricia, hasta que te enamores de ti misma tanto como lo he hecho yo.

Sonrío del todo.

—Todavía me cuesta creer que te hayas enamorado de la amenaza número uno de tu floristería.

—Una amenaza dulce, amable, generosa, inteligente, imaginativa, creativa…

Sus labios viajan a mi cuello, me estremezco y busco su espalda con las manos. Me aferro a él.

—Y torpe –añado con un hilo de voz y una sonrisa.

—Única –corrige como ya hizo una vez–. Todo lo que haces lo es, aunque a la gente a veces le cueste verlo porque está acostumbrada a una vida mucho más fría y estudiada. Mírame a mí con tu calendario de Adviento, por ejemplo: me parecía imposible que algo así pudiera salir bien. Ahora, sin embargo, no quiero conocer una Navidad que no lo contemple. Y contigo me pasa lo mismo: no quiero una vida sin ver cómo te pegas las flores a las manos haciendo una manualidad, ni mucho menos sin oír cómo se te caen los cacharros de la cocina por las mañanas.

–Oh, no, ¿tanto ruido hago? –Me llevo las manos a la boca.

–El despertador más original que he tenido en mi vida, si me preguntas.

–Dime que no has oído nada más.

–Muy bien, no te diré que he oído cómo le hablas a tu perra de mí en la ducha mientras ella se traga el jabón.

Cierro los ojos y niego con una sonrisa avergonzada.

–No tengo remedio. Al menos no me has oído tocarme.

Me mira entre ofendido y divertido.

–Muy poco considerado por tu parte.

–Lo siento, la próxima vez gritaré tu nombre más alto.

Sonríe, me destapa la boca y me besa.

–Ahora en serio, yo también pensaba que no tengo remedio, pero aquí estás, demostrando lo contrario.

–¿Cuál es tu remedio?

Vuelvo a abrir los ojos. Entonces Ulises sonríe y yo me preparo. Me preparo para recibir una frase preciosa, una caricia, una tirita para el corazón. Me preparo para todo lo bonito que me he perdido por estar preparándome siempre para lo peor. Eso ya no me hace falta.

–Esas cosas a las que tú llamas torpezas que tengo la suerte de compartir contigo: el recuerdo de la mañana que repartías *croissants* congelados, la primera vez que te vi bailando en ropa interior, las primeras noches llevando camisón de verano en pleno invierno. Mi remedio es todo eso. Mi remedio eres tú.

Ahora soy yo quien se abraza a él y le besa. Un beso que espero transmita lo que siento por él: el amor, la felicidad, el agradecimiento. Cierro los ojos y dejo que la certeza de que me corresponde, al fin, me inunde. Es liberador.

Lo siguiente que se oye es un «clic». Un sonido ilusionante

y temible a la vez. Vuelvo a mirarle. Deshace el enganche de mi sujetador con una mano y, sin dejar de mirarme a los ojos, me desnuda lentamente. No es la primera vez, pero me siento como si lo fuera.

Me sucede lo mismo cuando, unos segundos más tarde, sus labios dejan un reguero de besos cálidos sobre mi piel, de camino al pubis. Empiezo a jadear mucho antes de que llegue allí. Él me da la mano, sus dedos acarician los míos y su boca engancha el costado de mi *culotte* de encaje para deshacerse de él con tiempo, mucho tiempo. No se apresura, no tiene prisa, no quiere terminar ya. Y es todo lo que he soñado durante muchas noches. Que alguien, por una vez, no tuviera en cuenta el reloj para desnudarme.

Quizá por eso hoy no me asusta el paso del tiempo ni que se acerque al final. Quizá hoy solo sea el principio de una nueva forma de hacer las cosas.

—¿Ivette? —susurra cuando ha terminado con la ropa interior.

—¿Sí?

—¿Quieres ir a la habitación? No es que no me resulte interesante la idea de hacerte el amor en el recibidor; hay todo un mundo de posibilidades aquí, sin duda. Pero mi casera no se decide a poner suelo radiante, y no me gustaría que te helaras la espalda por su culpa cuando te tumbe debajo de mí.

Me guiña el ojo. Yo me río.

—Tu casera es una malísima persona. Debería decirle cuatro cosas.

Vuelve a mi cuello y profundiza en un beso que me derrite por dentro.

—Ni de coña. No pienso presentártela. Te enamorarías de ella y me dejarías a mí. —Emerge y me mira—. ¿Qué me dices? Podemos meternos debajo del edredón, crear un ambiente algo más romántico que el que hay debajo de los fluorescentes, evitar que Croqueta venga a descubrir que está pasando cuando te oiga, conectar el teléfono al altavoz y poner canciones de Taylor Swift…

Abro muchísimo los ojos. Una risita incrédula mana de mi garganta.

–¿Es broma?

Niega con la cabeza, serio.

–No lo es.

–¿Puedo poner a Taylor en un momento así?

–Puedes poner lo que quieras.

–Quiero poner *Slut!*

Frunce el ceño.

–Eso sí es broma, ¿no?

–¿Has oído la letra? –Ulises niega con la cabeza–. Eso lo explica todo.

–Cántamela.

Le miro y, tras aclararme la garganta, susurro:

–*In a world of boys, he's a gentleman.*

Luego me muerdo el labio inferior y acaricio su nariz con la mía. Una caricia cuidadosa, lenta, llena de intenciones.

–Vas a acabar conmigo…

Un instante más tarde vuelve a cogerme en brazos y me lleva a su habitación. Me tumba sobre la cama y me tiende su teléfono mientras él configura una luz tenue, cálida, preciosa. Pongo el disco empezando por la canción que he citado antes. Él me sonríe. Yo me relajo. Me acaricia las piernas desde dentro y asciende hasta mi sexo. Luego me mira, se coloca y yo alcanzo su entrepierna con un par de dedos por encima del bóxer.

–Cuánto tiempo. –Su voz suena grave y ahumada justo antes de entrar.

–Solo han sido un par de días.

–Una eternidad. –Tantea mi clítoris. Yo me estremezco–. ¿Puedo?

–Por favor, sí.

Entra volviéndome a besar.

Desde entonces no deja de hacerlo, y yo me pregunto si estoy soñando una media de treinta veces por minuto. La música, la luz, él explorándome, consiguiendo que gima y jadee sin ningún tipo de pudor. Luego le quito el bóxer, le pido que se tumbe a mi lado y él se recoloca. Lo hace todo tan sencillo que creo que podría llorar, pero no quiero. No quiero llorar más y no quiero hacerlo ahora. Quiero reírme, quiero sonreír, quiero gemir su nombre. Y se lo digo todo hasta que, unos minutos más tarde, sus respiraciones pesadas inundan la habitación.

–Ivette –susurra. Abro los ojos y le veo. Una pátina de sudor le cubre la frente. Me observa con los labios entreabiertos. Su pecho sube y baja inclinado sobre el mío, y su cuerpo se recoloca sobre mí–. Hay algo con lo que llevo soñando desde que te conocí. Y tal vez no sea lo más caballeroso. Quizá ni siquiera suena romántico. Pero te prometo que lo he soñado con amor todas y cada una de las veces.

Trago saliva.

–¿Qué es?

Se coloca sobre mí, me separa las rodillas y, sin rozar su sexo con el mío, susurra sobre mi oído:

–Penetrarte tan despacio que me dé tiempo a grabar tu expresión a fuego dentro de mí. Hacértelo lento una y otra vez. Y otra. Y otra. Tan despacio que amenace con quemarme, tan poco a poco que no sepa dónde termina mi piel y empieza la tuya. Quiero alargar este momento tanto como sea posible. Pero, sobre todo, me gustaría que no apartaras tu mirada de la mía mientras eso pase. Tus ojos tienden a decir muchas cosas, y no quiero perdérmelas.

Respiro entrecortadamente y trago saliva según termina. No necesito ni dos segundos cuando acaba de hablar. Estiro el brazo y, sin dejar de mirarle, palpo la mesita de noche donde antes ha dejado preparado un preservativo.

Cuando se lo tiendo, respiro profundamente y abro más las piernas. Luego se lo coloca, me observa firme mientras me acaricia las rodillas y, relamiéndose los labios, me levanta ligeramente las piernas y se ahueca en medio. Luego me roza los labios con la punta del glande, lo mueve, me acaricia con él. A mí se me corta el aire de nuevo y le observo suplicante. Él se muerde el labio inferior. Me observa durante una eternidad.

–Voy a entrar.

–Adelante.

Y entonces sucede.

Introduce la punta sin dejar de observarme y yo me vacío de miedos y preocupaciones y tensión. Él gruñe sobre mí. Un gruñido que me suena como una promesa cumplida, como un ronroneo caliente conforme noto cómo se hunde más.

–No dejes de mirarme, Ivette.

No lo hago. No lo pienso hacer. Ahora mismo me quedaría a vivir aquí, con una de sus manos recorriéndome los pechos, la otra acariciándome el pelo y su cadera fundiéndose con la mía una y otra vez.

–Estás empapada –susurra.

Media sonrisa intenta asomarse por sus comisuras, pero entreabre los labios otra vez y gruñe.

Y yo quiero responder. Quiero decirle que es húmedo y cálido y suave y rígido, todo a la vez. Quiero decirle que nunca me había sentido tan querida. Que nunca había tenido tantas ganas de gritar el nombre de alguien. Que quiero tocarle y lamerle y respirarle. Pero solo me salen respiraciones, jadeos, gritos ahogados, su nombre.

Mi cuerpo erizado, completamente rígido, habla por mí. Mis ojos le confirman que estoy bien. No quiero estar en ningún otro lugar ahora mismo. Mi cadera empieza a reclamarle con más ahínco y el flujo se desliza poco a poco de mi sexo a su cadera conforme sale y vuelve a entrar.

–Ulises…

Coloca una de mis piernas sobre su hombro y yo siento que un remolino me presiona el vientre.

–Déjate llevar, amor.

Embebo los labios, más suplicante si cabe que hace unos minutos. No quiero terminar tan pronto. Nunca me había sentido así y no quiero que se acabe.

Pero no puedo evitarlo. Me besa el tobillo y, con la misma lentitud, empuja contra mi vagina hasta hacer tope. Una vez. Otra. Otra más. Con ímpetu, con pasión. A duras penas logro controlarme, pero lo hago unos minutos más.

Hasta que empuja una última vez, se queda dentro y mueve la cadera casi imperceptiblemente. Movimientos estudiados y precisos mientras sus manos me separan los labios para que el roce sea aún mayor. Grito y cierro los ojos solo un instante, pero al siguiente le vuelvo a mirar y no lo soporto más.

Mi vagina se contrae, se expande, tiemblo, arqueo la espalda y él la coge al vuelo, sentándome sobre su cadera. Mis uñas buscan su piel como un náufrago una fuente de agua dulce. Froto mi sexo sobre su piel y le pido que me abrace.

–No me sueltes –ruego.

Me mira y niega con vehemencia.

–Jamás.

Solo un segundo después, noto cómo bombea dentro de mí, duro y enérgico, y me tumba debajo de él mientras gruñe sin dejar de mirarme.

Poco después se vence sobre mi pecho, me besa el cuello con profundidad y yo asimilo lo que llevo perdiéndome todos estos años. Sobre todo cuando, mientras se quita el preservativo con cuidado, dice:

–Eres un sueño hecho realidad.

Sonrío feliz.

–¿Me lo dices a mí o a tu fantasía a cámara lenta? –me atrevo a bromear.

Entonces me mira, se ríe socarrón y enarca una ceja. E incluso con movimientos lentos, cuando pensaba que estaba agotado, se las arregla para colocarse encima de mí, inmovilizar mis manos con una de las suyas y bajar con la otra a mi sexo.

Dos dedos acariciándome los labios por fuera son suficientes para desmontarme.

–Juraría que acabas de correrte, pero si no te ha saciado la fantasía a cámara lenta, aún puedo ofrecerte algo más.

Embebo los labios y encojo un hombro.

–Me ha saciado –respondo con una risita–. Pero ya lo has oído en la cena: tengo la mala costumbre de repetir. ¿Qué me ofreces?

Su sonrisa ladina y cómo me atrae hacia sus labios bastan para que sepa que la noche solo acaba de empezar.

–Te ofrezco todo lo que tengo y todo lo que soy.

–Eso es muy romántico, cielo. –Sonrío.

Entonces se inclina sobre mi oído y susurra:

–Cuéntamelo cuando en cinco minutos estés gritando mi nombre otra vez.

El primer lametón me arranca un chillido.

«Feliz Navidad», pienso.

Capítulo 62
Ivette

25 de diciembre

Siempre me cuesta desperezarme cuando aún no ha salido el sol. Tampoco es algo que hoy tuviera pensado hacer, teniendo en cuenta el día que es. Pero cuando entiendo que Ulises me está llamando y no está en su cama junto a mí, me levanto de un salto.

Cuando me quito el edredón de encima, me tropiezo con los tacones que dejé tirados en el suelo, uno de mis meñiques va a parar directo a la esquina de la mesita de noche y antes de salir de la habitación me choco con el marco de la puerta.

No soy una persona de mañanas.

—¡Au!

—¡Pinterest! —Suena algo lejos.

—¡¿Dónde estás?!

—¡Aquí!

«Gran ayuda», me río. Luego busco en el baño, en la cocina, en el salón. No está. No está en ninguna parte.

—¡Se me da de pena jugar al escondite! ¡Puedo estar buscando horas! —vocifero.

No me importa que mis padres estén en la casa de al lado. Ya no.

—¡Dios, Pinterest, en la ventana, me voy a helar! —Se carcajea.

Freno en seco, me giro y veo la ventana abierta. ¿En qué narices está pensando?

Corro hacia allí, me asomo y lo comprendo.

–Madre mía. –Me llevo las manos a la boca y contengo las lágrimas–. Estás loco…

Él sonríe.

–¡Por ti! Pero eso no es ningún secreto.

En la calle, sobre los diez centímetros de nieve que cuajaron ayer, Ulises ha dejado un montón de velas de té que contrastan con la oscuridad de una mañana alemana de invierno.

Velas que, colocadas unas junto a las otras, forman un corazón que ilumina la calle. Que ilumina mi vida. A mí. Dentro de ese mismo corazón, una frase grabada sobre la nieve: *You've got a smile that could light up this whole town.*

–¡Ivette! –grita desde abajo y abre los brazos.

Sonrío y lloro y sorbo por la nariz y pataleo. Estoy emocionada, muerta de amor y más viva que nunca, todo a la vez.

–¡Sube aquí ahora mismo o tendré que bajar a hacerte el amor sobre la nieve!

No sé de dónde saco el valor para decir eso con la ventana abierta.

No, un momento, sí que lo sé.

Lo saco de cada mirada que hemos compartido, de cada frase, de cada abrazo, de cada caricia. Saco el valor para gritar que le quiero de todas las veces que él me lo ha dicho a mí hasta convencerme. Saco el valor de un amor que lejos de frenarme me impulsa, que lejos de callarme me hace gritar, que lejos de hacerme sentir pequeña me expande y se expande conmigo hacia todas partes. Quiero gritarle a todo el mundo que quiero a ese hombre aunque me sonroje como un tomate cuando lo diga.

–Nos llevarían presos por exhibicionismo, Ivette.

Baja los brazos y me mira con amor. Yo le devuelvo la misma mirada.

–Entonces ven aquí. No puedes plantarte en la nieve a

hacer lo más romántico que han hecho nunca por mí y esperar que me quede quieta.

–No lo pretendo. Ver cómo te mueves es un espectáculo al que no estoy dispuesto a renunciar. –Sonríe y me guiña un ojo–. Pero no me líes, Ivette. Es muy temprano y yo… tengo que decirte algo.

Parpadeo y me río.

–¿El qué, cariño?

Toma aire hondo.

–En nuestra cita dijiste que era demasiado iluso pensar que podrías vivir algo así, de novela romántica.

–Esto es mucho mejor que cualquier libro que haya leído –susurro. Tal vez no me oye, pero no me sale más voz.

–El caso es que no puedo permitir que pierdas tus ilusiones. Son las culpables de que me enamorara de ti.

–¿Quién eres tú y qué has hecho con el tipo supercabreado que irrumpió en mi cafetería el primer día?

–Te lo cargaste. Lo hacías un poco cada vez que sonreías.

Se me dibuja una sonrisa tímida en la cara.

–Sí. Justo así. –Y finalmente añade–: ¿Quieres salir conmigo?

–¿No estamos saliendo ya? –sollozo feliz.

«¿Me lo está pidiendo en serio?».

–Formalmente, Ivette.

–¿De verdad?

–De verdad.

Me giro y chillo un instante. Luego vuelvo a mirarle:

–¿Me das un segundo?

–¿Eh? Bueno, claro, sí. Tómate los que necesites. Pero recuerda que estoy en pijama y que estamos a cinco grados bajo cero, si no te importa.

–No tardaré.

Voy a su habitación, rescato el edredón y bajo las escaleras a toda prisa. Luego salgo a la calle corriendo, le veo, sonrío sin enjugarme las lágrimas y me lanzo hacia él.

Cuando se da cuenta de lo que estoy haciendo, abre los brazos y me acoge, y acabamos rodando encima de la nieve, su cuerpo bajo el mío, sus manos quitándome los mechones de la cara y frenando justo antes de tocar las velitas.

–Ulises Tacoronte…

–Uf. ¿Me vas a decir que no?

Niego con la cabeza.

–¡Tonto! Te habría dicho que sí el primer día que te vi. Bueno, quizá el segundo. El primero me diste un poco de miedo. –Nos reímos y hundo la nariz en su cuello. Le acaricio con ella y sus manos se meten dentro del jersey del pijama que me prestó anoche–. Pero algo dentro de mí gritaba cosas bonitas cada vez que te acercabas.

–¿Qué cosas bonitas? –pregunta y sus labios aterrizan con suavidad en mi nariz.

–Curiosidad al principio, fascinación poco después, y admiración, y cariño, y una atracción punzante, y… amor. Antes de que me diera cuenta, estaba perdidamente enamorada del florista gruñón que se tomaba el café solo. –Le miro–. Y puede que yo no tenga tanta labia como tú ni se me ocurran cosas tan grandes como esta, pero prometo demostrártelo cada segundo, con las cosas pequeñas del día a día, con detalles que sepa que te gustan, con miradas que lo demuestren cuando esté tan eufórica como ahora y no me salga la voz.

El primer rayo de sol nos sorprende y el ruido de una ventana se abre a lo lejos. Me retira un mechón, casi como la primera vez.

–Esta mirada es todo lo que necesito, Ivette. Tú eres todo lo que necesito. Y, bueno, tal vez un chocolate caliente y un poco de calefacción. Suerte que he dejado dos tazas listas antes de bajar.

Un segundo más tarde me sorprende alzándome y llevándome en volandas hacia casa. Cuando me giro para observar las velas, la nieve las ha apagado.

—No te preocupes, luego bajaré a por ellas.

—Estoy de acuerdo. El chocolate y ponerte un abrigo van primero.

—Y hacerte el amor va después.

—Entonces tardaremos una eternidad.

—Las que hagan falta, princesa.

Estoy acariciando a Croqueta sobre el sofá de Ulises cuando entra por la puerta, guarda las velas y se sienta junto a mí como un niño ilusionado al que le acaban de llegar los regalos. Sonrío pensando que tengo el suyo escondido en la habitación.

—Hola, guapa.

—Hola —respondo y suelto a Croqueta para darle la mano—. ¿A qué se debe esa sonrisa?

Me mira como si fuera evidente, y quizá lo sea, pero me gustaría que me lo recordara.

—Las últimas veinticuatro horas he tenido tres orgasmos, tengo a una mujer preciosa acurrucada en mi sofá y, además, ha llegado Papá Noel.

—¿Disculpa?

Trago saliva. ¿Me ha pillado? ¿Escondí mal el regalo? Oh, no.

—Mira bajo el árbol, Ivette.

Frunzo el ceño y lo comprendo.

«Qué alivio».

—¿El libro de Franz? ¿Van a venir? No es que me parezca mal, es solo que si va a venir tendría que ponerme algo más de ropa.

Se ríe.

—Nunca hubo nada ni remotamente parecido a un libro para Franz, princesa. —Se levanta, lo alcanza y me lo da—. Feliz Navidad.

Parpadeo muy seguido, muchas veces.

–¿Es para mí?

–Pone Ivette, ¿no? Y antes de que lo preguntes, estoy seguro al cien por cien de que no es un error. Si alguien tiene que estar en la lista de chicas buenas, esa eres tú.

Le sonrío y lo abro emocionada. No solo ha tenido el detalle de dejarme un regalo bajo el árbol, también se ha esmerado en elegir un libro para mí. Sin excusas como que regalar un libro es demasiado personal, que no sabe cuáles tengo en mis estanterías o que ya tengo demasiados, como me han dicho durante tantas y tantas Navidades. Y aunque al abrirlo vea que no ha acertado y me ha comprado un libro sobre álgebra avanzada, pienso agradecérselo durante toda la eternidad. Quizá incluso decida que es el momento de aprender algo de álgebra avanzada.

Cuando lo abro, sin embargo, no puedo contener la emoción.

Le miro con los ojos llenos de lágrimas y, cuando puedo, digo:

–Hacía siglos que quería este libro, pero me dio vergüenza comprármelo delante de ti. Temía que me dijeras que una comedia romántica navideña era una cursilada.

–¿Y qué más da que sea una cursilada si te hace feliz?

Me encojo de hombros.

–En primer lugar, ¿puedes dejar de ser perfecto solo un ratito? Y en segundo, no tiene nada de malo, pero no estoy tan empoderada las veinticuatro horas. A veces las chicas también dudamos y nos hacemos pequeñitas, ¿sabes? Y a veces solo queremos que alguien se fije en que nos gusta el libro más cursi y rosa de toda la librería y nos lo regale.

–Qué suerte tengo –responde como si nada.

–¿Por haber elegido bien?

–Por haberte encontrado. –Y me besa.

Acabo dejando el libro sobre la mesita de café y venciéndome sobre el sofá entre sus brazos. Todo apunta a que vamos a terminar la mañana aquí hasta que recuerdo que hay algo en su habitación esperando a ser abierto.

–Espera, espera, espera. –Me escabullo y corro a la habitación. Él se queda mirándome sin saber qué decir–. ¡No tardo!

Cuando vuelvo y le doy mi regalo, se queda mirándome con los ojos muy abiertos.

–¿Es para mí?

Asiento con ilusión.

–Lo he hecho yo misma. No es como el que tú me diste ayer, pero también está hecho a mano con mucho amor.

Cuando veo la emoción concentrada en su rostro al ver el ramo de ganchillo, no puedo contenerme más. Corro a abrazarle sobre el sofá y nos fundimos en un beso precioso.

–¿Te gusta?

–Joder.

–Esa es la respuesta que esperaba.

Capítulo 63
Ulises

26 de diciembre

No soy capaz de quitarle la vista de encima. Desde que esta mañana hemos venido a trabajar, se me hace un mundo centrarme en el trabajo y desviar la mirada de Ivette.

La echo de menos. Da igual que solo haga unas horas que he despertado abrazado a su cuerpo desnudo, al cielo estrellado de pecas que salpica su espalda, a la suavidad de su pelo. Da igual que antes de volver a su casa la haya visto con mi ropa puesta. Da igual que hayamos vuelto a hacer el amor antes de venir. La echo de menos y punto.

Por eso dejo las herramientas sobre el mostrador, cuelgo el cartel de «Vuelvo en cinco minutos» y voy hacia la cafetería. Entro solo unos segundos después de que Franz y Eda lo hagan. Helga y Maiden llevan ahí desde la hora de apertura. Las dos perras juegan y la septuagenaria toma café y chatea por Tinder. O eso intuyo, porque conozco muy bien su sonrisa de ligoteo.

—Buenos días. —Sonrío y me siento en la barra.

—Buenos días. —Se ríe.

Franz entorna los ojos. Eda sonríe como lo hacen las adolescentes que ven historias de amor donde no las hay, solo que aquí sí la hay. Seguramente Helga haya dejado caer el teléfono para cotillear. Cuando lo compruebo, efectivamente, lo ha hecho. Solo diez segundos más tarde está junto a nosotros.

—Ulises… —Franz me escruta—. ¿Qué es esa sonrisa?

—¿Qué sonrisa? —pregunto. Él enarca una ceja. Me señalo—. Ah, ¿esto? Nada.

–Nada no. –Ivette suelta una risita y atrae su atención. Franz frunce el ceño. Me mira. Abre mucho la boca– ¡Eh, eh! ¿Qué ha pasado entre vosotros dos? El otro día Ivette se fue porque habías desaparecido y lleváis desde entonces sin coger el teléfono.

Miro a mi chica y ella me devuelve la mirada. Compartimos unos segundos de complicidad en los que nos lo decimos todo sin hablar.

Entonces, al tiempo que ella me pone un café y yo aprovecho para acariciar sus dedos cuando me lo tiende, respondo con calma:

–Es posible que hayamos hecho paella. Varias veces.

–Muchas veces –añade, sale de la barra y se coloca junto a mí.

Yo la cojo por la cintura. Franz la mira y abre mucho la boca.

–¿Paella?

Tras su pregunta, miramos a Eda. Helga se limita a sonreír ladina y Franz abre mucho la boca. Carraspeo. No me acordaba de que la adolescente estaba escuchándolo todo.

–Ivette y yo hemos comido juntos –improviso.

Justo después, mi sobrina grita:

–¡Dios mío, estáis juntos!

Y no aguanto más.

Atraigo la cintura de Ivette, enlazo las manos alrededor para abrazarla y ella se acurruca entre mi pecho y mis brazos.

–No lo sé, ¿estamos juntos, Pinterest?

–Muy juntos. –Y deposita un beso suave sobre mis labios.

Nos damos cuenta de que el resto de la cafetería también estaba escuchando cuando dejan sus conversaciones a un lado y estallan en un aplauso conjunto.

Pero ya no me importa.

Soy feliz.

Epílogo
Ulises

Unos años más tarde

Croqueta y Maiden corretean alrededor de la cafetería persiguiéndose. Son las siete de la tarde de un domingo y el local está cerrado, pero seguimos aquí porque los exámenes de Eda se acercan. Ahora mismo, toca la guitarra y canta *Evergreen,* de Pentatonix, por enésima vez hoy, y aunque todos sabemos que podría entrar en el conservatorio tocando con los ojos cerrados, sonreímos y asentimos cuando nos pregunta si puede tocarla una vez más.

Sobre todo Julien. Desde que ese chaval de intercambio llegó hace un año, no ha dejado de mirar a mi sobrina como si acabara de conocerla y un flechazo de amor adolescente le hubiera dado de lleno.

Exactamente igual que yo continúo mirando a Ivette, apoyado en la barra.

Franz no. Franz mira al novio de su hija con el ceño fruncido.

—Es un buen chico, Franz —le digo.

—No es suficiente para ella.

—Nadie será nunca suficiente para ella bajo tu punto de vista.

—No. Al menos, ahora no. —Niega con la cabeza vigorosamente.

—¿Cuando tenga cuarenta años?

—Mejor cincuenta.

Suelto una carcajada.

—¿No será que te molesta pensar que ya no eres su hombre favorito?

Se gira alarmado hacia mí.

–¿Crees que ya no soy su hombre favorito?

–Estaba bromeando. Pero si quieres seguir siéndolo, más te vale llevarte bien con Julien. Por cómo se miran, diría que tu hija hace con él algo más que estudiar.

Ahora se gira hacia ellos con urgencia.

–No puedes estar hablando en serio.

–Franz, asúmelo. Hacen cosas. Todos las hacemos. Es natural.

–No. Ni hablar. Cállate. Mi niña no hace nada de eso.

–Tu niña tiene dieciocho años. Podría estar fumando y saliendo hasta las cinco de la mañana, y en lugar de eso está comiendo *croissants* en la cafetería de su tía con un muchacho que la mira como si fuera la única mujer del mundo. Deberías alegrarte y tratar de llevarte mejor con él, igual que te llevas con todo el mundo que no tiene intenciones amorosas con ella.

Le empujo con suavidad y le sonrío, pero Franz está en pleno debacle existencial, de modo que le doy un par de toquecitos en la espalda y dejo que asuma su nueva realidad. Le llevará tiempo, pero estoy convencido de que lo conseguirá.

Luego camino hasta Ivette. Está sentada en una silla que ha colocado del revés, con los brazos apoyados sobre el respaldo, tamborileando sobre la madera al ritmo de la música. Delante de ella hay un café y, bajo la taza, el posavasos de madera precioso que compramos hace años en aquel mercadillo navideño. Los trajimos ambos a la cafetería, pero no dejamos que los toque nadie. Lo miro y sonrío mientras coloco otra silla detrás. Luego me acerco, la abrazo por la espalda y la beso, la beso, la vuelvo a besar. Ella lanza un suspiro precioso y me hace espacio.

–Qué baboso –masculla Helga a mi lado, aunque sonríe. Sigue chateando.

–Métase en Tinder y déjeme en paz, bruja. –Le devuelvo la sonrisa.

–Por millonésima vez, estoy organizando la ruta con Agnes. Es el alquiler de motos.

–Ah, ¿que Agnes aún te aguanta? –Sonrío ladino.

Agnes es su chica, una señora *hippie* de setenta años amante de los Beatles y los pendientes de tamaño desproporcionado con la que se va a hacer la Ruta 66 en unas semanas. Llevan dos años juntas y, efectivamente, se conocieron por Tinder, pero en un arrebato amoroso, Agnes, que vivía en Múnich, se trasladó a Blumenfluss. El único motivo por el que hoy no está aquí es que tiene cita para ir a abrazar árboles con las Hierbas Etéreas.

No, no es una broma. Y sí, el nombre lo eligió Helga.

¿La parte negativa? Ahora tengo que soportar a la *heavy* del pelo morado más de lo normal porque ella y su novia son mis vecinas. Se mudaron de su piso de bolsillo al apartamento de Ivette en cuanto supieron que ella venía a vivir conmigo. Y se ocupan de recordarnos que están ahí y que se quieren un montón cada noche.

No entraré en detalles.

¿La positiva? Que es feliz. Ha vuelto a amar después de perder a su marido. Y en el fondo quiero a esta petarda insoportable. Me ha enseñado más de lo que reconoceré jamás sobre la pérdida, sobre volver a empezar y sobre disfrutar de la vida. Todos lo hacen cada día. No puedo sino estar agradecido.

Ivette se gira hacia mí y me mira con la calma de quien sabe que puede permitirse vivir despacio. Porque todo está hecho, porque todo está bien, porque nos quedamos aquí, rodeados de cafés, flores, Navidades y personas que nos hacen sentir en casa. Yo le devuelvo la mirada y compartimos un momento infinito y lento, sin espacio ni tiempo.

Y me doy cuenta de que no he dejado de sonreír.

Probablemente nunca dejaré de hacerlo.

–¿Te cuento algo, Pinterest?

No he dejado de llamarla así. Pinterest. Princesa Disney. Ivette. Sinónimos de amor, cuando son para llamarla a ella.

Le susurro mis últimos pensamientos al oído y ella se gira para besarme y rodearme el cuello con los brazos. Nos enredamos en un beso que sabe a café con leche durante unos segundos, hasta que siento que el local se ha quedado en silencio y los cotillas que tenemos por familia no pierden detalle. Luego nos reímos en voz baja, me giro y miro al cielo a través del ventanal.

El día está nublado y taponado por las nubes. Sin embargo, se abre un pequeño hueco y un rayo de sol lo atraviesa hasta llenar la cafetería de tonos dorados.

Un rayo de sol que me da de lleno en la cara. Que lo llena todo. Y que hace que, solo durante un segundo, una voz vuelva a mi cabeza para decir:

«Te lo dije. Te dije que serías feliz».

«Y qué razón tenías», respondo.

Agradecimientos

Gracias a mi marido, Álex, por aguantar con estoicismo mi obsesión por la Navidad y porque da igual cuántas pruebas nos ponga la vida; ninguna conseguirá jamás que dejemos de cantar *El burrito sabanero*. Lo anterior no es más que la forma creativa de decirte que contigo siento que puedo con todo, ya sea editar un libro mientras me traes chocolatinas y me recuerdas que beba agua, o inventarme protagonistas gruñones pero de los que me acabo enamorando siempre: como cada día hago contigo. Y, por descontado, por toda tu sabiduría metalera. Helga y las referencias *heavies* de esta novela no serían lo que son sin ti.

Gracias a mi madre, Silvia, porque, cuando me siento perdida, sea en el ámbito que sea –la maternidad, el estudio, la literatura, la vida–, me encuentro en tus palabras de aliento. Porque siento que da igual dónde estemos, siempre serás mi primer y eterno hogar. Y, en el caso de esta novela en concreto, porque tú me enseñaste lo que significa la magia de la Navidad y siempre te esfuerzas porque la mesa sea un sueño hecho realidad, los regalos más especiales y los planes más divertidos.

Gracias a mis hijos, Marcos y Paola, porque, incluso con lo chiquititos que sois y aunque no vayáis aún a leer estas palabras, me habéis enseñado más que nadie sobre la vida, el amor y el esfuerzo por aquello que vale la pena. Y también porque, aunque vosotros no lo sepáis, con vuestra comprensión y lo que me inspiráis, hacéis de mi carrera literaria algo más sencillo. Os amo con locura. Sois mi vida.

Gracias a Bimba y Bahía. Croqueta y Maiden son quienes son por vosotras. Seréis eternas a través de ellas en este libro. Y al resto de la familia y amigos que estáis a mi lado y me acompañáis en esta aventura.

Gracias a mi editora, Marina. Por confiar en mi primera comedia romántica navideña, darle un hogar con el que estoy encantada y hacerla brillar con tu vista para proponer mejoras y tu forma de transmitírmelas. Lo cómoda que me he sentido contigo desde el principio no tiene precio, haces que el mundo literario dé un poquito menos de miedo. Por supuesto, gracias también a todo su equipo.

Gracias una vez más a Melania, la ilustradora de la cubierta. Cuando me ofrecieron la posibilidad de volver a trabajar contigo, ni me lo pensé al aceptar. Das color y forma a mis personajes de una forma increíble.

Gracias a mi agente, Isabel, por ser guía y buscarle hogar a esta novela. Y, desde luego, gracias también a todas las personas que trabajan en la agencia literaria. Hacéis un trabajo espectacular.

Gracias también a todas las personas que han leído con ilusión las galeradas del libro antes de que volara a las librerías y se han involucrado en el proceso para darle cariño antes de la salida.

Gracias a ti, que tienes este libro entre las manos y que, de entre todas las maravillosas posibilidades que hay en el mercado literario, has decidido darle una oportunidad a esta historia. Cada lectora, cada mensaje bonito que recibo de una de vosotras y cada reseña significan muchísimo más de lo que puedo expresar en un solo párrafo.

Y por último, a riesgo de sonar un poquito petulante pero sin ninguna intención de hacerlo, quiero agradecérmelo a mí misma para recordarme que lo que estoy haciendo es muy fuerte, que soy madre de dos criaturas, escritora y opositora y que, aunque nunca llego a todo, siempre llego a lo importante. Pero, sobre todo, por haber logrado que lo importante coincida con lo que me hace feliz.

Ojalá pueda traerte muchas más historias pronto. Mientras tanto, me despido deseando que el Café Navidad se haya convertido también para ti en un pequeño hogar al que escapar cuando el ritmo vertiginoso de la vida se te haga bola.

Feliz Navidad y feliz vida.

Índice